Ulrike Schelhove

\- Band 8 -

Die Autorin

Ulrike Schelhove, 42 Jahre alt, schreibt für Erwachsene und Kinder. Sie lebt mit ihrer Familie in Kall in der Nordeifel.
„Grenzgebiet" ist der achte Band ihrer erfolgreichen Reihe um die Kommissare Alex Stettenkamp und Ilka Landwehr.
Alle Eifel-Krimis der Autorin sind als Taschenbücher und E-Books erhältlich.
Für Leser im Grundschulalter schreibt Ulrike Schelhove die bislang dreibändige Kinderkrimi-Reihe *Die Schwertfegerbande.*

Bisher erschienen in Ulrike Schelhoves Eifel-Krimi-Reihe:

- Der Kindermacher (Band 1)
- Trügerische Fährten (Band 2)
- Bande des Schweigens (Band 3)
- Fangnetz (Band 4)
- Höhenflüge (Band 5)
- Seelentote (Band 6)
- 9 ½ Tage (Band 7)
- Grenzgebiet (Band 8)

Ulrike Schelhove

Grenzgebiet

- Ein Eifelkrimi -

Der 8. Fall für
Ilka Landwehr & Alex Stettenkamp

KVE-Verlag
Originalausgabe Mai 2017
Autorin: Ulrike Schelhove
ulrikeschelhove@yahoo.de
Lektorat: Claudia Auel
Korrektorat: Claudia Auel
Umschlaggestaltung: Alexander Kopainski
ISBN: 978-3-9818578-0-1

„Für meine Familie"

- Mach net esu vil drömeröm! -

„'Je suis Charlie', 'Nous sommes Paris' - diese Sätze sollten ja ein Bekenntnis zu unserer Lebensart sein, die wir uns von den Terroristen nicht kaputt bomben lassen wollen. So oder so ähnlich nimmt sich aus, was Politik und Gesellschaft dem Terror entgegensetzen.
Aber warum haben solche Sätze immer diesen trotzigen Gestus? Vielleicht, weil die meisten Menschen spüren, dass sie eben nur in der Theorie und in der Abstraktion stimmen. Natürlich wollen wir unsere Freiheit genießen... Doch zugleich greift unweigerlich die Angst nach uns - um uns selber und um die, die wir lieben... Nur hilft es gar nichts, die Angst zu leugnen. Angst sei ein schlechter Ratgeber, heißt es. Das ist richtig. Aber noch schlechter sind wir mit verdrängter Angst beraten. Wir werden uns zu unserer Angst bekennen müssen, wenn wir uns ein Herz fassen und die offene Gesellschaft retten wollen."

(aus dem Kommentar 'Unser Trotz und unsere Angst' im „Kölner Stadt-Anzeiger" von Joachim Nägele, am 20.12.2016, dem Tag nach dem Terroranschlag auf den Weihnachtsmarkt an der Berliner Gedächtniskirche)

Prolog

Nina Albrecht stand mit ihrem müden, weinenden Sohn Luca auf dem Arm vor dem schmalen Fenster ihrer Dachgeschosswohnung, trippelte von einem Fuß auf den anderen und starrte an diesem wolkenverhangenen Sommermorgen hinaus auf die Maas. Seit dem Aufstehen verspürte sie diese quälende innere Unruhe, die von der Herzgegend aus über den Magen allmählich ihren ganzen Körper erfasste.
Seit Lucas Geburt hatte sie, von manchen belächelt, manchmal eine unbestimmte Vorahnung, wenn sich in ihrer Umgebung etwas zusammenbraute, das ihrer kleinen Welt gefährlich werden konnte.
So war es auch heute.
Allerdings heftiger, intensiver.
Eigentlich hätte Nina in der vergangenen Nacht arbeiten müssen, doch Amelie Brisson, eine gute Kollegin, hatte den Dienst zum Glück mit ihr getauscht.
Die junge Frau blickte auf die Uhr.
Sie musste den Zweieinhalbjährigen anziehen, zur Tagesmutter bringen und zu ihrem Dienst als Laborantin in das fünfundzwanzig Kilometer entfernte Atomkraftwerk Courant II aufbrechen.
Wie sie ihren Job hasste!
Von Tag zu Tag mehr.
Nina Albrecht war vor einem guten Jahr aus ihrer Heimatstadt Aachen weggezogen, um die ihr angebotene Stelle als Laborantin im AKW hinter der belgischen Grenze anzutreten. Die Arbeit wurde überdurchschnittlich gut bezahlt und Nina hatte das Geld als alleinerziehende Mutter bitter nötig. Mit knapp dreißig weiteren Kollegen war die Zweiunddreißigjährige dafür verant-

wortlich, die Systeme im Bereich der Radiochemie bezüglich Reinheit und Zusammensetzung zu überwachen. Art und Menge radioaktiver Aktivierungs- und Spaltprodukte musste sie bestimmen, um rechtzeitig von der Norm abweichende Betriebszustände zu erkennen. Eine sehr wichtige und interessante Tätigkeit - eigentlich.
Doch Nina wusste inzwischen zuviel.
Die Pannen und Störfälle, die an die Öffentlichkeit drangen, waren nur die Spitze des Eisbergs. So wie die tausenden, neuen Risse im Reaktorbehälter, die sich stetig vergrößerten. Das Abklingbecken hatte über Monate täglich mehrere Liter Wasser verloren.
Vor einem halben Jahr waren abends sechshundert Liter säurehaltiges Wasser aus einem Graben in die Maas gelaufen. Die Betreiber hatten sich über ihren Pressesprecher natürlich beeilt zu sagen, dass bei dem Unfall kein radioaktives Material ausgetreten sei; die Säure habe sich im Flusswasser rasch neutralisiert.
Nina wandte sich mit Luca vom Fenster ab.
Der plötzliche Knall, der fast ungebremst durch das dünne Glas drang, erfasste sie so ohrenbetäubend laut, dass ihr das Trommelfell schmerzte. Instinktiv riss sie ihr erschrockenes Kind mit sich auf den Teppichboden und warf sich schützend, ohne ihm weh zu tun, über es.
Luca schrie und weinte.
Sie verharrte reglos, unfähig, sich von der Stelle zu bewegen.
Die böse Vorahnung, was geschehen sein mochte, verstärkte ihre Angst nur noch mehr.
Irgendwann drang ein Gemisch aus dem hilflosen Gewimmer ihres Kindes und einem nicht enden wollenden Klingeln ihres Diensthandys zu ihr durch.
Nina setzte sich vorsichtig auf, drückte Luca an sich und nahm mit zittrigen Fingern das Mobiltelefon aus ihrer Tasche. Sie

erkannte sofort die Durchwahl ihres Vorgesetzten und wischte fahrig über die grüne Taste, um das Gespräch anzunehmen.
„Frau Albrecht, bleiben Sie, wo Sie sind! Es ist etwas Schreckliches passiert..."

Montag - 1. Tag

„Ich habe eine Überraschung für Euch!"
Bente Schäfer, die neue kommissarische Leiterin des KK11 Euskirchen, blickte erwartungsvoll in die noch montagsmüden Gesichter ihrer Kollegen. Sie hatten gerade an dem ovalen Tisch zur morgendlichen Lagebesprechung Platz genommen. Energiegeladen ließ die Düsseldorferin in ihrem dunkelroten, tadellos sitzenden Hosenanzug für jeden ihrer Kollegen einen farbenfrohen Faltprospekt über die glatte Holzplatte schlittern. Der Stein ihres edlen Rings an der rechten Hand funkelte.
„Ich habe uns für Samstag zu einem Teambildungstraining im Nettersheimer Hochseilgarten angemeldet. Eine sehr gute Gelegenheit, uns gegenseitig besser kennenzulernen. Und einen Mordsspaß werden wir auch haben! Na, was sagt ihr?"
Sie klemmte sich die blonden Naturlocken hinters Ohr und strahlte.
Vor lauter Enthusiasmus schien Frau Schäfer glatt vergessen zu haben, dass sie Ilka und Peter bisher konsequent gesiezt hatte.
Ilka war angesichts dieses Vorschlags einen Augenblick lang sprachlos. Sie hatte seit jeher mit Höhenangst zu kämpfen. Als Kind war ihr bei dem Bau eines Baumhauses vor den Augen ihrer Freunde derart schwindelig geworden, dass sie hinuntergestürzt und sich den Arm gebrochen hatte. Seitdem mied sie Höhen, wann immer es ging. Sie schaute auf die Titelseite des Prospekts, auf der ihr drei Männer und eine

Frau an Gurten entgegen lachten, während sie in einer meterhohen Buche hingen.
'Erleben Sie das Gefühl, mit der Seilrutsche mehr als 100 Meter quer durch den Wald zu fliegen!', warb das Naturschutzzentrum Nettersheim. Na, dieses Gefühl konnte sie sich wunderbar ausmalen...
Die Kommissarin sog die Luft durch die Nase und schloss für einen Moment die Augen. Sie vermisste schmerzlich die Vertrautheit ihres alten Teams. Ihr Kollege Manni Habig, von bodenständigem, herzlichem, wenn auch eigensinnigem Menschenschlag, war mit dreiundsechzig Jahren zum 1. Januar in den Ruhestand versetzt worden. Einen Ersatz für ihn gab es bis dato nicht. Noch mehr fehlte ihr aber Alex Stettenkamp. Bis vor einem knappen halben Jahr war er noch ihr Vorgesetzter gewesen. Nun hatte er stattdessen im Polizeiarchiv mit fünf Mitarbeitern dafür zu sorgen, dass über fünfhundert noch existierender Papierakten im Keller der Kreisverwaltung endlich digitalisiert wurden.
Was war geschehen?
Wochenlang hatten Stettenkamp und sein Team im vergangenen Winter darum gekämpft, dem Entführer der verschwundenen Franziska Wolff auf die Spur zu kommen, um das Leben der Frau zu retten. Mehrere Lösegeldübergaben waren gescheitert, zunächst am eigenmächtigen Vorgehen ihres Vaters, dem deutschlandweit bekannten Strafverteidiger Jost Wolff und schließlich am Misstrauen des Täters, der verlangt hatte, die Polizei außen vor zu lassen. Als es ihnen endlich in einer dramatischen Aktion gelungen war, den Mann zu stellen, hatte er sich partout geweigert, das Versteck Franziskas preiszugeben. Er habe nichts mehr zu

verlieren, hatte er gesagt, das Leben der Mutter eines neunjährigen Sohnes, der er seit Tagen nichts mehr zu trinken und zu essen gebracht habe, sei ihm vollkommen egal. Alles Zureden, auch das einer Polizeipsychologin, hatte nichts gebracht. Nach langem Hin und Her hatte Stettenkamp dem gefesselten Entführer damit gedroht, ihm massive Schmerzen zuzufügen, wenn er weiterhin schweige - und ihn so in letzter Minute dazu bewegt, endlich zu sagen, wo sich die halbtote Franziska befand.
Doch die Sache hatte Konsequenzen gehabt.
Nach einem wochenlangen Prozess hatte das Gericht den Leiter des KK11 zwar vom Vorwurf der schweren Nötigung freigesprochen. Doch Polizeidirektor Groß hatte intern dafür gesorgt, dass Stettenkamp degradiert und einstweilen ins Polizeiarchiv strafversetzt wurde. Armin Groß hatte im Vier-Augen-Gespräch mit ihm zwar Verständnis für sein Handeln gezeigt. Doch in der 'Außenwirkung', wie er sich ausdrückte, müsse er als Vorgesetzter deutlich machen, dass Stettenkamps Verhalten dem Täter gegenüber - eine erzwungene Aussage unter Androhung von Schmerzen - sanktioniert werde. Da hatte es auch nichts geholfen, dass alle im Team sich hinter ihren Chef gestellt hatten, weil sie dessen Ansicht teilten: Standen nicht Leben und Freiheit des Opfers über dem Wohlbefinden seines Entführers?
Vollkommen überraschend und ungewöhnlich noch dazu, hatte vor drei Wochen Bente Schäfer - bis dato Kommissarin im Landeskriminalamt Düsseldorf - die vorübergehende Leitung des KK11 Euskirchen übernommen. Was konkret hinter ihrer Versetzung steckte, hatte Groß zwar nicht erwähnt, doch dass die

ambitionierte Achtunddreißigjährige nicht freiwillig hier in die Eifel gekommen war, stand wohl außer Frage.
„Super Sache, so ein Hochseilgarten!", riss Peter Bongardt Ilka aus ihren Gedanken. „Wir waren letztes Jahr mit unserem Tennisclub dort und ich sage euch, da werden wir ein paar echte Grenzerfahrungen machen. Am coolsten fand ich übrigens den Marterpfahl! Den klettert ihr hoch, richtet euch ganz oben ohne festzuhalten auf einem kleinen Podest auf und springt dann im freien Fall nach unten in die Strickseile", schwärmte er.
Na, schönen Dank, dachte Ilka, danach habe ich mich doch schon immer gesehnt. Als Spaßbremse wollte sie allerdings auch nicht dastehen.
„Niemand soll im Hochseilgarten über seine Grenzen gehen", betonte Bente Schäfer und lächelte Ilka gewinnend zu. „Es geht mir vielmehr darum, dass wir dort als Team zusammen die Erfahrung machen werden, dass wir nur gemeinsam ans Ziel kommen, indem wir uns aufeinander verlassen und einander vertrauen können."
Peter reckte den Daumen nach oben, stand auf und füllte die drei Tassen auf dem Tisch mit dem Kaffee aus Stettenkamps Vollautomaten, den er einst für sie angeschafft hatte.
Ilka klopfte mit ihren Fingerspitzen langsam auf der Holzplatte herum und fasste sich ein Herz.
„Frau Schäfer, ich finde, damit wir einander vertrauen können, sollten wir nicht nur zusammen klettern, sondern auch ein paar grundlegende Dinge übereinander wissen." Ilka lächelte: „Würden Sie uns erzählen, was Sie ausgerechnet hier zu uns nach Euskirchen verschlagen hat? Ein ziemlich seltsamer Werdegang,

wenn man es doch längst ins Landeskriminalamt geschafft hat, finde ich."
Peter warf ihr einen missbilligenden Blick zu.
Die Düsseldorferin nahm langsam auf ihrem Stuhl Platz und ordnete bedächtig das übriggebliebene Werbematerial des Nettersheimer Hochseilgartens. Die eben noch versprühte Energie schien aus ihr gewichen zu sein.
„Herr Stettenkamp ist hier nicht der Einzige, der strafversetzt worden ist", begann sie mit gequälter Miene. „Ich bin im Grunde froh, dass Sie nach den Gründen fragen, Frau Landwehr, denn Offenheit ist doch die Basis für eine vertrauensvolle Zusammenarbeit. Meinem Vorgesetzten war ich nicht loyal genug, wenn es darum ging, über Missstände zu schweigen. Hätte ich es mit den drei Affen und dem japanischen Sprichwort vom 'Nichts sehen, nichts hören, nichts sagen' gehalten, wäre ich wohl immer noch in meinem alten Dezernat."
Bente Schäfer fuhr sich mit der Zungenspitze über die Oberlippe und schien ihre Worte sorgfältig zu wählen. „Nicht, dass Sie mich falsch verstehen. Selbstverständlich habe ich mit meinem Chef das Gespräch über Dinge, die massiv schief liefen, gesucht und konkrete Verbesserungsvorschläge gemacht. Doch ich hatte stets den Eindruck, von ihm nur als unbequeme Mitarbeiterin wahrgenommen zu werden, die den Laden unnötig in Aufruhr bringt. Irgendwann ist mir dann der Kragen geplatzt und habe den Mund einmal zuviel aufgemacht."
Ilka sah sie interessiert an.
„Was meinen Sie damit?"
Frau Schäfer räusperte sich.

„Es war am Tag nach dem LKW-Anschlag auf den Berliner Weihnachtsmarkt. Ich war so voller Wut und Ärger darüber, dass einem bekannten Gefährder wie Anis Amri die Möglichkeit gelassen worden war, sich vollkommen frei zu bewegen und der darüber hinaus nicht einmal mehr vom Verfassungsschutz beobachtet wurde, dass ich mich als Privatperson auf *Facebook* zu dem Thema geäußert habe."
„Was war daran denn so schlimm, dass es zu deiner Strafversetzung in die Eifel geführt hat?", fragte Peter verständnislos.
„Weil ich interne Missstände öffentlich angeprangert habe", erklärte sie. „Im Dezernat für Terrorabwehr musste ich jahrelang tatenlos zuschauen, wie miserabel häufig der Austausch zwischen uns und dem Bundeskriminalamt verlief und ahnte, welch wertvolle Informationen so wiederum dem Verfassungsschutz vorenthalten blieben. Wobei ich sicher bin, dass auch die Nachrichtendienste oft genug ihr eigenes Süppchen kochen, ohne an uns Informationen weiterzugeben. Bestes Beispiel ist das Behördenversagen im NSU-Skandal." Sie nahm tief Luft. „Amri war dem LKA unter vierzehn verschiedenen Identitäten bekannt. Wir wussten aus Chatprotokollen, dass er einen Anschlag plante und sich bereits als Selbstmordattentäter zur Verfügung gestellt hatte. Wo zudem schon lange bekannt war, dass er sich bei einem V-Mann Waffen besorgen wollte und er nach Bombenbauanleitungen suchte - warum haben solche Erkenntnisse nicht ausgereicht, um ihn vor seiner Tat zu verhaften?, frage ich mich."
Frau Schäfer zuckte mit den Achseln.

„Natürlich hat man im Untersuchungsausschuss Erklärungen dafür gefunden. Für mich jedenfalls steht fest, das Ganze ist der katastrophalen Zusammenarbeit der Behörden geschuldet. Und das habe ich laut gesagt. Mit der Konsequenz", schloss sie lakonisch, „dass ich nun kommissarische Leiterin einer Zwei-Mann-Truppe in der Eifel geworden bin."
Ilka starrte sie an. Mit dieser Geschichte hatte sie nicht gerechnet.
„Es hat ja auch sein Gutes, dass du nun hier bist", platzte Peter Bongardt heraus und bedachte Bente Schäfer mit seinem strahlendsten Dackelaugen-Blick. Deren Gesicht blieb ausdruckslos.
Schweigen.
„Eine strafversetzte Chefin, unser Stettenkamp ist ins Archiv verbannt, Manni im Ruhestand und ein Ersatz für ihn ist auch nicht in Sicht - was soll solch einem Team eigentlich noch passieren?", witzelte Bongardt. „Ab in den Hochseilklettergarten und retten, was bei uns noch zu retten ist, würde ich sagen."

„Im belgischen Atomkraftwerk *Courant II* nahe der deutschen Grenze ist es offenbar erneut zu einem Störfall gekommen..."
Alex Stettenkamp horchte auf.
Er wandte seinen Blick ab von dem modernen Scanner, mit dessen Hilfe er für die Euskirchener Polizei an diesem Vormittag aus dem Inhalt sieben dicker Papierordner Computerdateien zu erstellen hatte. Der geschasste Kommissar verfluchte diese Arbeit. Leider hatten weder sein Vorgesetzter Armin Groß noch der zuständige Verwaltungschef im Kreishaus etwas von

seinem Vorschlag wissen wollen, die Digitalisierung hunderter Polizeiakten an ein externes Dienstleistungsunternehmen zu vergeben, die die Sache professionell und vor allem wesentlich schneller erledigt hätte. Zum einen plagten beide datenschutzrechtliche Bedenken, was er noch halbwegs nachvollziehen konnte. Dabei hatten moderne Archivmanager längst Lösungen für den entsprechenden Umgang mit hochsensiblen, unternehmensrelevanten Daten gefunden, die es vor Verlust, Manipulation und unbefugtem Zugriff zu schützen galt. Zum anderen, und dies war das wesentliche Gegenargument, mussten fünf verbeamtete Mitarbeiter des Archivs Tag für Tag beschäftigt werden. Stettenkamp rollte bei diesem Gedanken die Augen gen Kellerdecke. Zwei Männer kurz vor der Pensionierung waren notorisch krank, so auch an diesem Montag.
Menschlich unheimlich nett fand er zwei jüngere Mitarbeiter, die allerdings beide an einer psychischen Erkrankung litten, was zu ihrer Versetzung aus einer Fachabteilung in das Archiv geführt hatte, wo sie nur begrenzt belastet werden sollten. Und dann gab es noch eine unfassbar schwierige Dame in den Fünfzigern, die sich überhaupt nichts sagen ließ, sich dem Kettenrauchen verschrieben hatte und alle zwanzig Minuten vor den Eingang der Kreisverwaltung in die Raucherecke verschwand. Nach ihren diversen Zigarettenpausen führte sie sich dann erst einmal einen halben Liter Kaffee aus ihrer ungespülten Jumbotasse zu Gemüte. Es war schier zum Verzweifeln.
„In den Morgenstunden ist es offenbar zu einer Explosion in einem Labor des AKW gekommen“, hieß es in den Radionachrichten weiter. „Der enorme Knall war kilometerweit zu hören. Nähere Einzelheiten waren

von der Betreibergesellschaft 'Énergie pour Belgique' bislang nicht zu erfahren. Ihr Pressesprecher, Antoine Perrand, erklärte, das Atomkraftwerk sei unmittelbar nach der Explosion geräumt worden. Ob Mitarbeiter, die sich in dem Gebäude befanden, verletzt wurden, ist nicht bekannt. Im AKW arbeiten rund eintausend Menschen, teilweise im Schichtdienst. Eine Gefahr für Anwohner und die Umwelt, so Perrand, bestehe nicht..."

Wer's glaubt, wird selig, brummte Stettenkamp in seinen Dreitagebart und dachte an die unzähligen Störfälle, die es in *Courant II* in der Vergangenheit bereits gegeben hatte und die weder die Betreibergesellschaft noch die belgische Regierung jemals dazu bewogen hatten, das marode AKW abzuschalten.

Was mochte nun schon wieder schiefgelaufen sein? Immer wieder wurden neue Pannen bekannt: Tausende Haarrisse im Reaktorbehälter, Sabotage, brennende Schalttafeln.

Er durfte insbesondere als Vater von drei Kindern gar nicht weiter darüber nachdenken, was im Ernstfall passieren konnte: Der Kreis Euskirchen und seine Bewohner würden bei einem GAU von radioaktiver Strahlung fast genauso stark verseucht werden wie die nahegelegene Städteregion Aachen; das Risiko, an Krebs zu erkranken, würde massiv ansteigen. Er fand es zwar gut, aber dennoch kaum beruhigend, dass der Kreis den Vorrat an Jodtabletten massiv aufgestockt hatte. Jeder, der höchstens fünfundvierzig Jahre alt war, konnte per Abholschein in der Apotheke vorsorglich Jodtabletten erhalten. Im Fall einer Katastrophe sollten die Tabletten verhindern, dass sich radioaktives Jod in der Schilddrüse ansammelte.

Von einer Explosion hatte der Nachrichtensprecher von *Radio Euskirchen* berichtet. Diese Tatsache, vor allem aber, dass der Pressesprecher keine näheren Details bekannt gegeben hatte, verhieß nichts Gutes. Er war sich sicher, hier wurde die tatsächliche Faktenlage wieder einmal verdümpelt, wie der Eifeler zu sagen pflegte.

Stettenkamp zückte sein IPhone aus der Gesäßtasche, ließ sich auf einem Stuhl neben einem Stapel Papierordner nieder und checkte trotz des schwachen Empfangs hier unten in den Katakomben die vier Nachrichten-Apps, die er installiert hatte. Doch deren Inhalte gaben auch nicht mehr her als die dürftige Erklärung des Pressesprechers.

Er begann zu googeln - vergebens.

Der Kommissar gönnte sich eine kurze Pause, ging hinüber auf den ausgeleuchteten Kellerflur und zog sich einen dünnen, schwarzen Kaffee. Widerlich, dachte er, und lehnte sich gedankenversunken gegen den Automaten. Er sehnte sich in diesen Momenten ganz besonders nach dem vertrauten Austausch mit Ilka Landwehr, mit der er jahrelang zusammengearbeitet hatte und geradezu auf einer Welle des Erfolgs geschwommen war. Bis zu seinem jähen Aus nach dem Entführungsfall Franziska Wolff, das ihm das einstweilige Ende als Leiter des KK11 beschert hatte. Allem derzeitigen Frust zum Trotz, dies wusste er genau, würde er auch heute wieder ebenso handeln wie damals. Groß hatte ihm prophezeit, dass es äußerst schwer für ihn werden würde, sich aus den Katakomben des Verwaltungsarchivs wieder hochzuarbeiten und dabei nicht einmal besonders hämisch geklungen. Seine Lage war bescheiden, das wusste er selbst. Doch er war ein

Kämpfer und würde den hohen Herren schon irgendwann zeigen, dass er wieder bei der Kripo statt hier unten gebraucht wurde.
Nur wie? Hätte man keinen Ersatz für ihn gefunden oder würde sich die „Neue" aus Düsseldorf als Flop erweisen, stünden seine Chancen vielleicht besser. Doch Bente Schäfer, eine versierte Kommissarin, die lange Jahre Erfahrungen im Landeskriminalamt gesammelt hatte, würde seinen alten Job sicherlich weiterhin gut machen.
Alles Mist.
In diese trüben Gedanken hinein klingelte sein Handy. Stettenkamps Miene hellte sich auf.
Es war Ilka.
Nach einem kurzen privaten Plausch sprachen sie über die Explosion im AKW *Courant II*.
„Die Schäfer hat eben einen Anruf einer ehemaligen Kollegin aus dem LKA erhalten", wusste Ilka. „Die beiden sind wohl immer noch ganz eng miteinander. Jedenfalls stammt diese Frau ursprünglich aus Lüttich. Und wiederum jemand aus ihrer alten Heimatstadt hat ihr gesteckt, dass im AKW gar kein Chemiegemisch explodiert sei, sondern - halt dich fest - dass es einem Terroristen gelungen sein soll, dort mit Hilfe einer Zeitschaltuhr eine Sprengstoffbombe zu zünden! Kannst du dir das vorstellen?"
Stettenkamp verschlug es angesichts dieser Ungeheuerlichkeit die Sprache. Er dachte nach. Er hielt es keineswegs für vollkommen unmöglich, dass ein solcher Anschlag stattgefunden haben mochte.
„Wenn ich an die Vielzahl von Pannen denke, die dort ständig passieren, dann will ich mir gar nicht ausmalen,

wie es dort um die Sicherheitsvorkehrungen bestellt ist", mutmaßte er.
„Da ist was dran", stimmte Ilka zu. „Und wenn ich daran denke, dass wir hier in Euskirchen nur gut hundert Kilometer Luftlinie von diesem Meiler entfernt sind, wird mir ganz anders. Hundert Kilometer, Alex, das ist gar nichts!"
Was sollte er sagen? Sie hatte ja Recht.
„Wir werden jetzt gleich mal mit unseren belgischen Kollegen telefonieren", erklärte Ilka. „Ich halte dich auf dem Laufenden." Sie machte eine kleine Pause.
„Mensch Alex", sagte sie leise, „du fehlst uns."
Er wollte gerade etwas erwidern, als sich Annemie Meyer, seine kettenrauchende Teilzeitkraft, ungefragt zu ihm gesellte und ungeniert ihre Ohren spitzte.
Stettenkamp beendete das Gespräch und beschloss, seinen ehemaligen Mitarbeitern später einen kurzen Besuch abzustatten. Die wenig erbaute Annemie bat er knapp, als nächstes die Akten mit den Anfangsbuchstaben E und F einzuscannen und verschwand dann zurück in sein fensterloses Kabüffchen.
Konnte an den ungesicherten Infos der Düsseldorfer LKA-Mitarbeiterin tatsächlich etwas dran sein?
Und selbst wenn, so wäre die Angelegenheit ganz klar kein Fall für die deutsche Polizei, geschweige denn für die Kripo Euskirchen.
Er blickte auf das Meer dicker Papierordner um ihn herum und seufzte laut. Zuständigkeit hin oder her, sein Bedürfnis, mehr über die Sache herauszufinden war stärker.
Der Kommissar rief abermals die Internetseite *google* auf und gab angesichts dessen, was Ilka ihm berichtet hatte, ohne allzu große Hoffnung neue Suchbegriffe in die

Maschine ein. Eine knappe halbe Stunde verging über seiner Recherche, doch nichts Erhellendes war zu finden. Was ihn nicht verwunderte, gab es doch weiterhin keine neuen offiziellen Informationen der Betreibergesellschaft.
Er wollte mit einem Klick auf das kleine Kreuz gerade die Homepage schließen, um sich seiner verhassten Arbeit zu widmen. Da wurde plötzlich ein neuer Beitrag eingestellt.
Ihm stockte einen Augenblick lang der Atem.
Hektisch öffnete er den Link mit der Überschrift, die ihn derart in ihren Bann zog.
Das, was er sah, löste blankes Entsetzen in ihm aus.

Drei Stockwerke über Alex Stettenkamp herrschte im KK11 kaum weniger Aufregung.
Allerdings aus einem anderen Grund.
„Der Chef des Bonner Sondereinsatzkommandos, Wolfgang Rhiem, hat mich gerade angerufen“, berichtete Bente Schäfer atemlos. „Stellen Sie sich vor, das SEK hat heute morgen in Großbüllesheim ein Wohnhaus gestürmt und zwei mutmaßliche IS-Terroristen festgenommen. Es handelt sich um Geschwister marokkanischer Abstammung, die schon seit über zehn Jahren in Deutschland leben. Es gibt noch einen dritten Bruder, den sie heute morgen aber nicht in der Wohnung angetroffen haben.“
Bongardt unterbrach sie: „Das erinnert mich an die Verhaftung der beiden IS-Terroristen in Arloff bei Bad Münstereifel im Januar. Bis dahin haben wir diese Typen immer eher in den Großstädten vermutet, aber anscheinend weit gefehlt.“

Frau Schäfer nickte.
„Du hast Recht. Rhiem und ich sehen da ebenfalls starke Parallelen, Peter."
Peter?, dachte Ilka amüsiert.
„Die beiden festgenommenen Brüder sind wohl schon eine ganze Weile vom Verfassungsschutz beobachtet worden", fuhr sie fort, „weil sie sich bis zum vergangenen Herbst in Düsseldorf ständig im Dunstkreis des inzwischen verhafteten islamistischen Hasspredigers Abu Waala aufhielten. Das Duo aus Großbüllesheim ist in den letzten Jahren mehrmals über die Türkei nach Syrien gereist und hat sich dort dem 'Islamischen Staat' angeschlossen. Sie wurden offenbar im Umgang mit Waffen ausgebildet und forderten von dort aus Muslime in Deutschland auf, ebenfalls in das vom IS kontrollierte Gebiet zu kommen." Sie fasste sich an den Kopf. „Im Sommer 2016 ist es ihnen dann tatsächlich gelungen, erneut nach Deutschland einzureisen. Seither gelten sie als sogenannte Gefährder, also Personen, bei denen man davon ausgeht, dass sie möglicherweise einen Terroranschlag begehen werden, und waren fortan auf dem Radar des Verfassungsschutzes. Heute morgen hat das SEK dann zugeschlagen."
Bente Schäfer blickte mit zerfurchtem Gesicht in die Runde.
„Sie machen den Eindruck, als sei das noch nicht das Ende der Hiobsbotschaft", meinte Ilka.
Sie nickte langsam.
„Das stimmt, Frau Landwehr. Wir haben doch eben in den Nachrichten von dieser Explosion im AKW *Courant II* gehört, nicht wahr?"
Sie stockte.

„Rhiem erzählte mir gerade, dass seine Leute bei den Brüdern in Großbüllesheim neben einer detaillierten Anleitung zum Bau einer Sprengstoffbombe mehrere vage Pläne für die Umsetzung von Terroranschlägen gefunden hätten. Und jetzt wird es spannend: Einer von ihnen enthielt die Überlegung, eine solche Bombe im AKW *Courant II* zu zünden."
Ilka und Peter starrten sie an.
„Sie glauben...?", setzte die Kommissarin an.
„Eigentlich halte ich das für nahezu unmöglich", sagte Bente Schäfer nachdenklich. „Kein Mensch spaziert mir nichts dir nichts in ein AKW und hat dazu noch Sprengstoff im Gepäck."
Mit ausdrucksloser Miene stand sie auf und umfasste die Lehne ihres Stuhls.
„Allerdings bestätigte Wolfgang Rhiem gerade am Telefon, dass die Belgier inzwischen zugegeben hätten, dass es sich bei der Explosion tatsächlich um gezündeten Sprengstoff handelt." Sie schüttelte den Kopf. „Wie so etwas trotz der garantiert sehr hohen Sicherheitsvorkehrungen in einem AKW passieren kann, ist mir ein absolutes Rätsel."

Alex Stettenkamp sah sich unterdessen im Keller zum dritten Mal das Video an, das erst vor einer halben Stunde ins Netz gestellt worden war. Seine Fassungslosigkeit darüber wich auch bei wiederholtem Abspielen keineswegs. In dem dreiminütigen Film war ein Jugendlicher, dem Augenschein nach nordafrikanischer Abstammung, zu sehen. Er mochte um die sechzehn Jahre alt sein, hatte dunkles, glattes Haar, braune Augen und trug eine dunkelblaue, leicht glänzende Jacke. In gutem Deutsch schwor er zunächst als 'ergebener

Soldat dem Islamischen Staat die Treue'. Dann wurde der Ton plötzlich schlechter, doch seine Botschaft war noch zu verstehen: „Ich bekenne mich zu dem Attentat auf das Atomkraftwerk *Courant II*, Block 2, in Belgien. Heute morgen habe ich dort zusammen mit drei Soldaten, die mit mir gegen die Ungläubigen kämpfen, eine Sprengstoffbombe gezündet."
Das Bild wackelte, als sei die Kamera unruhig geführt worden und der Ton verschlechterte sich weiter. Der Lautsprecher seines Handys war bis zum Anschlag laut gestellt.
„...kein normaler Sprengstoff", verstand Stettenkamp mit Mühe.
Kurzzeitig verdunkelte sich der kleine Bildschirm. War das Video zu Ende?
Oben rechts im Bild prangte das arabische Schriftzeichen 'Amaq'. Der Kommissar kannte sich ein klein wenig aus. Hierbei handelte es sich um den Namen des bekannten Nachrichtenmediums des 'Islamischen Staats'. Solche Bekennervideos wie das, was er gerade sah, wurden zunächst in einschlägigen IS-Kanälen der verschlüsselten Chat-App Telegramm eingestellt. Nach und nach tauchten dann tröpfchenweise Übersetzungen in anderen Sprachen wie Englisch, Französisch und Deutsch auf. Nachrichten und Videos des IS verbreiteten sich auf diese Weise dann rasch auf den Nachrichtenwebseiten der westlichen Welt. Sicher waren die qualitativ miserablen Bild-Schnipsel, die er gerade gesehen hatte, ebenfalls auf diesem Weg in die Medien und somit in die Suchmaschine *google* gelangt.
Mit einem Mal wurde aus dem schwarzen Nichts ein verzerrtes, graues Bild und das Konterfei des jungen Mannes in der dunkelblauen Jacke tauchte abermals auf.

„Damit ihr erkennt, wie ernst es uns im Kampf gegen die Kuffar ist, habe ich mit anderen Soldaten unseres 'Islamischen Staates' im Atomkraftwerk per Zeitzünder eine 'schmutzige Bombe' gezündet!"
Stettenkamp starrte fassungslos auf das abermals schwarze Display.
Bei einer 'schmutzigen Bombe' handelte es sich um einen konventionellen Sprengkörper, etwa aus TNT oder einer Mischung aus Heizöl und Kunstdünger, dem radioaktives Material beigemischt wurde. Eine solche Waffe, soweit kannte der Kommissar sich aus, führte nicht zu einer nuklearen Kettenreaktion, die einer Atombombe ihre ungeheure Sprengkraft gab. Vielmehr verbreitete sich radioaktives Material in der weiteren Umgebung und verstrahlte seine Opfer. Jeder wusste, dass Krankheiten wie Krebs die Folge sein konnten. Schlimm genug!
Konnte es wirklich wahr sein, was der Jugendliche in diesem Video da von sich gegeben hatte?
Obwohl Stettenkamp ein technischer Laie war, hatte er instinktiv Zweifel an der Echtheit des kurzen Films mit der auffallend schlechten Bild- und Tonqualität.
Er sah sich das Video ein viertes Mal an.
Diesmal weniger wegen des brisanten Inhalts.
Sondern wegen des jungen Mannes, der darin zu sehen und zu hören war. Er hatte schon beim ersten Anschauen das Gefühl gehabt, ihn schon einmal gesehen zu haben. Vollkommen abwegig, hatte er zunächst gedacht. Und sich das Filmchen nochmals und nochmals angesehen.
Nachdem der Teenager die ersten Worte gesprochen hatte, sprang Stettenkamp auf und warf den kleinen Hocker, auf dem er gesessen hatte, polternd um.

Und ob ich ihn kenne!, dachte er alarmiert. Stettenkamp erinnerte sich genau an den Besuch bei dessen in seinen Augen gut integrierten Familie in
Großbüllesheim vor ungefähr einem Dreivierteljahr. Der Vater des Jugendlichen, ein Marokkaner, der vor Jahrzehnten nach Deutschland gekommen war und in der Bonner Innenstadt einen gutgehenden Obst- und Gemüseladen betrieb, sollte damals als Zeuge in einem Fall versuchten Totschlags am Euskirchener Bahnhofsvorplatz gehört werden. Stettenkamp hatte die Familie aus diesem Grund aufgesucht. Er konnte sich an das Bemühen des Mannes, ihm zu helfen, ebenso erinnern wie an die Gastfreundschaft seiner Frau. Die drei Söhne waren ebenfalls zuhause gewesen, er hatte sie jedoch nur ganz kurz gesehen. Der Vater hatte ihm noch stolz vom Informatikstudium seines Ältesten und der gerade erfolgreich abgeschlossenen Malerlehre seines Zweitgeborenen erzählt. Der Jüngste der Familie, der sechzehnjährige Rachid, hatte in der Küche offenbar über den Hausaufgaben gesessen. Jener Rachid, den er gerade eindeutig in einem IS-Bekennervideo wiedererkannte und der enorm stolz darauf zu sein schien, zusammen mit Gleichgesinnten angeblich eine 'schmutzige Bombe' im belgischen Atomkraftwerk *Courant II* gezündet zu haben.
Konnte das alles überhaupt stimmen?
Was tun?
Kurzerhand schnappte er sich sein Handy, stürmte durch die Flure des Kellerarchivs und eilte die Treppen bis zum dritten Stockwerk hinauf. Vor seinem alten Büro hielt er einen Augenblick lang inne. Ein seltsames Gefühl, quasi vor seiner eigenen Tür zu stehen und anzuklopfen.

Bente Schäfer, Ilka und Peter saßen nebenan im Besprechungsraum, die Verbindungstür war geöffnet.
„...eindeutig ein Fall für das Landeskriminalamt und die belgische Polizei“, sagte die neue kommissarische Leiterin soeben sehr bestimmt, als er eintrat.
„Alex, was führt dich hierher?“, fragte Peter verwundert. „Wolltest du mal wieder ans Tageslicht, oder was?“, witzelte er.
„Das auch“, lachte Stettenkamp. „Aber vielmehr treibt mich hierher, was ich eben im Netz entdeckt habe“, platzte er heraus. „Es geht um unseren neuen Fall!“, sagte er aufgekratzt und blendete aus, dass es sein Fall nicht mehr war. „Darf ich, Frau Schäfer?“
Er deutete auf den Stand-PC auf dem ovalen Tisch.
Ilka beobachtete die Mimik in ihrem Gesicht.
Würde sie sich von ihrem Vorgänger dazwischenfunken lassen, wo sie doch gerade erst klargestellt hatte, wo die Zuständigkeiten in ihren Augen lagen? Wie würde sie reagieren?
„Guten Tag, Herr Stettenkamp“, sagte sie freundlich.
„Wir sind gespannt, was Sie uns zu zeigen haben.“
Frau Schäfer lächelte und bot ihm einen Platz an.
Platzhirschgehabe hat sie anscheinend nicht nötig, dachte Ilka.
„Und Sie sind sich ganz sicher, dass es sich bei dem Jugendlichen hier um den jüngsten Sohn der Familie aus Großbüllesheim handelt, dessen Brüder das SEK heute morgen festgenommen hat?“, fragte die Düsseldorferin noch einmal nach, als das Bekennervideo endete. Ihre Stimme klang vollkommen unaufgeregt.
„Das ist Rachid, ohne Zweifel!“, bekräftigte Stettenkamp.

„Wie krass!“, warf Bongardt ein. „Wenn das wirklich stimmt, was er sagt, ist doch um *Courant II* herum jetzt alles strahlenverseucht!“
„Nun mal langsam“, beschwichtigte Frau Schäfer. „Ich werde jetzt zunächst Wolfgang Rhiem vom SEK anrufen und ihm den Link schicken“, beschloss sie. „Allerdings muss ich sagen, dass ich mir ganz und gar nicht sicher bin, ob dieses Bekennervideo tatsächlich eines ist. Die Qualität ist ziemlich schlecht und das ist ungewöhnlich für das islamistische Nachrichtenmedium 'Amaq'. Deren Logo im Bild kann gefälscht sein.“ Sie sah in die Runde. „Aber wie dem auch sei, die Experten meiner alten Dienststelle werden hoffentlich schnell herausfinden, ob das Bekennervideo echt ist oder ob es sich um ein Fake handelt.“
„Ich telefoniere in der Zwischenzeit mit der Polizei in Lüttich“, bot Ilka an. „Die Kollegen müssen doch wissen, dass es diesen Hinweis im Netz auf eine 'schmutzige Bombe' gibt.“
Stettenkamp nickte vorsichtig, wurde sich im nächsten Moment jedoch schmerzlich bewusst, dass nicht mehr er derjenige war, der solche Dinge entschied. Er sah auf seine Armbanduhr. Höchste Zeit, im Kellerarchiv die Digitalisierung der Papierakten weiter voranzutreiben. Der Kommissar, der keiner mehr war, stand auf. Aus dem Fenster erspähte er Annemie, die gierig an einer ihrer filterlosen Zigaretten sog und dabei schon die nächste aus der Packung zog. Gleich würde sie ganz sicher wieder über die viele Arbeit und den ganzen Stress im Archiv lamentieren, um sich kurz vor ihrem sehr zeitigen Feierabend noch über ihren Frührentner Heinz zuhause aufzuregen. Der hatte sicher, so Annemies tägliche Tirade, mal wieder nichts im

Haushalt erledigt und stattdessen bis mittags im Schlafanzug die Zeitung gelesen und würde sich ganz sicher ab dem frühen Abend auch noch zu seinen Skatbrüdern in die Kneipe verkrümeln.

Stettenkamp schüttelte den Kopf und grinste.

Der Keller war der reinste Komödienstadl, soviel stand fest.

„Hören Sie, Frau Landwehr, Herr Stettenkamp, Peter!", rief Bente Schäfer energisch. „Nichts dergleichen werden wir unternehmen. Noch einmal: Diese Sache liegt nicht in unserer Zuständigkeit. Das KK11 Euskirchen hat hier nicht zu ermitteln, weder formell noch informell. Nicht, weil wir es nicht wollten, sondern weil wir es nicht dürfen!" Sie sah eindringlich in die Runde. „Ich weiß sehr wohl, dass Sie es hier in Euskirchen in der Vergangenheit mit Zuständigkeiten und offiziellen Genehmigungen nicht immer so genau genommen haben. Und die Erfolge, auf die Sie zu Recht stolz sein können, haben Ihnen in der Vergangenheit so manches verziehen. Doch damit muss jetzt Schluss sein. Weil es mir als Leiterin gerade in diesem Fall eine Menge Ärger einbringen kann. Und davon hatte ich in Düsseldorf genug." Mit einem gequälten Lächeln fügte sie hinzu. „Mit der Konsequenz, dass ich hier in die Eifel verbannt worden bin. Bei der nächsten Verfehlung bin ich allerdings ganz weg vom Fenster." Sie blickte zu Stettenkamp hinüber. „Und Sie können sich, wenn ich das richtig einschätze, ebenfalls nicht mehr allzu viel erlauben."

Der grinste.

„Tiefer als bis in den Keller kann ich doch nicht sinken. Verzeihen Sie mir meinen Galgenhumor."

Frau Schäfer blieb ernst.

„Wie gesagt, mich reizt dieser Fall ebenfalls. Aber wir werden uns hier komplett heraushalten, denn ich kann es mir nicht leisten, meinen Job zu verlieren. Und Ihnen rate ich dringend das gleiche."
Sie ging hinüber zum Kühlschrank und zog zu ihrer aller Überraschung eine aufwändig verzierte, appetitlich aussehende Käsesahnetorte hervor.
„Die habe ich gestern für uns gebacken. Ein verspäteter Einstand sozusagen. Lassen Sie sich den Kuchen schmecken. Und dann machen wir heute ausnahmsweise einfach mal früh Feierabend."

Während Frau Schäfer und Peter angeregt miteinander plauderten - Stettenkamp hatte sich nach einem Stück Torte verzogen - betrachtete Ilka den schlichten, weißgoldenen Ring an ihrer rechten Hand. Sie verspürte ein Gefühl großen Glücks bei dem Gedanken an ihre Hochzeit mit Daniel. Dem Mann, mit dem sie in ihrer gemeinsamen Schulzeit eng befreundet gewesen war, den sie dann über zehn Jahre lang aus den Augen verloren hatte, um ihn vor vier Jahren auf einem Klassentreffen im Kaller Aktiv-Park wiederzutreffen. An diesem Abend hatte es trotz der vielen vergangenen Jahre gleich wieder gefunkt. Daniel lebte getrennt von seiner Freundin Martina mit der dreijährigen Nele in Köln. Es hatte nicht lange gedauert, da war er mit der Kleinen zu ihr nach Kall in das gemütliche Fachwerkhaus am Falkenweg gezogen - für Ilka, die sehr lange alleine gewohnt hatte, eine große Umstellung. Die beiden Menschen in ihrem Leben wurden neben ihrem alten Vater alsbald die wichtigsten in ihrem Leben. Bis zu ihrer Hochzeit mit Daniel hatte es allerhand Irrungen und Wirrungen gegeben, doch im

Frühjahr diesen Jahres war es dann soweit gewesen: Nach der standesamtlichen Trauung im Hexenturm auf der verwunschenen Wildenburg hatten sie sich im Ort in der Kapelle St. Johann Baptist das Ja-Wort gegeben. Ihr Vater Paul hatte es sich nicht nehmen lassen, Ilka zum Altar zu führen. Und ihre Freundin Meike hatte zu ihrer

Überraschung das 'Ave Maria' gesungen. Außerdem hatte sie dafür gesorgt, dass, nachdem Ilka mit Daniel die Ringe getauscht hatte, in der kleinen Kirche jenes Lied gespielt wurde, zu dem sie beide sich an dem Abend, an dem sie wieder zusammengekommen waren, zum ersten Mal geküsst hatten:

'Wenn wir nachts nach Hause gehen
Die Lippen blau vom Rotwein
Und wir uns bis vorne an der Ecke
Meine große Jacke teilen
Der Himmel wird schon morgenrot
Doch du willst noch nicht schlafen
Ich hole uns die alten Räder und wir fahren zum Hafen

Ich lass für dich das Licht an obwohl's mir zu hell ist
Ich hör mit dir Platten, die ich nicht mag
Ich bin für dich leise, wenn du zu laut bist
Renn' für dich zum Kiosk, ob Nacht oder Tag

Ich lass für dich das Licht an, obwohl's mir zu hell ist
Ich schaue mir Bands an, die ich nicht mag
Ich gehe mit dir in die schlimmsten Schnulzen
Ist mir alles egal, Hauptsache du bist da'

(Song: Revolverheld „Ich lass für dich das Licht an")

Die siebenjährige Nele hatte unbedingt mit ihrem Freund Nick, einem durchtriebenen, aber liebenswerten Kerlchen aus ihrer Klasse, Rosenblätter streuen wollen. Nick war von seiner Mutter Janine gebracht worden, über die er ihr schon freimütig berichtet hatte, dass sie manchmal mit Frauen wie Männern zuhause im Schlafzimmer verschwand. Ilka musste gerade laut lachen bei dem Gedanken an eine urkomische Szene: Die Achtundzwanzigjährige hatte nach der kirchlichen Trauung grell geschminkt, im schwarzen Leder-Minirock, der mit Mühe ihre Pobacken bedeckte, sowie kniehohen roten Stiefeln ausgerechnet neben ihrem etwas schwerhörigen Vater gestanden. Dieser hatte sich zur Hochzeit seiner Tochter in seinen liebsten Trachtenanzug samt Tirolerhut mit Gamsbart gewandet. Überlaut wollte der Witwer von seiner Lebensgefährtin Hubertine wissen: „Wat is dat dann für e Frauminsch? Hät dat sich va Sankt Pauli in de Eeefel verloofe oder wat?"
Wie gut, dass Janine kein Wort Eifeler Platt verstand und außerdem gerade dabei gewesen war, Peter Bongardt auf potenzielle Paarungswilligkeit hin abzuchecken.
Gefeiert hatten sie anschließend, genau wie Ilka es sich gewünscht hatte, mit ihren Familien und den engsten Freunden im geschmückten Garten bei ihnen zuhause direkt am Wald. Es hatte einfach alles gepasst.
Die Kommissarin wurde aus ihren Gedanken gerissen, als Bente Schäfer und Peter Bongardt zusammenpackten und sich in den Feierabend verabschiedeten. Sie hatte es nicht eilig. Daniel würde ohnehin noch einige Stunden in der Redaktion seines Sportmagazins

in Köln zubringen und Nele befand sich seit heute morgen bis Donnerstag auf ihrer ersten Klassenfahrt. Außer Labrador Becks wartete also niemand zuhause auf sie. Ihn würde sie später in *Conrads Hundepension* gleich nebenan abholen, sicherlich befand er sich gerade, wie immer um diese Zeit, auf einem ausgedehnten Spaziergang durch den Kaller Forst.
Sie stand am Fenster und musste schmunzeln, als sie ihre neue Chefin zusammen mit Peter vor dessen Motorrad, einer BMW R 1200, stehen sah. Soeben zog ihr Kollege aus seinem schwarz-roten Motorradköfferchen einen zweiten Helm hervor und reichte ihn Frau Schäfer. Ein paar Minuten später düsten die beiden zusammen in den unerwartet frühen Feierabend. Ilka glaubte instinktiv, dass die Düsseldorferin nicht vorhatte, auf ewig Leiterin der Provinz-Kripo in Euskirchen zu bleiben. Sie pendelte täglich zwischen der Landeshauptstadt und Euskirchen hin und her und wollte auf keinen Fall aus der Großstadt fortziehen. Vielleicht ließ sie sich angesichts dessen auf ein Techtelmechtel mit einem Mitarbeiter ein. Und Peter, der hatte ohnehin schon immer ein Händchen für komplizierte Beziehungen gehabt.
Sie nahm ihre dunkelblaue Schultertasche, die noch neben ihrem Schreibtisch stand, und ging hinunter ins Erdgeschoss. Im Foyer traf sie Stettenkamp.
„Na Alex, Feierabend?"
Er grinste verschlagen.
„Noch nichts ganz. Ich hab noch was vor!"
Sie sah ihn an.
„Was willst du damit sagen? Ich hoffe doch, zwischen dir und Lisa ist nach wie vor alles im Lot."

„Na klar“, sagte er schnell. „Ich fahre noch eben in Großbüllesheim bei den Mansours vorbei. Die Sache mit ihrem jüngsten Sohn Rachid lässt mir einfach keine Ruhe.“
„Das kannst du doch nicht machen“, wandte Ilka halbherzig ein. „Du hast doch gehört, was Frau Schäfer gesagt hat. Wir sind eindeutig nicht zuständig...“
Alex blieb stehen.
„Außerdem habe ich Neuigkeiten erfahren“, verkündete er geheimnisvoll, „mit dir würde ich sie teilen.“ Er lächelte. „Sie rücken auch die Zuständigkeiten in diesem Fall zumindest, sagen wir mal, in ein etwas anderes Licht.“
Ilka seufzte und fühlte sich hin- und hergerissen. Sein Alleingang im Fall Franziska Wolff hatte ihm soviel Ärger eingehandelt. Und auch Bente Schäfer konnte sie verstehen. Noch ärgere Konsequenzen als aus dem Landeskriminalamt in ein Polizeirevier in die Eifel versetzt zu werden konnte auch sie sicherlich nicht ertragen.
„Was ist, fährst du mit?“
Zwei Minuten später verließen sie den Parkplatz der Kreisverwaltung, Ilka in ihrem blauen Golf, Alex in seinem schwarzen Audi. Sie fuhren über die Frauenberger Straße in Richtung Großbüllesheim.
„Los, nun spann' mich nicht länger auf die Folter!“, sagte Ilka, als sie ihre Fahrzeuge am Wegrand unweit des weiß verputzten Einfamilienhauses der Mansours in der Nähe der Bäckerei Lennartz abgestellt hatten.
„Du ahnst nicht, wer mich vorhin angerufen hat, als ich von euch zurück in mein Kellerverlies gekommen bin“, platzte Alex heraus. „Manni!“

Manfred Habig war vor einem knappen halben Jahr in den Ruhestand gegangen, hielt aber regen Kontakt zu seinem alten Team und interessierte sich nach wie vor für alles, was polizeidienstlich im Kreisgebiet zwischen Hellenthal und Weilerswist so los war.
„Und was wollte er?“
„Stell dir vor, er ist gestern zusammen mit seiner Frau und dem 'Eifeler Bündnis gegen *Courant II'* auf einer Demo gegen das AKW in Belgien gewesen. Mit über achtzig Leuten sind sie zuerst durch den Ort marschiert und haben sich dann so nah, wie man eben herankommt, um das Atomkraftwerk herumpostiert und protestiert.“
„Deshalb hat er dich angerufen?“, hakte Ilka nach.
„Warte ab! Manni hat natürlich längst in den Nachrichten gehört, was in *Courant II* heute morgen passiert ist. Zusammen mit einer Rentnergruppe sind die Habigs über Nacht in Belgien geblieben und wollten sich heute eigentlich noch Brüssel anschauen. Außer ihnen ist noch eine weitere kleine Gruppe jüngerer Leute aus der Eifel über Nacht geblieben. Manni sagte, darunter seien auch zwei radikale Protestler, die bei anderen Demos wegen Gewalttätigkeiten schon mehrmals von der Polizei vorübergehend festgenommen worden seien. Das 'Eifeler Bündnis gegen *Courant II*' wollte die beiden Männer am Wochenende deshalb eigentlich gar nicht dabeihaben. Es hatte sich wohl schon herumgesprochen, was mit ihnen los ist.“
Ilka verstand immer noch nicht ganz, worauf er hinauswollte.
„Sind diese Männer denn am Sonntag wieder auffällig geworden?“

„Gestern nicht“, sagte Alex ruhig. „Aber heute morgen vielleicht.“
„Was willst du damit sagen?“
„Manni, das Schlitzohr, wollte nach der Explosion heute morgen natürlich wissen, was im AKW genau passiert ist. Er ist ja, wie gesagt, noch vor Ort. Unser alter Kollege macht sich also in seinem Rollstuhl auf in Richtung AKW und wird natürlich irgendwann vom Sicherheitsdienst aufgehalten und abgewiesen.
Manni hingegen löcherte ihn weiterhin mit Fragen. Der Security-Mann war dann wohl irgendwann vollkommen genervt und hat geschimpft, er sei seit heute morgen allein im Einsatz, seine beiden Kollegen hätten sich krank gemeldet und sein Chef es nicht auf die Reihe bekommen, Ersatz zu schicken. Und nun habe er, O-Ton, die Kacke am dampfen.“
Ilka dämmerte es allmählich.
„Er konnte die Zugänge zum AKW alleine nicht bewachen und das ausgerechnet in der Zeit, wo jemand im Labor den Sprengstoff gezündet hat“, mutmaßte sie.
„Kluges Köpfchen, du hast es erfasst. Es scheint also tatsächlich möglich gewesen zu sein, dass es jemandem eben aufgrund dieser Security-Panne gelungen ist, in das AKW zu gelangen und dort ein Sprengstoff-Attentat zu begehen.“
Ilka starrte ihn an.
„Diese Security-Panne erweitert den Kreis der Verdächtigen ja ganz erheblich!“ Sie überlegte.
„Derjenige muss allerdings gewusst haben, dass der Security-Mann ausgerechnet heute früh kurze Zeit allein auf dem riesigen Gelände gewesen ist.“
Ilka sah zum Haus der Mansours hinüber.

„Gezündeter Sprengstoff ausgerechnet in einem Atomkraftwerk sorgt für eine Menge Aufmerksamkeit. Und sollte sich tatsächlich herausstellen, dass ihm auch noch radioaktives Material beigemischt war, dann kommt *Courant II* erstmal nicht mehr aus den Negativschlagzeilen heraus. Genauso wenig wie der mutmaßliche Täter. Letzteres passt zum IS.“
Sie stockte.
„Möglicherweise ist Rachids Bekennervideo ja doch echt!“
Alex nickte.
„Das stimmt. Theoretisch können es aber auch die beiden radikalen 'Eifeler Aktivisten' gewesen sein. Warum sind sie nach der Demo gestern noch eine Nacht geblieben?, frage ich mich.“
Nun führten also schon zwei mögliche Spuren in die Eifel. Was für ein Tag!
In den Nachrichten, die permanent über die Explosion berichteten, änderte sich hingegen der Tenor, was die Ursache anbetraf. Die Betreibergesellschaft wollte trotz der morgendlichen Sicherheitspanne nichts von einem Terroranschlag wissen. Vielmehr vermute man einen Sabotageakt, erklärte deren Pressesprecher recht nebulös. Interne Untersuchungen des Vorfalls, wie er es nannte, liefen bereits auf Hochtouren.
Allerdings gab er zu, dass durch den detonierten Sprengstoff zwei anwesende Labormitarbeiter verletzt worden seien: Eine zweiunddreißig Jahre alte Mutter von zwei kleinen Mädchen so schwer, dass sie in die Uni-Klinik nach Lüttich gebracht worden und ins Wachkoma gelegt worden sei.
Langsam überquerten sie im Zweitausend-Seelendorf Großbüllesheim die schmale Straße und gingen an der

Kirche St. Michael auf ein älteres, gepflegtes Haus zu. In dem kleinen Vorgarten blühte ein Mix farblich gut harmonierender Sommerblumen; neben der Haustür stand eine einladende, halbrund geschwungene Sitzbank.
Hinter den weißen Gardinen regte sich nichts.
Kein Mensch würde vermuten, dass ausgerechnet hier heute Morgen vom SEK zwei IS-Kämpfer festgenommen worden sind, dachte Ilka immer noch fassungslos.
Würden sich die Mansours Stettenkamp anvertrauen, weil sie ihn kannten? Sie mussten doch gewusst haben, dass sich ihre drei Jungen dem 'Islamischen Staat' angeschlossen hatten. Und zumindest eine Vermutung hegen, wo sich der sechzehnjährige Rachid aufhalten mochte. Oder aber würden die Eltern schweigen in dem Glauben, ihrem jüngsten Sohn damit zu helfen?

Dienstag - 2. Tag

Die Nachricht schlug an diesem sonnigen Junimorgen ein wie eine Bombe: Unerwartet rasch hatte die Betreibergesellschaft des AKW *Courant II*, 'Énergie pour Belgique', zugegeben, dass dem explodierten Sprengstoff tatsächlich hochradioaktives Caesium 137 beigemischt gewesen war, dessen Isotope als besonders gefährlich galten.
Die zweite Hiobsbotschaft betraf die schwerverletzte Labormitarbeiterin: Die junge Frau war noch in der Nacht in der Lütticher Uni-Klinik verstorben. Sie hinterließ zwei kleine Töchter sowie ihren Lebensgefährten.
In sämtlichen Medien wurde seit dem frühen Vormittag unentwegt über das Bombenattentat berichtet. Die Betreiber hielten strikt an ihrer Theorie eines Sabotageakts fest und schlossen einen Terroranschlag von vornherein aufgrund ihrer angeblich sehr hohen Sicherheitsvorkehrungen aus. Belgische Atomkraft-Experten sowie die Regierung in Brüssel versuchten in Interviews zu beschwichtigen: Eine 'schmutzige Bombe' führe nicht zu einer Kettenreaktion, die einer Atombombe ihre ungeheure Sprengkraft verleihe, sondern sei allenfalls dazu geeignet, die Umgebung zu verstrahlen.
Stettenkamp blieb die Spucke weg, als er diese lapidar dahergesagte Einschätzung hörte. War der Schaden denn nicht groß genug? Die belgischen Sachverständigen schätzten die Gefahr für die Menschen an der Maas aufgrund des angeblich relativ geringen Caesium-Anteils im untersuchten Sprengstoff als gering ein.

Führende Politiker Belgiens legten den Anwohnern nahe, ihre Wohnungen einstweilen nicht zu verlassen, bis die angeordneten Luft- und Bodenproben abgeschlossen seien. Der Aufenthalt im Haus sei zur Zeit besser als die unkoordinierte Flucht aus dem betroffenen Bereich, solange sich noch radioaktives Material in der Luft befinde und sich nicht überwiegend abgesetzt habe. Menschen, die im Umkreis von fünfzig Kilometern rund um das AKW *Courant II* lebten, jedoch nicht vor Ort bleiben wollten, versprach die Regierung finanzielle Unterstützung, falls keine Möglichkeit bestand, bei außerhalb lebenden Verwandten oder Freunden unterzukommen.
Deutsche Fernseh- und Radiojournalisten befragten die Menschen im Nachbarland zu dem Attentat. Stettenkamp schüttelte irritiert den Kopf: Die weitaus meisten gaben sich nämlich erstaunlich unaufgeregt. Die Tatsache, dass es überhaupt jemandem möglich gewesen war, in einem vermeintlich hochgesicherten Ort wie einem Atomkraftwerk Sprengstoff zu zünden, schien sie zwar zu besorgen, löste jedoch erstaunlich wenig Fassungslosigkeit oder Wut auf die Verantwortlichen aus. Mit möglichen Anschlägen müsse man in der heutigen Zeit rechnen und umzugehen lernen, meinten viele der Befragten. Außerdem stünde ja noch gar nicht fest, ob es sich nicht viel mehr um einen Sabotageakt aus der Mitarbeiterschaft handelte. Auch eine mögliche Verstrahlung der Region ließ offenbar kaum Panik aufkommen. Man vertraue der Einschätzung der Experten, die ja nur von einem sehr geringen Caesium-Gehalt ausgingen und wolle die weiteren Untersuchungen erst einmal abwarten.

Die Reaktionen in der nahegelegenen Städte-Region Aachen und in der Eifel fielen dagegen vollkommen anders aus.
„Seit Jahren protestieren wir doch schon gegen die dilettantischen Sicherheitsvorkehrungen in diesem Pannenreaktor“, regte sich Manni Habig bei seinem Telefonat mit Stettenkamp an diesem Morgen auf. Die 'Eifeler Aktivisten gegen *Courant II'*, denen er und seine Frau angehörten, hätten nicht nur immer wieder auf tausende Risse in den Reaktoren hingewiesen, sondern auch die zahllosen Störfälle und Sabotagen angeprangert, von denen die meisten in einem ordnungsgemäßen Betrieb hätten verhindert werden können. Doch mehr als zu demonstrieren und zu protestieren, blieb ihnen nicht. Die deutsche Regierung schätzte *Courant II* zwar ebenfalls als hochgefährliches AKW ein, es hinunterzufahren oder ganz abzuschalten lag indes in der Hand der Belgier.
Und nun auch noch die offensichtliche Panne bei dem verantwortlichen Sicherheitsdienst.
„Unfassbar!“, regte Manni sich erneut auf, „dass dieser Mark Weißgerber vollkommen allein das Gelände rund um das AKW im Blick behalten sollte, auch wenn es nur für eine halbe Stunde war. Wie man sieht, war genau die schon zu lang!“
Auf die neugierige Frage eines Reporters nach den Überwachungskameras auf dem Außengelände hatte einer der Geschäftsführer eingestanden, dass ausgerechnet im Eingangsbereich, den der Wachmann zum Zeitpunkt des Anschlags nicht im Blick hatte, die Videoüberwachung nicht funktioniert habe.
Irgendwie, dachte Stettenkamp, passt das nur zu gut ins Bild der immer neuen Störfälle im AKW. Nur hatte es

diesmal kein Wasserleck oder eine brennende Schalttafel gegeben, sondern einem Attentäter war es gelungen, in einem Labor eine 'schmutzige Bombe' zu zünden. Im Jahr 2006 hatten es einmal dreißig Greenpeace-Aktivisten geschafft, auf das Kraftwerksgelände zu gelangen und es zu besetzten. Daraufhin hatten die Betreiber den Securitydienst gewechselt. Und nun das!
„Die Untersuchungen des Sprengstoffs haben übrigens ergeben", hörte Stettenkamp gerade im Radio, „dass der oder die Täter das sehr einfach herzustellende Triacetonperoxid, kurz TATP genannt, verwendet haben. Die Grundstoffe für TATP finden sich in jeder Küchenausstattung, es handelt sich dabei vereinfacht gesagt um ein Gemisch aus Reinigungsmitteln. Ein Laie ohne jede chemische Vorbildung wäre, so Martin Härtel, Chemiker an der Universität München, mit einer einfachen Anleitung in der Lage, auf diese Weise einen leistungsfähigen Sprengsatz zu basteln. Wer mit TATP hantiert, riskiere allerdings sehr wohl seine körperliche Unversehrtheit und unter Umständen sogar sein Leben."
Zum Beispiel islamistische Terroristen, dachte Stettenkamp. Im Grunde könnte zwar jeder Schüler einen TATP-Sprengsatz zusammenmischen, aber er käme doch wohl kaum an radioaktive Stoffe wie pulverisiertes Caesium 137 heran. Oder etwa doch?
„Das Terrornetzwerk 'Islamischer Staat' hat sowohl bei den Anschlägen in Paris Sprengstoffgürtel getragen, die TATP enthielten, als auch bei den Anschlägen im vergangenen Jahr in Brüssel auf den Flughafen und die U-Bahn", fuhr der Nachrichtensprecher fort. „Deshalb wird nun im Fall von *Courant II* innerhalb dieses Täterkreises gefahndet, zumal es ein Bekennervideo gibt,

dessen Echtheit zur Zeit von belgischen Experten geprüft wird."
Aha!, dachte Stettenkamp.
Die Frage der Zuständigkeiten schien immer komplexer zu werden. Inwieweit würden die belgischen Polizeibehörden wohl mit dem LKA zusammenarbeiten, dessen Sondereinsatzkommando zwei Söhne der Familie Mansour verhaftet hatte - nicht ahnend, dass der gesuchte Dritte, Rachid, sich wenige Stunden später als vermeintlicher Bekenner des Bombenattentats im AKW *Courant II* entpuppen würde.

Es klopfte an die Tür seines Keller-Kabuffs.
„Ich gehe dann mal in die Mittagspause", informierte ihn Annemie und säuselte: „Chef, es kann heute was später werden"
Und schon war sie wieder weg.
Alex rollte die Augen gen Decke und seufzte.
Soviel Schlendrian wie hier unten hatte er noch nirgends erlebt. Und musste sich eingestehen, dass er von Woche zu Woche immer weniger Energie verspürte, diesem den Garaus zu machen. Er wollte hier weg und zurück ins KK11, da, wo er hingehörte, wo seine klugen wie engagierten Mitarbeiter waren, die mitdachten, denen kein Einsatz zuviel war und mit denen er nicht zuletzt aufgrund dieser Eigenschaften jahrelange Ermittlungserfolge gefeiert hatte.
Doch es müsste schon ein mittleres Wunder geschehen, grollte er, wenn mir das gelingen sollte, bevor ich alt und grau bin.
„Beweisen Sie sich nach dieser unseligen Geschichte", sagte ihm Polizeidirektor Groß alle paar Monate. Dass ihm dies durch hunderte gescannter Aktenordner nicht

gelingen würde, lag allerdings auf der Hand. Erneute Alleingänge hingegen waren ganz sicher auch nicht angesagt. Zumindest keine Offensichtlichen, dachte er und stieg die vier Stockwerke zur Kantine hinauf, wo er sich mit Ilka und Peter zum Mittagessen verabredet hatte. Bente Schäfer weilte bei Armin Groß zu einer Leiterbesprechung in Bonn.

„Jetzt schießt mal los! Wie war es gestern bei den Mansours?“, flüsterte Peter gespannt, als sie am Tisch saßen. Alle drei hatten sich für das Tagesgericht entschieden: Currygeschnetzeltes mit Reis und einem kleinen Salat.
„Warte kurz“, bat Alex und schlang hungrig sein Essen hinunter. „Es wird eine längere Geschichte.“
Er überlegte, wie er beginnen sollte, denn der Besuch bei der Familie Mansour hatte ihn berührt und aufgewühlt.

Samira und Hamid Mansour hatten Stettenkamp gleich wiedererkannt, als er gestern zusammen mit Ilka in Großbüllesheim vor der Tür des bescheidenen Einfamilienhauses gestanden hatten. Beide wirkten um Jahre gealtert, ihre faltigen, von Arbeit gezeichneten Gesichter vergrämt. Hamid trug dunkelblaue Jeans und ein kariertes Hemd, seine Frau einen knielangen, grauen Rock sowie ein rotes T-Shirt, das wellige, schwarze Haar fiel ihr offen über die Schultern. Das Ehepaar Mansour bat die Kommissare freundlich ins Wohnzimmer. Samira bereitete für sie ein marokkanisches Nationalgetränk, grüner Tee und Nana-Minze mit viel Zucker. Dazu servierte sie köstlich duftendes Gebäck mit Mandelpaste, Datteln und Rosinen.

„Sie haben gehört, was bei uns passiert ist?“, fragte Hamid offen.
„Ja, das haben wir“, bestätigte Stettenkamp. „Ihre beiden ältesten Söhne sind von einem Sondereinsatzkommando verhaftet worden und befinden sich in Untersuchungshaft.“
Hamid nickte.
„Herr Stettenkamp, würden Samira und ich Sie nicht kennen, würden wir nicht mit Ihnen über die Sache sprechen. Wir sind dabei, uns um einen Anwalt für unsere Jungen zu kümmern und haben uns vorgenommen, zu niemandem etwas über die ganze verdammte Geschichte zu sagen.“ Er lächelte schmal. „Aber wir wissen aus der Vergangenheit, dass wir Ihnen vertrauen können. Und ich hoffe, Ihrer Kollegin auch.“
Samira setzte sich aufrecht in ihrem Sessel hin.
„Faris und Resul haben nichts mit dieser Explosion im Atomkraftwerk zu tun“, sagte sie mit fester Stimme. „Sie lagen in ihren Betten und haben geschlafen, als das SEK unser Haus gestürmt hat. Die Bombe wurde ja erst eine halbe Stunde zuvor gezündet. In dieser Zeit hätten sie es nicht einmal von Belgien zurück und wieder hierher geschafft.“
Da wird sie Recht haben, dachte Stettenkamp. Die Spurensicherung hatte festgestellt, dass das Auto der Mansours kurz vor dem Einsatz bei der Familie nicht gefahren worden war. Und eine Zugverbindung gab es in der Nacht nicht.
„Bei ihren Söhnen im Zimmer wurden Pläne für einen möglichen Anschlag auf das AKW *Courant II* gefunden“, erinnerte er.
„Sie selbst können ihn aber nicht begangen haben“, sagte Hamid ruhig. „Doch wie Sie sich sicher denken

können, haben sie falsche Freunde. Und sie sind seit Jahren vollkommen verblendet."
Hamid Mansour begann zu erzählen. Aus der Zeit, als Samiras und seine eigenen Eltern in den sechziger Jahren als Gastarbeiter nach Deutschland gekommen waren und ihre Väter in Köln bei Ford Arbeit gefunden hatten. Samira und er lernten sich bei einem Familien-Sommerfest des Autobauers kennen und heirateten, da waren sie gerade einmal achtzehn Jahre alt gewesen. Beide waren harte Arbeit gewohnt. Zusammen eröffneten sie in Euskirchen ein Marktgeschäft, in dem es neben Obst, Gemüse und Fleisch vor allem türkische und marokkanische Spezialitäten sowie hunderte von Gewürzen zu kaufen gab. Entgegen den Erwartungen vieler Eifeler brummte der Laden. Fünf Jahre später eröffneten die Mansours einen zweiten Markt in der Bonner Innenstadt. Die Pacht war enorm, doch der Erfolg gab Hamid, der sich um die Filiale kümmerte, abermals Recht. Samira betrieb den Laden in Euskirchen alleine weiter und musste sich zudem um ihre kleinen Söhne Resul und Faris kümmern. Viel Zeit für die beiden blieb ihr nicht. Ihre dreiundsiebzigjährige Mutter gab ihr Bestes, war den beiden Rabauken jedoch nicht gewachsen. Die Mansours spürten, dass sich ihre Jungen veränderten, ihre Kleidung, ihre Ansichten, die viele Zeit, die sie in Düsseldorf verbrachten, um sich Predigten anzuhören. Sie waren besorgt, doch die Zeit, in der sie hätten Einfluss nehmen können, war vorbei. Als gerade mal Anfang Zwanzigjährige zogen die Brüder 2011 nach Syrien in den Krieg. Dabei hatten sie sich in Deutschland eine eigene Existenz aufgebaut, Resul als Informatiker und Faris als Maler. Die Mansours wurden fast verrückt vor Sorge und Scham.

Sie erhielten zwei-, dreimal ein Lebenszeichen der beiden sowie - mehr Schock als Freude - ein einziges Hochzeitsfoto, auf dem sie mit ihren vollverschleierten Frauen, verhüllt in bodenlange schwarze Burkas, mitten im Wüstenstaub zu sehen waren.
Im Ort wurde längst über sie geredet, doch die Eltern behaupteten, ihre Söhne hätten in Köln eine gutbezahlte Arbeit gefunden und seien folglich in die Stadt gezogen. Außerdem war da noch der elfjährige Rachid, um den Samira sich nach den Erfahrungen mit ihren beiden Großen intensiv kümmern wollte.
Hamid fand zwei Mitarbeiter für den Laden in Euskirchen, um seine Frau zu entlasten.
„Wo ist Rachid?“, unterbrach Stettenkamp sie sanft. Er blickte in die ratlosen Gesichter der Eltern. Hamid hielt sich die kräftigen Hände vor die Augen.
Der Kommissar wusste von Ilka, dass zwei Kollegen des SEK in Bonn die beiden heute mit dem vermeintlichen Bekennervideo konfrontiert hatten.
„Sie wissen selbst, er wird dringend gesucht“, fügte Ilka hinzu und das war noch stark untertrieben. Sein Konterfei war ähnlich wie vor einem halben Jahr im Fall des Berliner Weihnachtsmarktattentäters Anis Amri permanent im Fernsehen und in den Zeitungen zu sehen mit dem Unterschied, dass nach Rachid Mansour als Verdächtiger gefahndet wurde.
Samira begann zu weinen.
„Der Junge hat nichts mit dem Bombenattentat zu tun“, schluchzte sie. „Ich kenne Rachid durch und durch, er ist kein Terrorist. Ja, er hat sich in seinen Glauben hineinverbissen. Aber so etwas könnte er niemals tun.“
Hamid sah seine Frau an und schwieg.

„Auf dem Video sagt er von sich selbst, dass er den Anschlag im Kampf gegen die Ungläubigen im Westen begangen hat“, wandte Ilka ein.
Samira sah ihr in die Augen.
„Eine Mutter kennt ihr Kind“, sagte sie leise.
„Entweder ist dieser Film nicht echt oder man hat Rachid gezwungen, so etwas zu behaupten. Glauben Sie mir, er wäre überhaupt nicht fähig, eine Bombe zu zünden.“
Stettenkamp räusperte sich.
„Was denken Sie, Herr Mansour?“
Er dachte eine Weile nach.
„Ganz ehrlich? Ich weiß es nicht. Rachid war schon immer ein schwieriger Junge. In der Schule leider immer ein Außenseitertyp. Ständig ist er mit seiner Art angeeckt, vor allem bei den Lehrern. Freunde hatte er keine oder aber solche, die ihn manipuliert haben, irgendwelchen Mist zu bauen, für den er dann den Kopf hinhalten musste. Im letzten Sommer ist er dann in Euskirchen von der Schule geflogen und hing hier zuhause herum. Von da an ging es dann steil bergab. Er sah sich ständig *Youtube*-Videos von diesen brüllenden Hasspredigern an. Mehrere Male ist er sogar mit Bahn und Bus nach Belgien in den Brüsseler Stadtteil Molenbeek gefahren, um sich, wie wir im Nachhinein herausgefunden haben, mit seinen dschihadistischen Salafistenfreunden zu treffen, die er übers Internet kennengelernt hatte. Wir konnten ihn nicht daran hindern. Gefühlt ist er uns noch viel mehr entglitten als Resul und Faris.“
Samira nickte.
„Glauben Sie mir, wir haben alles versucht, etwas dagegen zu unternehmen“, stellte sie klar. „Schließlich

hatten wir ja schon zwei Söhne verloren. Ich bin in über zwanzig Moscheen gewesen und habe das Gespräch mit den Imamen gesucht, aber mir konnte oder wollte niemand von ihnen helfen, Rachid auf den rechten Weg zurückzubringen. Vertrauen Sie auf Allah, hieß es bei den meisten nur. Auch in seiner Schule habe ich das Gespräch mit seinen Lehrern gesucht, aber gebracht hat es nicht viel. Sie rieten mir, einen Psychologen mit ihm aufzusuchen. Das habe ich auch getan. Ihm wurde ADHS attestiert, eine Aufmerksamkeitshyperaktivitätsstörung. Seitdem hat er sein Verhalten zuhause auf diese Krankheit geschoben, geändert hat sich nichts."
Sie seufzte. „Zunächst wurde er durch das verschriebene Ritalin ruhiger, ausgeglichener, er konnte sich besser konzentrieren. Aber er vertrug das Medikament nicht, hatte ständig Magenkrämpfe und Kopfschmerzen. Als er es absetzen musste, waren wir in der Schule wieder am gleichen Punkt mit ihm."
Sie schwieg einen Augenblick.
„Im Nachhinein glaube ich, dass er bei seinen falschen Freunden in Molenbeek die Anerkennung gefunden hat, nach der er sich so lange vergeblich gesehnt hatte. Er sprach immer von einer Gemeinschaft und das sie alle zusammen ein großes Ziel hätten, wo jeder von ihnen unheimlich wichtig wäre."
„Und was sollte das sein?", fragte Stettenkamp ahnungsvoll.
Samira Mansour fasste sich an den Kopf.
„Der Kampf gegen die Kuffar, die Ungläubigen."
Er hakte nach: „Sie sagten zu Anfang, dass sie Rachid nicht für gewaltbereit halten und ihm schon gar kein Attentat zutrauen."
Die Mutter nickte zögernd.

„Seine großen Brüder hatten doch sicherlich Einfluss auf Rachid?“, hakte sie nach.
„Hm. Resul und Faris sind erst 2016 aus Syrien zurückgekehrt, Sie wissen ja selbst aus den Nachrichten, dass der 'Islamische Staat' dort immer mehr in die Defensive gerät. Im vergangenen Jahr aber war Rachid schon mittendrin in der Szene. Resul und Faris lebten erst seit ein paar Wochen wieder bei uns hier in Großbüllesheim. Als sie aus Syrien zurückkamen, hat es sie mit ihren Frauen zunächst nach Gelsenkirchen verschlagen. Im Mai sind sie dort dann aus ihrer Wohnung geflogen, angeblich, weil sie die Miete nicht bezahlt hatten. Mit ihren Frauen schien es auch nicht mehr wirklich zu funktionieren. Jedenfalls standen unsere Jungen vor ein paar Wochen mit Sack und Pack bei uns vor der Tür. Was macht man da als Eltern?“
Stettenkamp rieb sich das Kinn.
„Rachid könnte immerhin Zugang zu den Anschlagsplänen gehabt haben...“
Hamid Mansour schüttelte den Kopf.
„Ich bezweifele, dass sie tatsächlich von Resul und Faris stammen. In den knapp vier Wochen, in denen sie wieder mit uns gelebt haben, hatten Samira und ich den Eindruck, dass sie vom IS endgültig die Nase voll hatten. Sonst hätte das Ganze bei uns auch nicht funktioniert.“
„Woran machen Sie das fest?“
„Die beiden haben sich wieder westlich gekleidet; vorher sind sie ja in irgendwelchen Steinzeitgewändern und Turbanen durch die Gegend gelaufen“, sagte Hamid freimütig. „Außerdem lief endlich wieder vernünftige Musik bei uns im Haus. Sie trafen sich

außerdem wieder mit ein paar alten Kumpels aus dem Sportverein hier im Dorf."
Ilka sah ihm ernst ins Gesicht.
„Das klingt mir jetzt alles ein bisschen zu harmlos. Immerhin hat der Verfassungsschutz Resul und Faris seit ihrer Rückkehr aus Syrien doch beobachtet."
Stettenkamp wiegte den Kopf.
„Dazu genügt die Tatsache, dass sie als ehemalige IS-Kämpfer aus Syrien nach Deutschland zurückgekehrt sind. Ob sie als Gefährder eingestuft werden, also als Menschen, denen erhebliche politisch motivierte Straftaten zugetraut werden, wird ja gerade geprüft."
Ilka zog die Luft durch die Nase.
„Das SEK hat Anschlagspläne gefunden und mitgenommen", erinnerte sie abermals. „Das spricht nicht gerade für ihre Söhne."
Hamid Mansour beugte sich vor.
„Herr Stettenkamp, ich hoffe, wir können offen miteinander reden. Ich bin ziemlich sicher, dass sie gar nicht von Resul und Faris stammen. „Sondern", er blickte zu seiner Frau hinüber, „von Rachid."
Samira richtete sich kerzengerade auf.
„Was willst du damit sagen?"
Ihr Mann schlug mit der FAlso knappaust auf den Wohnzimmertisch mit den vielen kunstvollen Mosaiken.
„Dass ich allmählich nicht mehr weiß, was ich glauben soll!"
Er sprang auf.
„Vielleicht hat Rachid die Unterlagen von seinen falschen Freunden aus Molenbeek zugemailt bekommen und ausgedruckt, was weiß ich? Ihre

Kollegen werden das feststellen, sie haben seinen Laptop ja gestern mitgenommen."
„Wo hält sich Rachid auf, Herr Mansour?", fragte Stettenkamp so ruhig wie möglich.
„Ich vermute, bei seinen Salafisten-Freunden in Molenbeek." Er hielt kurz inne. „Ich habe sie ein paar Mal mit ihren Rauschebärten auf Rachids Computerbildschirm gesehen und gehört, sie skypen ja ständig. Hierherkommen wollten sie nie. Für diese Leute sind Samira und ich ja Ungläubige."
„Aber sie beide sind doch Muslime, richtig?"
Hamid lachte.
„Ja, allerdings sind wir sehr liberale Muslime. Jeder soll seinen Glauben so leben, wie er es für richtig hält. So haben wir übrigens auch unsere Söhne erzogen", fügte er hinzu. „Auch wenn das für einen Außenstehenden natürlich schwer zu glauben ist."
Stettenkamp atmete tief ein und aus. Harter Tobak, was Ilka und er da von Rachids Familie erfahren hatten. Eben weil sie ihn kannten und ihm vertrauten. All das, da war er sich sicher, hätten sie ansonsten keinem Polizisten erzählt, sondern die Sache ausschließlich in die Hände des Anwalts gelegt, den sie gerade für ihre Söhne suchten.
„Könnte es möglich sein, dass Rachid sich deswegen bei seinen Freunden in Molenbeek versteckt hält, weil er weiß, dass seine Brüder festgenommen und bei ihnen im Haus Pläne für einen Anschlag auf das AKW gefunden worden sind?"
Die Eltern nickten zögernd.
„Oder eher deshalb, weil er das Bombenattentat tatsächlich in die Tat umgesetzt hat, so wie er es in dem Video ja selbst bekennt?"

„Nein!“, rief Samira energisch. „Das habe ich Ihnen doch schon gesagt. Entweder ist es überhaupt nicht echt oder aber man hat meinen Jungen gezwungen, so etwas vor der Kamera zu sagen. Dabei bleibe ich!“
Sie bedankten sich und ließen sich von den Mansours zur Haustür begleiten.
Draußen verabschiedete sich allmählich der laue Frühsommerabend, die Sonne ging in einem zarten Orange langsam unter. Über der Nachbarschaft der Mansours lag der Geruch von gegrilltem Fleisch, ein Duft, für Alex untrennbar mit dem Sommer verbunden. Vielleicht ließ sich Lisa zuhause überreden, draußen auf der Terrasse noch eben ein paar Würstchen auf den Rost zu legen. Dazu ein kühles Kölsch...
„Die Mansours tun mir leid“, sagte Ilka in seine Gelüste hinein. „Fleißige Leute, selbst liberale Muslime und die Söhne geraten immer tiefer in radikale Kreise. Zu spüren, dass man als Eltern überhaupt keinen Einfluss mehr nehmen kann, muss einfach schrecklich sein.“
Alex nickte.
„Als die Eltern erzählten, dass Rachid eine Verbindung nach Molenbeek hat, klingelten bei mir alle Alarmglocken. Der Brüsseler Brennpunkt-Stadtteil ist bekanntlich das Zentrum des gewaltbereiten salafistischen Islams in Belgien schlechthin“, erinnerte er. „Sowohl der Drahtzieher der Anschläge von Paris, als auch die des Attentats auf den Brüsseler Flughafen stammen von dort. Wieviele Razzien mit Festnahmen gesuchter Islamisten hat es seither dort schon gegeben? Rachid wird wohl kaum mehrere Male aus der Eifel dorthin gefahren sein, um Minztee zu trinken.“
Ilka lachte bitter auf.

„Ich frage mich die ganze Zeit, ob Rachid und seine Gotteskrieger tatsächlich in der Lage gewesen sein könnten, im AKW eine 'schmutzige Bombe' zu zünden. Ich meine, wir reden hier über Jugendliche", setzte sie hinzu.
Der Kommissar nickte.
„Das stimmt. Allerdings weißt du selbst, dass es ein Kinderspiel ist, einen TATP-Sprengsatz zu basteln. Dazu müsste er sich nur an den Reinigungsmitteln in der Küche seiner Mutter bedient haben."
Sie sah ihn zweifelnd an.
„Allerdings wird Samira Mansour wohl kaum pulverisiertes Caesium 137 ins Putzwasser geben", meinte sie lakonisch. „So leicht ist wohl kaum an radioaktives Material zu kommen."
Alex zuckte mit den Schultern.
„Leicht sicherlich nicht unbedingt. Aber für unmöglich halte ich es auch nicht. Wenn ich nur daran denke, wie dilettantisch der Sicherheitsdienst aufgestellt war. Dieser Weißgerber stand zwanzig Minuten lang auf weiter Flur allein auf dem Gelände. Und ob in den chemischen Laboren tatsächlich auf allerhöchste Sicherheit geachtet wird, ist doch wirklich fraglich, bei allem, was dort ständig passiert."
Er lehnte immer noch gegen seinen dunklen Audi und dachte nach. Ilkas Überlegungen beschäftigten ihn.
Er zog sein IPhone aus der Tasche und suchte in seinen Kontakten.
„Wen willst Du anrufen?", wollte Ilka wissen.
„Ah, was für ein Glück, ich habe die Nummer noch gespeichert!", rief er triumphierend. „Du erinnerst dich doch sicherlich noch an Dr. Hans-Josef Krannich, den Leiter des Forschungszentrums in Jülich..."

Und ob sie sich erinnerte.
Es war ihr zweiter gemeinsamer Fall gewesen.
Martin Müllenborn, ein hochgefährlicher Serienmörder, hatte als hochrangiger Mitarbeiter des Forschungszentrums Zugang zu dem tödlich wirkenden Nukleargift Polonium-210 gehabt. Die Größe eines Staubkorns, aufgelöst in einer Wasserflasche, hatte ausgereicht, um seinen Widersacher zu töten - es war ein fast perfekter Mord gewesen.
Nach einigem Hin und Her wurde Alex mit Dr. Krannich verbunden.
Das, was der Leiter des Jülicher Forschungszentrums zur Beschaffung von Caesium 137 zu sagen hatte, verschlug Ilka die Sprache.
„Das Zeug gibt es in zehntausenden Anlagen weltweit, etwa in Forschungszentren wie dem unsrigen, in Krankenhäusern in der Radiologie und natürlich auch in Industrieanlagen“, wusste der Experte. „Ich weiß aus aktuellen Studien“, so Dr. Krannich weiter, „dass es teilweise große Sicherheitslücken gibt. Viele dieser Anlagen sind erschreckend schlecht gesichert und regelrecht anfällig für Diebstähle.“
„Krass!“, entfuhr es Alex.
Sie schwiegen eine Weile.
„Rachid lebte zwar hier in der Eifel, nun aber wissen wir auch noch von seiner Verbindung nach Molenbeek. Mir scheint das Ganze immer mehr ein Fall für die Polizeibehörden in Belgien zu sein“, schloss der Kommissar, verabschiedete sich von Ilka und setzte sich hinter das Steuer, um endlich nach Hause zu fahren.
Er wusste noch nicht, wie sehr er sich täuschen sollte.

Obschon Ilka, Stettenkamp und Bongardt an diesem Mittag ihre Pause in der Kantine des Kreishauses aufgrund ihrer langen Unterhaltung über die Mansours schon längst überzogen hatten, brannte ihrem geschassten Vorgesetzten doch noch ein Thema auf der Seele.
„Sag mal, Peter", fragte er neugierig, „was ist da eigentlich zwischen dir und eurer neuen Chefin? Ich merke doch, da ist was im Busch!", fügte er verschmitzt hinzu.
„Was meinst du?"
„Peeeter!", riefen Ilka und Stettenkamp im Chor.
„Na ja", druckste Bongardt herum. „Wir mögen uns halt. Ich meine, ist Bente denn nicht auch eine Wahnsinnsfrau?", platzte es dann aus ihm heraus.
Wie oft hat er sowas in der Art schon in den letzten Jahren gesagt, dachte Ilka und grinste in sich hinein.
„Auf jeden Fall!", stimmte Stettenkamp ihm zu. „Zuerst habe ich ja gedacht, sie sei so eine typische Klischee-Schickimicki-Düsseldorferin, immer teuer gekleidet und ein bisschen overdressed und top gestyled." Er zwinkerte Peter zu. „Aber vielleicht putzt sie sich ja für dich so heraus."
„Für wen sonst?", gab dieser zurück. „Oder kennst du außer mir noch irgendeinen gutaussehenden Typen bei uns im Kreishaus?"
Sie lachten. Typisch Peter!
„Was ist denn jetzt?", bohrte Stettenkamp weiter. „Triffst du dich mit Bente Schäfer?"
„Hm", murmelte Bongardt vielsagend und zuckte mit den Achseln. Er schien sich nicht in die Karten gucken lassen zu wollen.

„Ach Peter, erzähl uns nix!“, warf Ilka schmunzelnd ein. „Ich habe euch gestern nach Feierabend zusammen auf deinem Motorrad wegfahren sehen. Jetzt mal Butter bei die Fische!“
„Mal schauen, was draus wird“, sagte dieser nur. „Ich sag euch schon noch früh genug Bescheid, wenn etwas Ernstes daraus wird.“
Sie standen auf und trugen ihre Tabletts zu einem Abstellwagen.
„Findest du es eigentlich gar nicht komisch, dass Bente Schäfer deine Chefin ist?“, fragte Ilka ihn leise. „Ich meine, sowas passiert, schon klar, aber ist schon auch eine heikle Kombination bei der Arbeit.“
Doch Peter Bongardt schien die Sache locker zu sehen. „Wer weiß, was bei uns im Team personalmäßig in Zukunft noch so alles passiert“, meinte er vielsagend.
„Du hast dich ja wohl nicht heimlich wegbeworben!“, sagte sie, „oder liebäugelst du etwa immer noch mit einem Job in der Großstadt?“
Er stutzte einen Augenblick und machte eine wegwerfende Handbewegung.
„Ach was!“
„Nix gegen deine neue Flamme“, brummte Stettenkamp, „aber ich persönlich hoffe, dass die Schäfer nicht ewig auf meinem Sessel kleben bleibt.“

In seinem Keller-Kabuff hatte der Kommissar gerade damit begonnen, den Inhalt eines weiteren Papierordners einzuscannen und dachte immer noch über seinen Besuch bei den Mansours nach. Daher hörte er auch nicht, dass längst jemand hinter ihm stand.
„Tach, Chef!“
Er fuhr herum.

„Manni! Das gibt es ja nicht!“, freute er sich. „Was machst du denn hier?“
Der pensionierte Kommissar reichte ihm einen mitgebrachten Becher Kaffee.
„Dich endlich mal an deinem neuen Arbeitsplatz besuchen natürlich“, sagte Manni, „und außerdem“, verkündete er, „habe ich ein paar Neuigkeiten für dich.“
Es konnte sich nur um die 'schmutzige Bombe' handeln.
„Du weißt aber schon, dass du das eigentlich Frau Schäfer statt mir erzählen müsstest?“
Manni Habig überging diesen halbherzigen Einwand und fuhr mit seinem Rollstuhl an den kleinen Plastiktisch, auf dem sich die Akten nur so stapelten, heran. Stettenkamp setzte sich ihm gegenüber.
„Was hast du herausgefunden?“, fragte er gespannt.
„Seit wann bist du überhaupt wieder aus Belgien zurück?“
„Seit einer knappen Stunde. Meine Frau hat mich quasi direkt hierher gefahren“, berichtete er. „Stell dir vor, ich habe mich mal umgehört, was die beiden falschen Fuffziger unter den 'Eifeler Aktivisten' angeht.“
Er konnte nur die beiden polizeibekannten Männer innerhalb ihres Anti-Atomkraft-Bündnisses meinen, die über Nacht ebenfalls noch vor Ort geblieben waren und bei Demonstrationen schon mehrfach wegen Gewalttätigkeiten vorübergehend festgenommen worden waren.
„Jochen Klinkhammer und Markus Hechelt stammen aus Kehr“, begann er. „Du weißt, jenes Eifeldörfchen, das durch die deutsch-belgische Staatsgrenze in zwei Hälften geteilt ist; der östliche Teil gehört noch zur

Gemeinde Hellenthal und somit zu uns hier in den Kreis Euskirchen."
Stettenkamp nickte.
„Klinkhammer und Hechelt sind arbeitslos und leben von Hartz IV. In ihrem Protest gegen Atomstrom schrecken sie kaum vor etwas zurück. Du hast doch sicher schon öfter von den vielen Castor-Transporten gehört, die ohne Unterlass durch Belgien zur französischen Wiederaufarbeitungsanlage La Hague und anschließend von dort zurück zu ihren Absendern rollen, oder?"
„Worauf willst du hinaus?", fragte der Kommissar ahnungsvoll.
„Zusammen mit anderen Demonstranten haben Klinkhammer und Hechelt schon häufiger Steine aus dem Gleisbett gegraben, um die Schienen unbefahrbar zu machen und sich sogar auf die Gleise gesetzt. Aber das ist noch nicht alles", meinte er vielsagend. „Bei dem letzten Transport vor zweieinhalb Monaten gab es einen Überfall auf einen der Castoren, den die Polizei nicht verhindern konnte, weil sie alle Hände voll damit zu tun hatte, gewaltbereite Demonstranten in Schach zu halten", wusste er. „In einer Blitzaktion ist es einer kleinen Gruppe gelungen, einen kleinen Behälter radioaktiven Materials zu stehlen und zwar just in dem Moment, wo der Atommüll aus den Castoren von der Schiene in Speziallastwagen umgeladen wurde. Das alles hat mir ein Freund aus unserem Bündnis der 'Eifeler Aktivisten gegen *Courant II*' anvertraut."
Stettenkamp sah ihn an.
„Und dein Kumpel glaubt, die beiden Männer aus Kehr seien bei dem Überfall dabeigewesen?"
Manni nickte.

„So sagt er. Beweisen kann ich es natürlich nicht."
Er deutete auf Stettenkamp. „Aber du! Du sitzt ja hier im Keller unfreiwillig an der Quelle. Über Jochen Klinkhammer und Markus Hechelt müsste doch eine Polizeiakte existieren."
Stettenkamp sprang auf.
Endlich gab es etwas Sinnvolles zu tun.
„Komm mit ins Archiv, Manni!"

Am Ende dieses Tages ließ Ilka sich erst einmal erschöpft auf die Wohnzimmercouch sinken und kraulte Labrador Becks ausgiebig den Hals, der sich daraufhin verzückt auf den Rücken rollte. Sie freute sich auf Daniel, der eben angerufen hatte und sich auf der A1 auf dem Weg nach Hause befand. Einem ruhigen Abend würde also nichts mehr im Wege stehen. Sie hatte sein Lieblingsessen, Rahmgulasch mit frischen Spätzle, vorbereitet. Auf dem neuen Terrassentisch standen zwei Gläser sowie eine Flasche Rosé in einem Weinkühler.
Ilka trat nach draußen in ihren Garten. Die Sommerlinde vor ihrem schmucken Fachwerkhäuschen stand in voller Blüte. Endlich begann der Sommer mit seinen langen Tagen und kurzen Nächten. In der Vogelwelt, die vor allem ihr Vater so liebte, war es ruhiger geworden, auch wenn Arten wie der Zaunkönig jetzt zum zweiten Mal brüteten. Ilka nieste dreimal kräftig hintereinander. Der Pollenflug erreichte jetzt im Juni mit der Gräser- und Getreideblüte seinen Höhepunkt. Sie dachte an den kommenden Sonntag. Zum ersten Mal würde sie ab Waxweiler am Eifelmarathon teilnehmen. Sie fühlte sich in guter Form und verspürte

große Vorfreude auf diese sportliche Premiere. Ihre Gedanken wanderten weiter zu Nele. Wie nicht anders zu erwarten, hatte sie seit gestern noch nichts von ihr gehört. Wie Ilka ihre Stieftochter kannte, würde die Siebenjährige ihre erste Klassenfahrt und die damit verbundenen kleinen Freiheiten in vollen Zügen genießen. Neles Lehrerin hatte allerdings versprochen, dass die Kinder eine Postkarte schreiben würden. Und am Donnerstag, also übermorgen, würde Nele ohnehin schon zurückkommen. Sie vermisste die Kleine und dachte oft an sie. Schließlich hatte Ilka das Mädchen seit dem vierten Lebensjahr aufwachsen sehen. Nele war ihr damals sofort ans Herz gewachsen, zumal sie nach einer ersten eher schwierigen Zeit in ihr einen Mutterersatz gesehen hatte. Martina, ihre leibliche Mama, litt an einer Bindungsstörung, die verhinderte, dass sie eine mütterliche Beziehung zu ihrem Kind hatte aufbauen können. Damit war zu Anfang für alle Seiten einiges an Leid verbunden gewesen.
Inzwischen lebte Martina in den USA und arbeitete dort als Auslandskorrespondentin. Der ohnehin nur sporadische Kontakt zu Nele war auf Martinas eigenen Wunsch vor eineinhalb Jahren ganz abgebrochen.
Längst waren Daniel, Ilka und Nele zu einer kleinen Familie zusammengewachsen. Die Kleine ging seit einem knappen Jahr zur Schule und aus dem ehemals zurückhaltenden Mädchen hatte sich ein sehr selbstbewusstes Schulkind entwickelt, was sicherlich auch an ihrem besten Freund Nick lag, einem mit allen Wassern gewaschenen Bürschchen.
Ilka blickte auf ihr Handy. Sage und schreibe siebzehn neue Nachrichten waren heute von besorgten Müttern

in die *Whatsapp*-Gruppe 'Unsere Lieblinge aus der 1a' eingestellt worden.
Klein-Jacobs Mutter Monika hatte die Gruppe noch am Abend ihrer Wahl als einzig freiwillige Elternpflegschaftskandidatin ins Leben gerufen.
Die ersten Nachrichten überflog Ilka noch - dann wurde es ihr zu dumm.
„Wer von euch weiß, wie es unseren kleinen Schätzen geht?“, schrieb Henriette-Maries Mutter. „Ich hoffe auf ein pädagogisch wertvolles Freizeitangebot, denn ansonsten hat diese Fahrt doch überhaupt keinen Mehrwert!“
„Oh doch!“, ereiferte sich Lunas Vater, der zusammen mit seiner Frau an der Schule unlängst ein überdimensionales Hochbeet angelegt und auch noch freiwillig das Klassenzimmer an einem Wochenende mit ökologisch einwandfreier Wandfarbe gestrichen hatte.
„Erst durch eine solche Fahrt entsteht nämlich das so wichtige Gemeinschaftsgefühl zwischen den Kindern. Darauf wird in der heutigen Zeit in unserer von Hast und Kapitalismus geprägten Gesellschaft doch ohnehin viel zu wenig Wert gelegt. Ich sehe die Kinder vor meinem geistigen Auge abends am Lagerfeuer zusammen sitzen, Stockbrot backen und Pfadfinderlieder singen...“
Nicks Mutter Janine hatte darauf mit gleich zehn Tränen lachenden Smileys geantwortet.
„Wat für'n Bullshit!“, lautete ihr Kommentar. „Also Nick steht da mehr auf Bushido. Oder trällert dein Lunachen immer noch 'Backe, backe Kuchen'? Äh, Dinkelmehlkuchen, singt die bestimmt, ha, ha. Hab Nick für die Kids übrigens coole Schokozigaretten und

ein paar Dosen Red Bull eingepackt, damit sie abends länger durchhalten!“
Daraufhin ließ sich Jabobs Mama zu einem ziemlich unfeinen Shitstorm gegen Janine hinreißen.
Ilka fasste sich an den Kopf.
Hatten diese Eltern eigentlich alle nichts zu tun?
In diesem Moment klingelte ihr Diensthandy, das vor ihr auf dem Glastisch lag.
Es war Peter.
„Ilka, die Leitstelle hat bei Bente angerufen. Ein Eifelpendler hat auf dem kleinen Park & Ride-Parkplatz bei Wißkirchen einen Toten entdeckt, als er gerade nach Hause fahren wollte. Gegen 20.30 Uhr ist das gewesen. Bente war aber noch bei Groß in Bonn und hat mich deshalb gebeten, hinzufahren. Ich bin immer noch am Tatort“, sagte er atemlos. „Kannst du kommen? Dr. Wolter und die Spurensicherung sind auch gerade angekommen“, informierte er weiter.
Während er noch berichtete, schrieb Ilka für Daniel eine kurze Notiz und schnappte sich ihre Jeansjacke.
„Der Tote heißt Mark Weißgerber und ist zweiundvierzig Jahre alt“, fuhr Peter fort. „Er hatte seinen Reisepass und einen Dienstausweis im Portemonnaie stecken. An seinem Hinterkopf habe ich eine ziemlich große Platzwunde und geronnenes Blut entdeckt.“
Ob der Mann erschlagen worden war?
Den etwas versteckt liegenden Park & Ride-Parkplatz in Wißkirchen kurz vor der Autobahnauffahrt in Richtung Köln nutzten Pendler, die Fahrgemeinschaften auf dem Weg in die Domstadt bildeten. Gegen 20.30 Uhr dürfte dort kaum noch etwas los gewesen sein.

„Hast du sonst schon etwas gefunden? Oder Schmitz von der Spusi?“, wollte Ilka wissen, als sie zu ihrem Auto lief, das unter dem Carport stand.
„Wie gesagt, er ist ja gerade erst mit seinen Leuten eingetroffen“, sagte Peter. „Aber ich habe schon etwas herausgefunden?“
„Und was?“, fragte Ilka alarmiert.
„Der Dienstausweis stammt von einer Sicherheitsfirma mit Hauptsitz in Lüttich. 'Belgian Securite' heißt sie. Unser Toter hat dort als Sicherheitsmann gearbeitet.“
Bei Ilka fiel der Groschen.
„Jetzt sag nicht...“
„Doch, Ilka! Mark Weißgerber war als Wachmann für die Sicherheit des AKW *Courant II* mit zuständig. Er ist jener Wachmann, mit dem Manni gestern morgen noch gesprochen hat! Und der sich darüber beschwert hat, dass er zum Zeitpunkt der Bombenexplosion ganz allein auf dem Gelände war und sein Chef es nicht geschafft hat, Ersatz zu schicken.“
Ilka schaltete ihre Freisprecheinrichtung ein.
„Und jetzt ist er tot in Wißkirchen aufgefunden worden? Weißt du was Peter? Das sind mir ein paar Spuren zu uns in die Eifel und ein paar Zufälle zuviel!“
Peter stimmte ihr zu.
„Zumal er laut Personalausweis in Belgien unweit des AKW gewohnt hat. Was macht er da im Kreis Euskirchen? Und warum wird er hier erschlagen? Sehr seltsam, findest du nicht?“
„Seltsam?“, meinte Ilka und drückte auf der Wallenthaler Höhe aufs Gas, um kurz vor dem Blitzkasten in der Siebziger-Zone wieder abzubremsen. Eine 'schmutzige Bombe' wird in einem belgischen Pannen-AKW gezündet. Der diensthabende

Wachmann steht dort genau in dieser Zeit allein auf weiter Flur. Und einen Tage darauf findet sich seine Leiche in der Eifel.

„Ich würde sagen, irgendetwas stinkt hier zum Himmel. Wir wissen nur noch nicht, was es ist!“

Mittwoch - 3. Tag

Bente Schäfer wartete an diesem Vormittag mit einer überraschenden Neuigkeit auf:
„Herr Groß und ich haben uns gestern in Bonn über die Zuständigkeiten ausgetauscht, was die Explosion im AKW *Courant II* angeht“, erklärte sie gleich zu Beginn der morgendlichen Lagebesprechung. „Zunächst sah ja alles danach aus, dass die Ermittlungen ganz klar ausschließlich bei den belgischen Behörden liegen.“ Sie lächelte. „Doch inzwischen führen mehrere Spuren in die Eifel - allen voran der tote Wachmann, aber auch Rachid Mansour sowie die beiden radikalen Atomkraftgegner aus Kehr. Und deshalb hat Herr Groß den Lütticher Polizeichef davon überzeugen können, dass hier ein Fall euregionaler Zusammenarbeit eingetreten ist.“
Das waren sehr gute Nachrichten.
Endlich kam Bewegung in die Sache!
„Wie Sie sicherlich wissen, funktioniert die regionale Verbindungsstelle, das Euregionale Polizei-Infomations- und Cooperations-Center EPICC, nach dem Prinzip der zusammengeschobenen Schreibtische. Heißt im Klartext: Frau Landwehr und Peter, ihr beiden fahrt jetzt gleich nach Lüttich. Die Kollegen Brück und Vreys erwarten euch um 14 Uhr im Polizeipräsidium in der Innenstadt. Ich bitte Euch, äh, Sie..., ach, Frau Landwehr, wollen wir uns nicht auch duzen?“, unterbrach Frau Schäfer sich. „Ich komme sonst durcheinander.“

„Kein Problem!"
Die Düsseldorferin deutete auf eine Metaplanwand hinter sich, auf der sie schon heute Morgen sämtliche Geschehnisse, Vermutungen, Verdächtige sowie die nächsten Ermittlungsschritte mit bunten Pappkarten und den vorhandenen Fotos des AKW, von Rachid Mansour sowie dem toten Mark Weißgerber visualisiert hatte.
„Ich bitte Euch, nach der Besprechung mit Brück und Vreys über die grobe Arbeitsaufteilung auf jeden Fall heute auch noch mit den beiden Geschäftsführern der Betreibergesellschaft 'Énergie pour Belgique' zu sprechen. Denn das, was wir bisher über deren Pressesprecher Antoine Perrand erfahren haben, sind ja nichts als beschwichtigende Phrasen fürs Volk."
Ilka rieb sich die Hände.
Diese Pläne verhießen einen spannenden Arbeitstag.
„Bis ihr losfahren müsst, haben wir ja noch etwas Zeit", fuhr die Chefin fort. „Peter, bitte berichte uns über die Fundstücke am Tatort. Hat die KTU da noch mehr entdeckt als den Reisepass in Weißgerbers Portemonnaie?"
„Allerdings", nickte Bongardt. „Auf dem Park & Ride-Parkplatz stand nur noch ein einziger Wagen, als wir ankamen, ein alter, grauer Nissan mit belgischem Kennzeichen. Bernd Schmitz hat ihn von seinen Leuten aufbrechen lassen. Und Bingo, er gehörte Mark Weißgerber."
„Was befand sich denn in dem Auto?", wollte Ilka wissen.
„Nur eine schwarze, ziemlich schicke Brieftasche auf dem Beifahrersitz. Darin haben die Erkennungsdienstler zwei Unterlagen gefunden", berichtete er

weiter. „Zum einen eine Bewirtungsquittung aus einem Restaurant in Paris über 53,60 €. Wie es aussieht, haben zwei Personen zusammen zu Mittag gegessen und dazu zwei Gläser Beaujolais und eine Flasche Wasser getrunken.“ Peter blickte auf eine Kopie in der angelegten Akte Mark Weißgerber. Das Original befand sich noch bei Schmitz in der KTU.

„Sie stammt vom 26. Mai, ausgestellt um 14.21 Uhr. Also knapp drei Wochen ist sie alt“, resümierte er.

„Gut, was habt ihr noch gefunden?“, fragte Bente Schäfer.

„Das zweite Dokument ist ein von Weißgerber unterschriebener Mietvertrag. Genauer gesagt, ein Untermietvertrag, gültig ab dem nächsten Monat, dem 1. Juli.“ Er sah in die Runde. „Und jetzt wird es interessant: Unser Wachmann plante offenbar, nach Gemünd zu ziehen! Also über neunzig Kilometer weit weg von seinem Arbeitsplatz. Der Sicherheitsdienst, für den Weißgerber arbeitete, hat seinen Sitz übrigens in Lüttich. In die Eifel versetzt werden konnte er also definitiv nicht.“

„Vielleicht sollte ihn die Liebe ins Kurstädtchen verschlagen?“, unkte Ilka. Sie deutete auf das an die Metaplanwand geheftete Foto des am Boden liegenden Toten. „Trotz seines eingeschlagenen Schädels sieht er immer noch gut aus“, fand sie. „Ein Frauentyp, würde ich sagen. Jedenfalls, wenn man dunkelhaarige Männer mit Bart mag.“

Ilka blickte auf ihre Armbanduhr.

„Ich schlage vor, Peter und ich packen jetzt zusammen, fahren zu dieser Gemünder Wohnung und versuchen dort, Näheres über Mark Weißgerber herauszufinden. Wenn wir Glück haben, treffen wir sogar seinen

Vermieter an. Vielleicht weiß er, was Weißgerber in Gemünd wollte. Und dann machen wir uns auf den Weg nach Lüttich. Ich bin gespannt, was uns dort heute erwartet!"

Unterdessen hatte Alex Stettenkamp an diesem Mittwoch beschlossen, spontan einen freien Tag zu nehmen. Die öde Arbeit im Kellerarchiv schrie geradezu nach einer Unterbrechung. Ilka hatte ihn gestern am späten Abend noch über den toten Wachmann informiert. Und ihm heute morgen per Handynachricht gesteckt, dass das KK11 zusammen mit den belgischen Kollegen aus Lüttich offiziell die Ermittlungen aufnehmen würde.
Sehr gut, dachte er. Allerdings ohne mich... Was für ein verdammter Mist!
Die Tatsache, dass Mark Weißgerber just zu dem Zeitpunkt der Explosion alleine auf dem Gelände des Atomkraftwerks für die Sicherheit zuständig gewesen und dann knapp zwei Tage später erschlagen worden war und das ausgerechnet hier in der Eifel, hatte auch ihn aufhorchen lassen.
Da stimmt doch was nicht! Was steckt dahinter?, hatte er sich die halbe Nacht gefragt. Die andere Hälfte der Nacht war ihm Rachid Mansour und dessen Familie nicht aus dem Kopf gegangen. Hatte der Junge tatsächlich etwas mit dem Anschlag zu tun? Seine Eltern gingen weiterhin fest davon aus, dass ihr Sohn sich in Molenbeek bei seinen gleichgesinnten Freunden aufhielt. Stettenkamp trieb es angesichts dessen geradezu in den Brüsseler Stadtteil.
Er brachte seine Zwillinge Ben und Moritz ausnahmsweise von Eicks aus mit dem Auto zur Grundschule

nach Kommern, wo sie die dritte Klasse besuchten. Lisa saß bereits am Schreibtisch und arbeitete an ihrem neuen Ratgeber, einem Werk über den Umgang mit Tod und Trauer. Seine Frau ahnte nicht, was er vorhatte. Es hätte sie nach seiner Degradierung im Winter ohnehin nur in Sorge versetzt. Neben Lisa zog sich seine Tochter Estelle zufrieden glucksend unermüdlich an den Gitterstäben ihres großzügigen Laufstalls hoch und marschierte mit strammen Beinchen darin herum.

Die Kleine war einfach ein Glücksfall, wenn auch ein ungeplanter.

Nachdem er Ben und Moritz ermahnt hatte, sich beim heutigen Mathetest ordentlich anzustrengen, fuhr er zunächst in den Hauptort Mechernich. Manni Habig und er mussten beide herzhaft lachen, als der frischgebackene Pensionär zu ihm in den dunkelblauen Audi stieg.

„Ganz schön schräg wir beiden, was?", meinte der Kommissar.

„Ach wat!", winkte Manni ab. „Usserdem, wat soll ich denn doheem? Im Kochpott rühre?"

Sie unterhielten sich kurz über die beiden Aktivisten aus Kehr, Markus Hechelt und Jochen Klinkhammer. Deren Polizeiakten bestätigten Mannis Verdacht: Die Männer waren bei dem Überfall auf einen Castor-Transport in Belgien tatsächlich dabei gewesen. Dass sie einen Behälter mit pulverisiertem Caesium 137 gestohlen hatten, konnte ihnen jedoch nicht nachgewiesen werden. Zumal sich die Verantwortlichen des Transports nicht einig waren, ob nun neunundfünfzig oder sechzig solcher Behälter an Bord gewesen waren und folglich auch nicht darüber, ob einer tatsächlich

fehlte oder nicht. Im Protokoll waren beide Zahlen aufgetaucht - beide jeweils einmal durchgestrichen. Erschreckend, fand Manni.
Ausufernder 'Verzäll' war des Ruheständlers Sache indes auf dem Weg nach Belgien nicht. Kurzerhand schob er eine mitgebrachte, ältere CD von Helene Fischer in den Schlitz des Autoradios und sie brausten atemlos durch den Morgen über Kerpen und weiter über Aachen in Richtung Belgien. Die beiden kamen gut voran. Mit etwas Glück würden sie schon gegen 10.30 Uhr in Molenbeek sein. Manni bestand schon kurz nach dem Frühstück während der Fahrt auf eine große Portion Moules-frites, Miesmuscheln mit Pommes Frites.

Ilka und Peter sahen unterdessen neugierig zu dem im Wechsel mit roten und grauen Steinen geklinkerten Haus Nr. 12 in Gemünd in der Urftseestraße hinauf.
„Hier also wollte Mark Weißgerber in zwei Wochen einziehen“, stellte Bongardt fest und schaute auf die Klingelschilder. „Vier Parteien wohnen hier. Ich klingele mal im Erdgeschoss bei den Sieberaths und frage nach dem Vermieter.“
Eine hagere, ältere Frau mit schlohweißem Dutt und dicker Hornbrille öffnete ihnen in gebückter Haltung die Tür. Freundlich wiesen sich die Kommissare aus.
„Hier wohnt kein Vermieter“, beschied sie ihnen in breitestem Eifeler Dialekt. „Der Herr Wollseifen lebt in Köln. Wat wollen Sie denn nu?“
Ilka zeigte ihr ein Foto.
„Frau Sieberath, kennen Sie diesen Mann hier? Mark Weißgerber heißt er.“

Sie schaute sich das Bild genau an und erwiderte mit grimmiger Miene: „Ja jo! Dat is der Lebensjefährte von der Frau Schulz aus dem zweiten Stock. Ein nettes Fräuchen, wenn Sie mich frachen. Aber der Typ, ich mach ihn net!"
„Warum nicht?"
„Ich meine, dat is so'n Weiberheld", schwadronierte sie weiter. „Der kommt jedes zweite Wochenende hierher und manchmal auch unter der Woche. Dann isser wieder verschwunden." Sie rückte näher an Ilka und Peter heran und flüsterte. „Ich glaube, der kommt aus Belgien. Dat is mir schon suspekt. Die haben doch alle ein paar Kinderleichen im Jarten verjraben!"
„Frau Sieberath!", entfuhr es Ilka.
„Wissen Sie, ob Frau Schulz gerade zuhause ist?", wollte Peter hastig wissen.
„Ja!", bestätigte die alte Frau. „Ich habe sie eben noch telefonieren gehört, als ich das Treppenhaus jeputzt habe. Die jute Dame schien janz aufjerescht jewesen zu sein. Also nisch, dat ich da wat jenaues jehört hätte!", beharrte sie energisch und ließ Ilka und Peter ins Haus.
„Es muss furchtbar sein, quasi Tür an Tür mit so einer schrecklichen Nachbarin zu leben, oder?", flüsterte sie.
„Das ist es mit Sicherheit. Aber dank Frau Sieberath sind wir schon mal ein Stück weiter. Weißgerber wollte also anscheinend hierher zu seiner Freundin ziehen. Daher auch der Untermieter-Vertrag."
Bongardt klingelte. Und hatte Glück.
Bianca Schulz war eine schlanke Frau Ende zwanzig mit langem, schwarzen Haar, das am Hinterkopf zu einem schlichten Zopf zusammengebunden war. Sie trug eine blaue Jeans-Latzhose und ein kariertes Hemd, unter dem sich ein prallrunder Bauch wölbte. In der rechten

Hand hielt sie einen Quast, von dem ein Rest gelber Farbe tropfte.
Kurz darauf saßen sie am Küchentisch und versuchten ihr einigermaßen schonend vom Tod Mark Weißgerbers zu berichten.
„Das... das darf doch nicht wahr sein!“, sagte sie mit schwacher Stimme und nahm ihr Gesicht in beide Hände.
„Er hat mich gestern Nachmittag noch besucht“, stammelte sie. „Ich wollte gegen Abend noch kurz etwas einkaufen. Als ich zurück kam, war Mark nicht mehr hier. Er hatte aber einen Zettel hinterlassen.“
Frau Schulz zeigte auf ein Stück Papier, das auf einer kleinen Arbeitsplatte lag. Ilka nahm es in die Hand. 'Musste noch mal los und bin in einer guten Stunde zurück', stand darauf. 'Ich erklär's Dir später. Mark'
„Haben Sie eine Ahnung, wo ihr Freund noch hingefahren sein könnte?“
Sie schüttelte den Kopf.
„Nein, absolut nicht. Er kennt doch hier in der Gegend niemanden. Ich habe versucht, ihn auf seinem Handy anzurufen, als ich vom Einkaufen kam, aber er ging nicht dran.“
Bianca Schulz bestätigte, was sie bereits wussten. Mark Weißgerber lebte in Lüttich und arbeitete als Wachmann für eine belgische Sicherheitsfirma.
„Wir wollten nächsten Monat zusammenziehen“, sagte sie matt. „Ich bekomme ein Kind von ihm. Es war irgendwie Liebe auf den ersten Blick zwischen uns... Und jetzt ist er tot!“
Die junge Frau begann zu weinen.
„Warum haben Sie nicht die Polizei angerufen?“, wollte Peter wissen.

Bianca Schulz lachte bitter auf.
„Das habe ich ja! Gegen 20 Uhr war das. Ich dachte, er habe vielleicht einen Unfall gehabt. Aber in der Leitstelle sagte man mir nur, es habe sich im gesamten Kreis kein Unfall ereignet. Und das es schonmal passiere, dass ein erwachsener Mann zu spät nach Hause komme."
Ilka seufzte.
Eine halbe Stunde nach Frau Schulz besorgtem Anruf hatte ein Pendler ihren Freund tot aufgefunden. Ohne den entdeckten Mietvertrag in seiner Brieftasche, der die Kommissare zu ihr geführt hatte, hätte Bianca Schulz vermutlich erst aus dem Radio oder der Zeitung erfahren, dass der Vater ihres ungeborenen Kindes erschlagen worden war.
„Haben Sie einen Verdacht, wer das getan haben könnte?", fragte Ilka vorsichtig. „Hatte er Feinde?"
„Ach was, der doch nicht", winkte die junge Frau ab. „Mark konnte keiner Fliege etwas zuleide tun." Sie erzählte, dass Weißgerber vorgehabt habe, bei dem Sicherheitsdienst zu kündigen und sich in der Eifel um eine neue Arbeitsstelle zu kümmern.
„Die Gurkerei bis Belgien ist viel zu weit", sagte sie, „und außerdem hatte er auf seinen Job als Wachmann auf dem AKW-Gelände keine Lust mehr. Erst recht nicht, nachdem sie ihn da am Montagmorgen vollkommen allein gelassen haben. Und ausgerechnet da explodiert eine Bombe in diesem Pannenmeiler. Unfassbar ist das!"
„Hat er Ihnen darüber etwas Genaueres erzählt?"
„Nein. Über seine Arbeit haben wir so gut wie nie gesprochen."
Ilka beugte sich zu ihr vor und lächelte.

„Wie haben Herr Weißgerber und Sie sich eigentlich kennengelernt?“
„Das ist eine ziemlich verrückte Geschichte“, begann Bianca Schulz mit leiser Stimme. „Es war an einem Samstag letztes Jahr im April. Ich hatte Geburtstag, wollte nicht feiern, aber auch nicht hier zuhause herumsitzen.“ Sie betrachtete versonnen eine sehr gelungene Portrait-Zeichnung von Mark, die an der Wand hing. „Im Nachhinein glaube ich fast, dass es Schicksal sein sollte, das wir uns an diesem Tag begegneten.“ Wieder strich sie sich über den Bauch. „Na ja. Zusammen mit den 'Eifeler Aktivisten' bin ich an diesem Tag nach Lüttich gefahren, um gegen das Pannen-AKW zu demonstrieren. Es ist ja nur hundertfünfzig Kilometer von hier entfernt, was ist das schon bei einem GAU?“, meinte sie. „Jedenfalls haben wir es mit ungefähr dreißig Aktivisten geschafft, bis auf das Gelände vorzudringen. Wir wollten Aufmerksamkeit erregen, ganz klar. Schon damals standen dort übrigens nur zwei Wachmänner auf dem großen Areal“, berichtete sie. „Tja, und einer von ihnen war Mark. Er und sein Kollege versuchten uns fortzuschicken, aber so schnell ließen wir uns nicht abwimmeln. Der zweite Wachmann forderte über sein Handy Verstärkung an“, erinnerte sie sich. „Mark und ich kamen miteinander ins Gespräch. Ich weiß nicht warum, aber er erzählte mir, dass er auch nichts für Atomkraft übrig habe, aber eben seinen Job für die Securityfirma machen müsse.“
„Der Funke ist also an diesem Tag zwischen ihnen übergesprungen und sie wurden kurz darauf ein Paar?“, hakte Ilka nach.
„Genau. Mark bat mich um meine Handynummer. Zuerst dachte ich, der ruft sowie nicht an. Ich sag mal

so, er war ein Typ, der vielen Frauen gefiel." Bianca lächelte. „Aber er rief noch am gleichen Abend an und besuchte mich am Tag darauf hier in Gemünd. Seitdem sind wir zusammen. Und drei Monate später wurde ich von Mark schwanger."

„Ein ganz schönes Tempo!", kommentierte Peter.

„Ja. Aber manchmal passt es halt einfach."

Ilka betrachtete die junge Frau, die auf sie unheimlich stark wirkte angesichts der Tatsache, dass sie gerade erst vom Tod ihres Lebensgefährten erfahren hatte und ihr Kind nun bald alleine großziehen musste.

„Frau Schulz, was wissen Sie eigentlich über seine Vergangenheit? Ich meine, aus der Zeit, bevor Sie sich kannten?"

„Hm. Wie meinen Sie das?"

„Na ja, wir müssen herausfinden, weshalb Ihr Freund getötet worden ist, verstehen Sie?"

„Ja klar. Ich weiß eigentlich nur, dass Mark seit zweieinhalb Jahren für die Sicherheitsfirma gearbeitet hat und seit dieser Zeit in Lüttich in einem Einzimmer-Apartment lebte."

„Und vorher? Wo hat er da gelebt und gearbeitet?"

Sie hob die Schultern.

„Da habe ich nie explizit nachgefragt. Ich meine, wir lebten ja im hier und jetzt, was interessierte mich da seine Vergangenheit?"

Ilka dachte nach. Wieviel wusste man nach elf Monaten von einem Menschen? War es nicht ganz normal, dass man auch ab und zu darüber sprach, wo man ursprünglich einmal zuhause gewesen war? Wen man geliebt, wo man früher gearbeitet hatte? Mit zweiundvierzig Jahren hatte der Mensch doch eine Lebensgeschichte.

Dann erzählte Bianca Schulz doch noch etwas über Weißgerbers Leben.
„Ich hatte den Eindruck, dass Mark mit mir und unserem Kind hier in Gemünd zur Ruhe kommen wollte“, sagte sie leise. „Er hat mal angedeutet, dass er lange Zeit immer auf der Suche nach dem großen Abenteuer gewesen sei, aber das wäre jetzt vorbei.“
Na so groß können die Abenteuer als Wachmann eigentlich kaum gewesen sein, dachte Ilka. Vielleicht hatte er aber auch eher viele Frauengeschichten damit gemeint, die er leid geworden war, als er Bianca kennenlernte.
„Wir haben hier noch etwas in seinen persönlichen Sachen gefunden“, wechselte Ilka das Thema und zog die Bewirtungsquittung aus Frankreich hervor. „Waren Sie beide hier vor drei Wochen zusammen essen?“
Sie hatte fast vergessen, danach zu fragen. Mit wem als seiner Lebensgefährtin hätte Mark Weißgerber in Paris zu Mittag essen sollen? Als Security-Angestellter war er wohl kaum in den Genuss eines Geschäftsessens gekommen, erst recht nicht im Ausland. Seltsam fand sie lediglich die Bewirtungsquittung als solche, denn Weißgerber konnte ein privates Mittagessen mit seiner Freundin doch überhaupt nicht steuerlich absetzen. Doch vielleicht glaubte er, in solchen Dingen besonders clever zu sein, kannte sich tatsächlich aber überhaupt nicht aus.
„Nein“, sagte Bianca, nachdem sie einen Blick auf das Stück Papier geworfen hatte, „und ich habe auch nicht die geringste Ahnung, mit wem Mark dort gewesen sein könnte.“ Sie sah sich den Beleg genauer an. „Am 26. Mai hatte Mark Dienst und das von 14-22 Uhr. Das weiß ich deshalb so genau, weil nämlich an diesem Tag

mein Mutterschutz begonnen hat und ich eigentlich gerne abends mit ihm ausgegangen wäre." Sie sah wieder auf die Quittung. „Am nächsten Tag hatte Mark frei und ist am späten Vormittag zu mir gekommen."
Ilka sah sie prüfend an.
„Wirkte er irgendwie verändert?"
„Verändert? Nein, überhaupt nicht. Wir sind zusammen nach Euskirchen gefahren und haben eine Erstausstattung für unsere Tochter eingekauft", erinnerte sie sich, „und eine Babyschale für's Auto. Es war alles so wie immer zwischen uns."
Sie schwiegen.
Plötzlich wurde Bianca Schulz ganz bleich im Gesicht. Sie schien in der Stille plötzlich zu realisieren, was geschehen war. Ilka hatte eine solche Reaktion schon häufiger bei Menschen beobachtet, denen sie eine Todesnachricht überbringen musste. Manche reagierten sofort schockiert, kippten um, schrien oder weinten. Andere hingegen bewahrten zunächst die Fassung und waren noch in der Lage, einige Fragen zu beantworten. Bei den meisten verhielt es sich jedoch so wie bei der Gemünderin. Irgendwann verloren die Menschen die Contenance.
Ilka und Peter beschlossen, angesichts der bestehenden Schwangerschaft einen Krankenwagen zu rufen. Außerdem bat die junge Frau darum, ihre Eltern zu verständigen, die im Nachbarstädtchen Schleiden lebten.
Anschließend machten sie sich auf den Weg nach Lüttich. Sie würden sich zunächst mit ihren belgischen Kollegen Brück und Vreys über die künftige Zusammenarbeit austauschen und anschließend die Geschäftsführer der AKW- Betreibergesellschaft

'Énergie pour Belgique' aufsuchen. Außerdem gelang es Ilka unterwegs, für den späten Nachmittag noch einen Termin in der Firma 'Belgian Securite' mit Mark Weißgerbers Chef auszumachen. Für diese hatte er laut seiner Freundin immerhin zweieinhalb Jahre gearbeitet. Hoffentlich konnte sein Vorgesetzter ihnen etwas Erhellendes über den Toten erzählen.

Ein kurzer Weg durch die Altstadt, ein paar Schritte auf der Brücke über den Kanal, schon befanden sich Stettenkamp und Manni in Belgiens bekanntestem Problemviertel - dem Brüsseler Stadtteil Molenbeek. Hier hatte früher das industrielle Herz der Stadt geschlagen - doch die guten Zeiten waren im einstigen Arbeiterviertel lange vorbei.
Nicht, dass sie ernsthaft glaubten, Rachid Mansour hier aufzuspüren. Dennoch zog es sie beide an diesem wolkenverhangenen Mittwochvormittag hierher. Immerhin hatte eine Stettenkamp gut bekannte Familie ihren jüngsten Sohn an falsche Freunde aus Molenbeek und an den politischen Salafismus verloren. Ohne die Möglichkeiten des Internets wäre der Sechzehnjährige aus Großbüllesheim wohl niemals hier gelandet.
Molenbeek bot an diesem Tag ein ebenso tristes wie ruhiges Bild. Dutzende geschlossene Geschäfte, verhängte Fenster, ein paar neugierige Halbstarke, die Manni und Stettenkamp anstarrten und ein paar Sprüche klopften, die sie nicht verstanden. Es herrschte gähnende Leere bei den marokkanischen Schmuckhändlern und kongolesischen Lebensmittelgeschäften. Sie schlenderten an einem asiatischen Lokal, das sich neben einem afrikanischen Import-Export-Laden befand, vorbei.

Es roch ein bisschen wie auf einem orientalischen Basar. Trotz des frühen Mittags hatten die beiden Eifeler bereits Hunger. Sie hockten sich draußen vor eine Dönerbude, außer ihnen saß niemand an den vier runden Tischen. Der Kommissar gönnte sich Falafel. Er liebte die frittierten Bällchen aus pürierten Kichererbsen, Kräutern und Gewürzen. Manni begnügte sich mit belgischen Fritten ohne seine erhofften Miesmuscheln.
„Schon verdammt heftig“, fand Manni. „Wir sitzen hier gerade mal ein paar Haltestellen vom EU-Bezirk entfernt“, sagte er und schüttelte den Kopf. „Auf der einen Seite die wohlhabende, reiche Welt aus Politik, Beamten und Lobbyisten rund um die Nato-Zentrale und die EU-Institutionen.“ Er deutete auf die gegenüberliegende Straßenseite. „Und dann das hier!“
Sie blickten auf die dicht an dicht aneinandergereihten, verfallenen Häuser, in denen Menschen aus dem Kongo, aus Marokko sowie aus asiatischen Ländern hausten. Die Arbeitslosigkeit lag hier im Stadtteil bei rund vierzig Prozent, die Armut im Viertel war greifbar. Sie gingen weiter und beobachteten ein paar Jugendliche, die um diese Uhrzeit ganz sicher in der Schule hätten sein müssen, sich jedoch stattdessen gerade auf einer bröckeligen Mauer einen Joint drehten und dazu laute Musik aus einem Ghettoblaster hörten.
„Im Grunde liegt es nahe, dass Molenbeek zu einem sicheren Rückzugsort für Terroristen werden konnte“, meinte Stettenkamp. „Wusstest du, dass nur acht der hundertvierzehn Imame in Brüssel überhaupt eine der Landessprachen sprechen? Jeder Dritte hier ist arbeitslos und hat keine nennenswerte Perspektive, einen Job zu finden. Belgien weist übrigens die höchste

Pro-Kopf-Rate westlicher Kämpfer auf, die nach Syrien und in den Irak gereist sind, um sich dort dem IS anzuschließen. Die meisten von ihnen stammen hier aus Molenbeek."

Manni blieb stehen und beobachtete eine Gruppe bärtiger Männer, um die ein paar Jugendliche herumstanden.

„Rekrutierer, die junge Leute zum IS bewegen wollen, haben hier sicher einen idealen Nährboden", überlegte er. Sie locken die Jugendlichen, die sich von der Gesellschaft ausgegrenzt fühlen und hier keine Zukunftsperspektive sehen, mit einer höheren Berufung, einem Sinn im Leben."

„Hm", meinte Stettenkamp nachdenklich. „Was ich nicht ganz verstehen kann ist, dass solch ein religiöser Extremismus anziehend auf Jugendliche wirkt. Ich meine, was haben Salafisten ihnen denn ernsthaft zu bieten?"

Manni schien sich auszukennen.

„Die Rekrutierer sind erstens beileibe nicht alles Typen im langen Gewand und einem Koran unterm Arm", sagte er. „Manche werden stattdessen von den Jugendlichen erst einmal bewundert, weil sie coole Klamotten und moderne Frisuren tragen und einen auf Ladykiller machen. Einige spielen um Geld, trinken und nehmen Drogen. Sie leben vom Verbrechen", fügte er hinzu."

„Und zweitens?", fragte Stettenkamp.

„Salafisten bieten den Jugendlichen Orientierung und klare Antworten auf schwierige Fragen. Es gibt in ihrer Ideologie ja nur richtig oder falsch", sagte er. „Sie wissen endlich genau, was sie tun sollen und empfinden ein großes Gemeinschaftsgefühl. Ich denke mal, viele Jugendliche fühlen sich als Muslime in Deutschland

abgelehnt. Die Ideologie, die ihnen vermittelt wird, sorgt für ein Überlegenheitsgefühl. Sie glauben, dass sie zu den Auserwählten gehören und alle anderen in die Hölle kommen."
Stettenkamp fasste sich an den Kopf.
„Manche Jugendliche wollen auf diese Weise natürlich auch ihre Familie und ihr Umfeld provozieren. Vor zwanzig Jahren war es noch krass, ein Punker zu sein und mit einem Irokesenschnitt herumzulaufen", schmunzelte Manni. „Heute schockiere ich eher, wenn ich mich voll verschleiere oder mit Bart und weißen Gewändern Koranbücher verteile."
„Was erzählen die Rekrutierer ihnen wohl, um sie zu überzeugen, für den IS in den Kampf zu ziehen?", fragte Stettenkamp.
Manni überlegte.
„Na, sie werden auf kleine Gruppen von Freunden und Familien zugehen und ihnen etwas in der Art sagen wie: 'Ihr gehört nicht wirklich hierher. Hier werdet ihr niemals Arbeit finden. Ihr könnt hier nicht leben, inmitten der Ungläubigen.' Stattdessen malen sie den Jugendlichen aus, wie sie im Kampf für den 'Islamischen Staat' zu bewunderten Helden aufsteigen können. Sie verleihen ihnen eine Art Identität und ein Gefühl von Macht. Und plötzlich glauben diese Teenager, die sich bis dato als Niemand gefühlt haben, endlich jemand zu sein."
Stettenkamp dachte an Rachid Mansour. Vielleicht war es genau das gewesen, was den sechzehnjährigen Außenseiter so angezogen hatte und was er durch seine 'Freunde' erst übers Internet und dann hier vor Ort gefunden zu haben glaubte.

Ohne große Hoffnungen begannen der Kommissar und Manni im Viertel mit einem Foto, das Samira Stettenkamp mitgegeben hatte, nach Rachid zu fragen. Sie versuchten es auf der Straße, vor einer Konzerthalle sowie vor den insgesamt zweiundzwanzig Moscheen Molenbeeks. Ihnen war bewusst, dass sie dadurch ganz sicher bei einigen Leuten Misstrauen im Stadtteil erwecken würden. Am Abend, wenn es dämmrig würde, wollten sie die wenigen Bars und Kneipen, von denen einige sicherlich auch als Drogenumschlagplätze fungierten, aufsuchen. Vielleicht hatten sie dort eine kleine Chance, etwas über den Verbleib des jüngsten Sohns der Mansours herauszufinden. Stettenkamp blickte von außen durch ein Fenster in eine der düsteren Spelunken hinein. Eine Hand lag auf dem Griff von Mannis Elektro-Rollstuhl. Seitdem der Dreiundsechzigjährige darin gefesselt war, hatte er bis zu seinem Ruhestand überwiegend Aufgaben im Innendienst übernommen, obwohl er zuvor mit Leib und Seele Teil einer Kölner Hundertschaft gewesen war. Zum ersten Mal hatte Alex Stettenkamp plötzlich ein ungutes Gefühl bei dem Gedanken, dass Manni niemals würde wegrennen können, wenn es gefährlich wurde.
Nur hundert Kilometer entfernt erreichten Ilka und Peter Bongardt gerade Lüttich, die wichtigste Fremdenverkehrsstadt Walloniens. Auf einer vierspurigen Schnellstraße rollten sie an der Maas entlang; vorbei an Hafenanlagen und heruntergekommenen Industriegebäuden. Während Peter längst meckerte, wusste Ilka: Lüttich hatte durchaus Charme, war man erst einmal in den lebendigen Stadtvierteln angekommen. Sie fuhren ins Zentrum hinein und hatten Glück. Auf dem Boulevard de la Constitution fanden sie auf Anhieb

einen Parkplatz. Prächtig lag die gotische Kathedrale Saint-Paul vor ihnen. Ilka bestand darauf, zumindest einen Blick in die Bischofskirche zu werfen, zumal sie bis zur Besprechung mit Brück und Vreys noch über eine halbe Stunde Zeit hatten.

Peter wartete draußen, schlenderte ein wenig umher und schmunzelte alsbald über ein paar verlegen dreinblickende Herren, die aus engen Quergassen huschten und sich offenbar in der Mittagspause im Rotlichtmilieu entspannt hatten.

Ilka stieß wieder zu ihm und zusammen betrachteten sie am Place Saint-Lambert den ehemaligen Bischofspalast mit seinen reich verzierten Innenhöfen und Säulengängen; ein Relikt mittelalterlicher Baukunst. Peter, der noch nie in Lüttich gewesen war, bewunderte auf ihrem Weg zum Polizeikommissariat die zahlreichen Sehenswürdigkeiten, die sich hier aneinanderreihten: Geschichtsträchtige Bauten, hochherrschaftliche Stadthäuser, Museen in ehemaligen Klöstern sowie Brunnen, Brücken und Denkmäler. Ilka liebte vor allem das quirlig-charmante belgische Flair, das man auch an diesem Mittag in den lebendigen Straßenzügen spürte. Die vielen Menschen, die ihnen aus den kleinen, aber feinen Shoppingtempeln und Restaurants entgegen strömten, wirkten fast allesamt, trotz des grauen Himmels, gelassen und fröhlich.

Jaques Vreys und Elmar Brück begrüßten ihre deutschen Kollegen herzlich. Ihr Büro befand sich im fünften Stockwerk eines architektonisch prächtigen Gebäudes aus den Zwanziger Jahren mit einem wundervollen Ausblick auf das Stadtzentrum. Das Büro der beiden Belgier war doppelt so groß wie ihr eigenes in Euskirchen und wesentlich moderner ausgestattet.

Auf einem großzügigen Besprechungstisch standen Kaffee und ein riesiges Paket, dessen Papier auf eine nahegelegene Patisserie hindeutete.
„Bitte nehmen Sie Platz“, strahlte Brück. „Wir freuen uns immer über Besuch von deutschen Kollegen.“
Er deckte das weiße Papptablett ab.
„Greifen Sie bitte zu und lassen Sie es sich schmecken.“
Ilka und Peter fielen fast die Augen aus dem Kopf. Köstlich duftende belgische Waffeln, aufwändig verzierte Pralinen, Mandelbiskuits, Florentiner sowie Petit Fours mit Himbeergelee, Marzipan und Schokolade türmten sich vor ihnen auf. So waren sie dienstlich noch nie irgendwo bewirtet worden.
Jaques Vrey lachte: „Das ist für uns ein Stück savoir-vivre im Alltag, wissen Sie?“, und schenkte ihnen frisch aufgebrühten Kaffee ein.
Unsere Zusammenarbeit fängt ja wunderbar an, glaubte Ilka. Es dauerte eine ganze Weile, bis Vreys und Brück bereit schienen, über die 'schmutzige Bombe', die im AKW *Courant II* explodiert war, zu sprechen. Dienst-eifrig schnappte Bongardt sich einen Folienschreiber und skizzierte am Whiteboard an der Wand, wer mit der Tat in einem möglichen Zusammenhang stehen könnte: Angefangen bei den radikalen Atomkraft-gegnern aus Kehr über Rachid Mansour bishin zu dem toten Wachmann Mark Weißgerber.
Die Belgier zeigten keine erkennbare Reaktion.
„Wir werden nach unserem Termin mit Ihnen gleich noch die beiden Geschäftsführer der Betreiberge-sellschaft des AKW aufsuchen“, sagte Ilka, „und auch diese Sicherheitsfirma, für die Weißgerber gearbeitet hat. Sie sitzt in Outremeuse, aber das wissen Sie sicher.“

Vreys und Brück verzogen keine Miene und sagten noch immer nichts.
„Sind Sie zufrieden mit unserer Vorarbeit?“, lächelte Ilka charmant. „Wir würden nun gerne mit Ihnen besprechen, wie wir uns bei den weiteren Ermittlungen aufteilen könnten. Unsere Vorgesetzten haben ja miteinander besprochen, dass es angesichts der Verbindung zwischen Lüttich und dem Kreis Euskirchen am sinnvollsten ist, miteinander zu kooperieren.
Elmar Brück warf seinem Kollegen einen auffordernden Blick zu.
„Wissen Sie“, begann Vreys umständlich. „Wir bewundern Ihre deutsche Arbeitsmentalität. Immer fleißig, gründlich, ordentlich. Sie haben schon eine Menge unternommen“, sagte er vieldeutig. „Aber wissen Sie, es gibt im Grunde gar keinen Fall.“
„Wie bitte?“, riefen Ilka und Peter wie aus einem Mund.
„Wir haben schon mit den Geschäftsführern von 'Energie pour Belgique' geredet. Sie bestätigten uns, was ihr Pressesprecher Antoine Perrand seit gestern ständig in den Nachrichten wiederholt: Die Explosion ist ein interner Sabotageakt gewesen, verstehen Sie?“ Ilka schüttelte den Kopf.
„Nicht ganz.“
„Sie vermuten, dass ein ehemaliger Mitarbeiter, der die Sache zusammen mit einem bereits gekündigten Kollegen, der aber bis zum 1. Juli noch im Dienst sein sollte, ausgeheckt hat. Aus Rache oder was weiß ich.“
Nun ergriff Elmar Brück das Wort.
„Wir wollen damit sagen, liebe Frau Landwehr, verehrter Herr Bongardt: Die Aufklärungsarbeit liegt in erster Linie bei der Betreibergesellschaft innerhalb ihrer

AKW-Mitarbeiter. Und nicht bei der Polizei. Um es ganz klar zu sagen: Wir Belgier wollen keine neuen Negativschlagzeilen! Nicht über angebliche Pannen in *Courant II* und auch nicht über einen angeblichen Terroranschlag hier bei uns.“ Seine Stimme wurde energischer. „Die Explosion hat nichts mit Terror zu tun, verstehen Sie? Sowohl das LKA in Düsseldorf als auch die belgischen Behörden bezweifeln die Echtheit des Bekennervideos! Die Experten dort haben allesamt in den vergangenen Jahren genügend dieser Filmchen gesehen, um das beurteilen zu können. Rachid Mansour ist in unseren Augen ein wildgewordenes Bürschchen, das sich wichtig machen will. Wie sollte ein Sechzehnjähriger aus der Eifel an Caesium 137 kommen? Das ist doch geradezu lächerlich! Die Explosion hat auch nix mit radikalen Atomkraftgegnern zu tun, die am Montagmorgen in das AKW gelangt sein könnten, wie Sie vermuten. Nein! Es war schlicht und ergreifend Sabotage. Die beiden Mitarbeiter werden zur Rechenschaft gezogen werden, keine Frage. Aber das war es dann auch. Es gibt nichts mehr zu ermitteln, verstehen Sie?“

Ilka bemühte sich, ganz ruhig zu bleiben.

„Gibt es denn Beweise für die angebliche Sabotage?“

„Die Geschäftsführer haben uns zugesagt, uns diese Beweise bis zum Ende der Woche vorzulegen“, sagte Vreys mit fester Stimme.

„Das wollen Sie denen überlassen ohne selbst vor Ort zu ermitteln?“, fragte Ilka ungläubig. „Das kann nicht Ihr Ernst sein! Eine junge Mutter ist durch die Explosion gestorben! Ein zweiter Labormitarbeiter wurde verletzt. Und das Gebiet rund um das AKW ist

aufgrund des Caesiums in der Bombe strahlenverseucht!“
„Die Bodenproben werden gerade erst analysiert“, sagte Brück. „So wie es derzeit aussieht, liegt die Strahlenbelastung in den bewohnten Gebieten rund um *Courant II* nicht in einem besorgniserregenden Bereich. Vermutlich sind sie in ein, zwei Jahren schon wieder im Normbereich. Es ist ja schließlich keine Atombombe explodiert!“, lächelte er und hielt Ilka und Peter das volle Tablett unter die Nase.
Doch der Appetit auf belgisches Kleingebäck war ihnen gründlich vergangen.
„Sie müssen uns verstehen“, bat Jaques Vreys, „das hier“, er deutete aus dem bodentiefen Fenster, „ist unsere Heimat. Die lassen wir uns nicht grundlos schlechtreden. Wer bei Ihnen in Deutschland an Belgien denkt, denkt doch mittlerweile automatisch an Terroranschläge und an angeblich nicht sichere Atomkraftwerke. Das kann ich alles nachvollziehen. Aber was wir nicht zulassen können, ist, dass wir neue Negativschlagzeilen über unsere Heimat noch unterstützen, indem wir in Dingen herumstochern, die geklärt sind.“
Jeder Versuch, Elmar Brück und Jaques Vreys davon zu überzeugen, dass rein gar nichts geklärt war, schlug fehl. Als dann auch noch deren Chef van Bries auftauchte und seinen Mitarbeitern volle Rückendeckung versprach, erkannten Ilka und Peter, dass ihre Zeit im Lütticher Kommissariat vertan war.
Unter einer Kooperation, wie er sie gestern noch mit Polizeidirektor Groß vereinbart habe, verstehe er nicht, so van Bries, dass man ermittele, wo es augenscheinlich nichts mehr zu ermitteln gebe, stellte er klar.

„Er kann uns nicht daran hindern, unsere Arbeit zu tun!", sagte Ilka wütend, als sie die Polizeidienststelle verließen und auf die belebte Straße hinaustraten.
Verärgert fuhren die Kommissare vom Lütticher Zentrum aus in das volkstümliche, alte Stadtviertel Outremeuse. Ilka stellte ihren blauen Golf auf einem öffentlichen Parkplatz ab.
In den engen Gassen befanden sich zahlreiche kleine, gemütliche Geschäfte und Lokale. Hier lebten einst Bürger, die sich von Herrschern und Fürsten losgesagt hatten in einer selbsterklärten 'freien Republik'. Das quirlige, lebendige Viertel der Aufmüpfigen, früher verrucht und von der feinen Bürgerschaft gemieden, war inzwischen bei den Menschen der Stadt wie auch bei Touristen äußerst beliebt.
„Schau mal, Ilka, das hier muss die Kirche sein, der Georges Simenon einmal einen ganzen Kriminalroman gewidmet hat!", rief Peter aus. „Saint-Pholien heißt sie. Du kennst doch Simenons legendäre Kommissar-Maigret-Reihe, oder etwa nicht?"
„Doch, doch", nickte sie, noch ganz in Gedanken an ihr Gespräch mit Vreys und Brück versunken. Sie konnte einfach nicht fassen, wie desinteressiert sich die belgischen Kollegen gezeigt hatten. Irgendetwas stimmte hier nicht...
Der Hauptsitz des Sicherheitsdienstes 'Belgian Securite' lag versteckt am Rand von Outremeuse.
Es handelte sich um ein graues, unauffälliges Bürogebäude, in dem insgesamt sieben Firmenbüros untergebracht waren.
Reinhard Grisar, der Vorgesetzte Mark Weißgerbers, empfing sie in einem beigefarbenen Sommeranzug mit einem freundlichen Lächeln. Was für ein attraktiver

Mann, dachte Ilka anerkennend. Das graumelierte Haar trug er kurzgeschnitten, sein sonnengebräuntes Gesicht hatte markante, feine Züge. In Grisars schlichtem Büro bot er ihnen verschiedene Kaltgetränke an und kam gleich zum Punkt.

„Ja, was kann ich Ihnen über Herrn Weißgerber sagen?“, begann er. „Er hat vor zweieinhalb Jahren begonnen, für unsere Firma als Wachmann zu arbeiten und ich muss sagen, ich war stets sehr zufrieden mit ihm.“ Grisar blickte auf die Mitarbeiterakte Weißgerbers, die vor ihm auf dem Schreibtisch lag. „Er war absolut pünktlich und zuverlässig und hat seine Arbeit ernst genommen, was ich nicht von allen meinen Leuten hier sagen kann. Wissen Sie, es ist gar nicht so einfach, gutes Security-Personal zu finden.“ Er hob etwas theatralisch die Arme. „Zuviele schwarze Schafe gibt es in unserer Branche und die schaden unserem Ruf enorm. Aber ich schweife ab.“ Er nahm einen Schluck Cola. „Ich habe eben mal nachgesehen, Herr Weißgerber war in den zweieinhalb Jahren keinen einzigen Tag krank und hat häufig freiwillig Wochenenddienste geschoben, obwohl er hätte frei nehmen können. Er hat sich niemals über irgendetwas beschwert. Von seiner Sorte könnten wir ein paar mehr gebrauchen“, sagte er und schwieg einen Moment. „Nun ist er tot. Ich kann es noch gar nicht glauben.“

„Hatte Herr Weißgerber Streit mit einem Kollegen oder gar einen Feind innerhalb der Firma?“

„Nicht, dass ich wüsste. Mir ist jedenfalls nie etwas in dieser Art zu Ohren gekommen.“

Ilka räusperte sich.

„Von seiner hochschwangeren Freundin aus der Eifel haben wir erfahren, dass Herr Weißgerber bei Ihnen

kündigen und sich mit ihr und dem Kind in Gemünd eine neue Zukunft aufbauen wollte."
Reinhard Grisar legte seine Stirn in Falten und sah die Kommissare mit zusammengekniffenen Augen an.
„Was sagen Sie da?"
Er schüttelte den Kopf.
„Davon weiß ich absolut nichts!"
„Herr Grisar, wir haben gehört, dass Herr Weißgerber am frühen Montagmorgen zu dem Zeitpunkt, wo die 'schmutzige Bombe' per Zeitschaltuhr gezündet worden ist, eine Zeit lang ganz allein auf dem Betriebsgelände Dienst geschoben hat."
Grisar seufzte.
„Glauben Sie mir, die Sache ist mir als Vorgesetzter extrem unangenehm. Ja, es stimmt, was Sie sagen. Normalerweise sind die Wachleute auf dem Gelände zu dritt und haben zwei scharfgemachte Hunde dabei. Der Hundeführer hat sich morgens kurz vor Dienstbeginn krankgemeldet und der zweite, mit dem ich fest gerechnet hatte, ist an diesem Tag ohne jede Erklärung einfach nicht zum Dienst erschienen, wovon ich aber erst später erfahren habe." Grisar klang verärgert, als er hinzufügte: „Ich ging also davon aus, dass sich Weißgerber mit besagtem Kollegen zusammen im Dienst befand. Für den krank gewordenen Mann wollte ich am Montagmorgen natürlich so schnell wie möglich einen Ersatz abstellen, was mir aufgrund unserer Personalsituation jedoch nicht sofort gelungen ist", sagte er zerknirscht.
„Stimmt es eigentlich, dass beide Überwachungsanlagen, die auf einen Nebeneingang gerichtet sind, gar nicht in Betrieb gewesen sind?", wollte Peter Bongardt wissen.

„Das hat sich leider bestätigt“, sagte Reinhard Grisar. „Für die Videokameras sind allerdings die Betreiber zuständig, nicht wir. Wie ich gehört habe, sollten sie von Sonntag auf Montag überprüft und im Laufe des vorgestrigen Tages wieder eingeschaltet werden.“
Er fasste sich an den Kopf.
„Wenn Sie meine Einschätzung hören wollen: Eine Verkettung unglücklicher Umstände. So etwas darf nicht passieren, ist es aber.“ Grisar drehte seinen Computerbildschirm zu den Kommissaren herum und deutete auf ein Programm, das gerade installiert wurde. „Ich habe schon Konsequenzen gezogen und gestern für teures Geld eine neue Software angeschafft, damit jeder Personalverantwortliche hier im Haus Zugriff auf die Verteilung der Wachleute an den zweiunddreißig Einsatzorten hat und schneller Leute nach einer Prioritätenliste umdisponieren kann, auf der *Courant II* natürlich ganz oben steht“, erklärte er. „Außerdem habe ich veranlasst, dass jeder Mitarbeiter mit einer Abmahnung rechnen muss, wenn er sich bei Krankheit nicht spätestens eine halbe Stunde vor Dienstbeginn hier meldet.“
„Das ist gut. Sagen Sie, Herr Grisar, Ihnen ist das Gelände um das AKW herum doch vertraut, richtig?“
„Selbstverständlich!“
„Halten Sie es rein hypothetisch betrachtet für möglich, dass am Montagmorgen jemand an Mark Weißgerber vorbei in das Gebäude gelangt sein könnte?“
Reinhard Grisar wiegte den Kopf.
„Ich würde lügen, wenn ich Ihre Frage verneinen würde. Ich mache mir doch nichts vor. Niemand ist alleine in der Lage, das gesamte Areal mit seinen fünf verschiedenen Eingängen im Auge zu behalten.“

Allerdings besaß die 'schmutzige Bombe' einen Zeitzünder, dachte Ilka. Genauso gut ist es also möglich, dass der Täter das Ding schon am Tag zuvor im AKW platziert hat, um sie gezielt am frühen Montagmorgen hochgehen zu lassen.
Als Ilka und Peter aus dem Bürogebäude auf die Straße traten, hatte bei vielen Lüttichern offenbar der Feierabend begonnen. Straßencafés und die Außengastronomie der zahlreichen Restaurants füllten sich. Die Sonne hatte sich an diesem Tag doch noch ihren Weg durch die Wolken gebahnt und die Menschen hier im Viertel genossen bei einem guten Essen und dem ein oder anderen Glas Bier oder Wein ihre freie Zeit, unterhielten sich angeregt und lachten.
Von dem letzten Gespräch dieses Tages um 18 Uhr mit den beiden Geschäftsführern der Betreibergesellschaft 'Énergie pour Belgique' erwarteten die Kommissare nichts Bewegendes. Vermutlich würden sie genau das bestätigen, was Vreys und Brück ihnen schon gesagt hatten: Es konnte nicht sein, was nicht sein durfte. Terroristen, denen es gelang, in das chemische Labor eines Atomkraftwerks einzudringen, das ohnehin als Pannenreaktor verschrien war, hätte den Negativschlagzeilen über *Courant II* noch die Krone aufgesetzt. Die angebliche Erklärung interner Sabotage fanden Ilka und Peter geradezu hanebüchen.
Sie stiegen in Ilkas Wagen und machten sich auf den Weg in Richtung des neuen, architektonisch hochgelobten Hochgeschwindigkeitsbahnhofs im Stadtteil Guillemins. Die Herren Kerveillant und van Afferden hatten vorgeschlagen, sich statt im Geschäftsgebäude bei *Starbucks* in der geradezu spektakulär gestalteten

Bahnhofspassage zu treffen. Ihnen sollte es Recht sein, Büros hatten sie für heute genug von innen gesehen.
„Weißt du, was es mit diesem Bahnhof auf sich hat, von dem Kerveillant und van Afferden so schwärmten?, fragte Peter unterwegs.
„Ja, ich habe ihn mir sogar schon einmal angesehen, als Daniel, Nele, mein Vater und ich in den Osterferien einen Ausflug nach Lüttich gemacht haben“, erklärte Ilka. „Der neue Hochgeschwindigkeitsbahnhof hat zum einen eine Top-Anbindung an die großen Metropolen wie Brüssel, Paris, London, Amsterdam, Köln und Frankfurt. Zum anderen ist er, so finde ich jedenfalls, einer der schönsten Bahnhöfe Europas geworden. Er wurde übrigens von dem berühmten katalanischen Architekten Santiago Calatrava entworfen. Du wirst ihn ja jetzt gleich selbst sehen.“
Ilka hatte nicht übertrieben, fand Peter.
Eine grandiose Brandung aus Glas, Stahl und weißem Beton wölbte sich über die verstaubten Hausdächer und Backsteinfassaden des Stadtviertels Guillemins. Wie ein gigantisches, transparentes Zeltdach spannte sich das Konstrukt über den Gleisen. Der gesamte Bahnhof wirkte lichtdurchflutet, vollkommen anders als die üblichen, düsteren Gebäude.
Als sie die Kaffeebar *Starbucks* betraten, erkannten sie Kerveillant und van Afferden sofort; sie hatten ein Foto der beiden auf der Internetseite des AKW-Betreibers gesehen.
Während die beiden Belgier jeder nur einen doppelten Espresso bestellten, verspürten Ilka und Peter Hunger auf herzhaftes Ciabatta Pulled BBQ Chicken.

„Was sagen Sie zu dem wunderbar futuristischen Ambiente hier?“, begann van Afferden und deutete durch die Glasscheiben hinaus in die Bahnhofshalle.
„Ganz toll“, meinte Bongardt mit halbvollem Mund. „Erinnert mich ein bisschen an ein Raumschiff.“
Sich mit uns hier bei *Starbucks* zu treffen und über den neuen Bahnhof zu schwärmen, ist ganz sicher ihre Taktik, so wenig wie möglich über den eigentlichen Anlass unseres Treffens zu sprechen, dachte Ilka leicht genervt. Aber so läuft es nicht mit uns. Außerdem will ich allmählich nach Hause.
„Wir wollen Ihnen nicht unnötig die Zeit stehlen“, begann van Afferden. „Und ich kann Ihnen gleich zu Beginn unseres kleinen informellen Austauschs verkünden, dass es im Grunde gar keinen Fall mehr gibt. Zumindest, was die kleine Explosion im AKW *Courant II* anbetrifft.“ Er lächelte. „Ich bin sicher, es gibt auch keinen Zusammenhang zwischen dem Tod Mark Weißgerbers und seiner Arbeit auf dem Außengelände des AKW. Er war ein einfacher, guter Wachmann, der seinen Job machte. Von innen hat er das AKW nie gesehen und er hatte auch keine Kontakte zu irgendwelchen Mitarbeitern. Wie das bei Security-Personal halt so üblich ist.“ Er trank seinen Espresso aus. „Soviel weiß ich über Herrn Weißgerber, nicht mehr und nicht weniger. Wäre ich an Ihrer Stelle, würde ich das Motiv eher im Privatleben suchen, wenn er denn eines hatte.“
Warum erzählt er mir das alles?, fragte sich Ilka.
„Kommen wir zur Ursache der Explosion im chemischen Labor des Reaktors“, sagte er bestimmt. „Ich will ganz offen zu Ihnen sein. Herr Kerveillant und ich sind als Geschäftsführer vor einem halben Jahr von einem

Mitarbeiter erpresst worden. Der Mann war seinerzeit zuständig für die täglich mehrfachen Radioaktivitäts-Messungen rund um *Courant II*. Relevant ist hierbei der tägliche Durchschnittswert, keine einzelnen Spitzenwerte", holte er aus. „Na ja, jedenfalls hatten wir kurzfristig Probleme, weil die Werte einige Wochen lang etwas zu hoch lagen. Um ehrlich zu sein, die Konzentration radioaktiver Edelgase haben zeitweise im Maximum das 500-fache des Normalwerts erreicht", erklärte er bedauernd. „Jedenfalls haben Herr Kerveillant und ich alles dafür getan, dass die Bevölkerung auf keinen Fall in Panik geraten sollte. Unser Pressesprecher Antoine Perrand hat uns da sehr unterstützt, er hat einfach ein Händchen im Umgang mit den Medien."

Ilka und Peter sahen ihn irritiert an und hatten den gleichen Gedanken.

„Wie gesagt, wir waren sicher, das Problem schnell wieder im Griff zu haben", fügte Herr Kerveillant hastig hinzu. „Unser inzwischen ehemaliger Mitarbeiter hat seinerzeit mehrere Wochen lang die realen Messwerte auf einem Datenstick gespeichert. Das haben wir natürlich erst erfahren, als er uns um sage und schreibe hunderttausend Euro erpresst hat."

„Schweigegeld", stellte Peter ungerührt fest.

„Wenn Sie so wollen - ja!"

„Sie haben also gezahlt?", hakte Ilka nach.

„Ja, haben wir", sagte van Afferden zerknirscht. „Wir hofften, damit sei die Sache aus der Welt. War sie aber nicht. Ein paar Monate später stellte der Mann neue Forderungen. Er hatte sich bei der Finanzierung seines Hauses völlig übernommen. Doch diesmal haben wir ihm, anstatt zu zahlen, gekündigt."

„Was geschah dann?“
„Zu unserer Verwunderung erst einmal nichts. Der Mann ist jedenfalls nicht an die Presse getreten. Allerdings gab es vor acht Wochen einen zweiten Versuch, uns mit den erhöhten Messwerten zu erpressen. Nicht durch ihn, sondern durch seinen seinerzeit engsten Kollegen. Der Mann behauptete, mehrere Kopien der Daten zu besitzen. Im Nachhinein muss ich sagen, habe ich schon länger an dessen Loyalität gezweifelt.“ Van Afferden seufzte. „Als wir nicht zahlten, haben die beiden Herrn Kerveillant zuhause in Lüttich aufgelauert und ihm gedroht. Es werde ihm etwas Schlimmes zustoßen, wenn wir nicht noch einmal zahlten.“
„Und dann?“
„Wir haben das Ganze ignoriert und dem zweiten Mann ebenfalls gekündigt. Allerdings fristgerecht zum 1. Juli; ich hatte nämlich keine Lust auf Auseinandersetzungen vor dem Arbeitsgericht, da wir die Erpressung sowie seine Drohungen ja kaum hätten beweisen können.“
„Er ist also zur Zeit noch aktiv im Dienst?“
„Seit Montagmittag nicht mehr. Ich habe ihn bis zu seinem Ausscheiden mit sofortiger Wirkung beurlaubt.“
„Sie vermuten also tatsächlich, die beiden Mitarbeiter könnten aus Rache die 'schmutzige Bombe' im Labor gezündet haben? Das wäre schon sehr heftig.“
„Ich denke, sie hofften, ihrem Erpressungsversuch durch diese Aktion Nachdruck zu verleihen“, meinte Kerveillant. „Und das ist noch nicht alles! Unsere Labormitarbeiterin Frau Brisson, die ich sehr zu schätzen weiß, hat mich am Sonntagabend angerufen. Es fehle eine geringe Menge pulverisiertes Caesium 137

im Stahlschrank. Den können Sie sich vorstellen wie einen dreifach gesicherten Tresor. Frau Brisson war bei ihren Erfassungen immer sehr gewissenhaft." Er hob die Schultern. „So etwas war noch nie vorgekommen; ich konnte mir keinen Reim auf die Sache machen. Denn außer einem weiteren Labormitarbeiter hat niemand Zugang zu dem Schrank. Selbst wenn es jemandem gelungen wäre, von außen in das Gebäude zu gelangen und drinnen die drei Sicherheitsschleusen zu passieren, was ohne Dienstausweis vollkommen unmöglich ist, so wäre er spätestens an dem Tresor gescheitert", erklärte er und lächelte schmal.
„Sie können sich das Ding gerne anschauen. Der Einfachheit halber habe ich Ihnen aber Fotos von Montag mitgebracht."
Er zückte sein Handy.
„Sehen Sie, der Tresor weist nicht die geringste Beschädigung auf. Man müsste ihn ohnehin, vergleichbar mit einem Geldautomaten, erst sprengen, um an seinen Inhalt zu gelangen."
„Und für Sie liegt auf der Hand, dass Ihr beurlaubter Labormitarbeiter, der Zugang zu dem Schrank hatte, Caesium 137 entnommen und dem Sprengstoffgemisch beigemischt hat?", fragte Peter nach.
„Wer sonst hätte einen Nutzen davon gehabt?", fragte er zurück. „Und noch etwas: Frau Brisson war angesichts ihrer Entdeckung so aufgeregt, dass sie ihren Kollegen ebenfalls am Sonntagabend über die Sache informiert hat, noch bevor sie mir von der Sache berichtete."
„Da muss Ihrem Mitarbeiter doch der Popo auf Grundeis gegangen sein", meinte Ilka. „Er konnte sich doch denken, dass Frau Brisson Ihnen davon erzählen

würde und dass der Verdacht nach der Explosion aufgrund des gescheiterten Erpressungsversuchs auf ihn selbst fallen würde."
Van Afferden und Kerveillant seufzten.
„Das haben Sie messerscharf geschlossen, Frau Landwehr. Frau Brisson ist übrigens tot", endete er. „Sie ist jene junge Mutter, die ihren Arbeitsplatz im Labor unmittelbar neben der versteckten Bombe gehabt hat und durch die Explosion gestorben ist. Halten Sie unsere Sabotage-Theorie jetzt immer noch für abwegig?"
Die Geschäftsführer gaben Ihnen bereitwillig die Adressen des ehemaligen und des beurlaubten Mitarbeiters, die Kerveillant und van Afferden für dringend tatverdächtig hielten.
Ziemlich verwirrt verabschiedeten Ilka und Peter sich. Diesen Gesprächsverlauf hatten sie nicht erwartet. Sie mussten nachdenken. Wenn das wirklich stimmt, überlegte Ilka, wie passt dann der Tod Mark Weißgerbers dazu, der als einfacher Wachmann überhaupt nichts mit den Vorgängen innerhalb des AKW zu tun und aufgrund der Sicherheitsschleusen auch keinen Zugang zum Inneren des Gebäudes gehabt hatte. Andererseits konnte es doch kein Zufall sein, dass er knapp zwei Tage nach der Explosion erschlagen worden war!
Hatte Weißgerber zuviel gewusst? Aber woher? Ilka dachte an seine hochschwangere Freundin, mit der er sich ein neues Leben in Gemünd hatte aufbauen wollen und angeblich vorhatte, bei 'Belgian Securite' zu kündigen.
Wie passte das alles zusammen?

Donnerstag - 4. Tag

Polizeidirektor Groß erschien gegen 9 Uhr zusammen mit Staatsanwalt Dr. Rettich zur Morgenbesprechung. Anlass war der Tod Mark Weißgerbers. Die Obduktion im rechtsmedizinischen Institut in Bonn hatte zweifelsfrei bestätigt, dass der Wachmann auf dem düsteren Park & Ride-Parkplatz in Wißkirchen erschlagen worden war. Dr. Grunwald mutmaßte aufgrund der Art der gesichteten Kopfverletzungen, dass Weißgerber mit voller Wucht mit Hilfe eines schweren Gegenstandes an der Schläfe getroffen worden sein müsse und innerhalb kürzester Zeit verstorben sei.
Ilka betrachtete die Tatortfotos, die vor ihr lagen. Womit mochte der Wachmann wohl erschlagen worden sein? Und vor allem, von wem?
Die halbe Nacht hatten Erkennungsdienstler Bernd Schmitz und seine Mitarbeiter den Tatort nach Indizien abgesucht, jedoch vergeblich. Sie hatten weder Fingerabdrücke noch klassische Spuren wie ein einzelnes Haar oder Textilfasern gefunden. Das im Labor analysierte Blut stammte ausschließlich aus der Kopfwunde des Opfers. Irgendjemand musste den Tatgegenstand folglich eingesteckt und sich nach dem Mord an Weißgerber auf und davon gemacht haben, vermutlich mit einem Auto oder Motorrad. Über die nur wenige hundert Meter entfernte A1 hätte er die Gelegenheit gehabt, so Ilkas Vermutung, sich ein ordentliches Stück zu entfernen, bevor der Security-Mitarbeiter überhaupt

entdeckt worden war. Hätte gegen 20 Uhr dort nicht noch der letzte Eifelpendler sein Fahrzeug aufgesucht, wäre Mark Weißgerber vermutlich erst am folgenden Morgen gefunden worden.
Hatte der arglose Wachmann vorgehabt, sich dort mit jemandem zu treffen, dem er dann ahnungslos zum Opfer gefallen war? Welchen Grund sollte er sonst gehabt haben? Sein Arbeitsplatz jedenfalls lag nahe Lüttich - hätte er diesen aufsuchen wollen, wäre er doch über Simmerath in Richtung Aachen über die A44 gefahren. Überdies hatte seine Freundin Bianca Schulz ihnen versichert, dass ihr Freund überhaupt keinen Dienst gehabt habe, was sein Chef gestern bestätigt hatte.
In einer Stunde werde er zurück in Gemünd sein, hatte Mark Weißgerber vor seiner Abfahrt auf einen Zettel geschrieben, den seine Freundin den Kommissaren gestern gezeigt hatte. Es handelte sich zweifelsfrei um die gleiche Handschrift wie die auf dem Mietvertrag, den Schmitz in der Brieftasche in Weißgerbers grauem Nissan mit dem belgischen Kennzeichen entdeckt hatte. In dem fast penibel sauberen Wagen hatte der Chef der Spurensicherung außer ein paar verlorenen Haaren und Fingerabdrücken, die inzwischen ausschließlich Mark Weißgerber und Bianca Schulz zugeordnet worden waren, nichts gefunden.

Ilka saß neben Staatsanwalt Dr. Rettich, der unverhohlen Bente Schäfer abtaxierte, die in einem beigefarbenen Sommerkostüm mit einem weißen Top darunter, was ihre schlanke Figur und ihren wohlgeformten Busen gut zur Geltung brachte, vor ihnen

stand. Nun betrachtete er zur Abwechslung gerade ausgiebig seine klobige, goldene Armbanduhr und ließ sie im Sonnenlicht funkeln.
„Haben Sie noch einen Anschlusstermin?“, fragte die Düsseldorferin kess, „oder langweile ich Sie mit meinem kleinen Vortrag?“
„Ganz im Gegenteil, Frau Schäfer“, sagte er leicht arrogant. „Ich bin ganz Ohr. Leider muss ich jetzt zurück in die Stadt.“ Er stand einfach auf. „Vielleicht könnten Sie ihren Vortrag für mich heute Abend bei einem Glas guten Wein zu Ende führen? Ich lade Sie ein!“
Er zog seinen Porscheschlüssel aus der Tasche, der an einem mächtigen Bund hing, und wedelte ihr damit unverfroren vor der Nase herum.
Niemand sagte ein Wort.
Peter war vor Ärger rot angelaufen und ballte die Hand zur Faust.
Der hält sich für unwiderstehlich, dachte Ilka. Ein Nein kennt er nicht. Aber die Schäfer wird ihm schon Paroli bieten.
Und das tat sie.
„Ach, Dr. Rettich, was sollen wir drum herum reden. Sie sind mir etwas zu alt, etwas zu aufdringlich und etwas zu protzig.“ Sie lächelte charmant. „Und für den Wein heute Abend bin ich schon verabredet. Das Protokoll unserer kleinen Besprechung maile ich Ihnen später zu.“
Sie öffnete ihm die Tür.
Selten hatte Ilka den Staatsanwalt einmal derart perplex erlebt. Bingo!
„Wo waren wir stehengeblieben?“, ging die Düsseldorferin zur Tagesordnung über. „Ach ja, bei der künftigen

Zusammenarbeit mit den Lütticher Kollegen Brück und Vreys. Herr Groß, wir haben Frau Landwehr eben gehört, was den gestrigen ersten Austausch mit den beiden Herren angeht. Was schlagen Sie vor?"
Es war offensichtlich, dass dem Polizeidirektor Frau Schäfers wertschätzende Art, ihn einzubinden und ihn nach seiner Meinung zu fragen, sehr gefiel. Zwischen ihm und Stettenkamp hatte es nicht selten heftig geknirscht im Gebälk. Der gebürtige Westfale war ihm häufig viel zu eigensinnig und stur gewesen und hatte ihm das Gefühl gegeben, sein Besuch aus Bonn sei ihm ohnehin eher lästig.
Groß räusperte sich und dachte offenbar ein Weilchen über diese Frage nach.
„Meine klare Empfehlung lautet: Hängen Sie sich in diesen Fall bloß nicht übermäßig rein", sagte er zu Ilkas Erstaunen. „Ich meine, die Belgier scheinen es ja ebenfalls nicht zu tun, obwohl Weißgerber in Lüttich lebte und für einen belgischen Wachdienst arbeitete. Zumal man, was die Explosion angeht, inzwischen doch ohnehin von einem AKW-internen Sabotageakt auszugehen scheint..."
Ilka hob die Hand und sprang auf.
„Moment mal, Herr Groß. Erstens klingt 'Explosion' in meinen Ohren hier absolut verharmlosend. Eine 'schmutzige Bombe' mit Caesium 137 ist gezündet worden, eine Labormitarbeiterin ist durch das Attentat gestorben und das Gebiet rings um *Courant II* strahlenverseucht! Nennen wir die Fakten doch beim Namen."
„Frau Landwehr!", entfuhr es Groß. „Sie werden ja wohl jetzt nicht ebenso aufmüpfig werden wie Ihr Archivkollege unten im Keller?"
Er lachte dümmlich.

Ilka überging seinen Einwand einfach.
„Es ist traurig genug, dass die Belgier sich in meinen Augen viel zu vorschnell auf diese Sabotage-Theorie eingeschossen haben. Brück und Vreys haben bis dato nicht mal ein Gespräch mit den beiden Mitarbeitern geführt, die laut den Betreibern angeblich hinter der Sache stecken sollen. Das würden Herr Bongardt und ich sehr gerne heute Nachmittag nachholen!"
„Habe ich recht verstanden, Sie wollen schon wieder nach Lüttich?"
„Ganz genau!" Sie redete sich zum Missfallen des Polizeidirektors immer mehr in Rage. „Und was Mark Weißgerber angeht: Er ist hier in der Eifel erschlagen worden; nur ein paar Kilometer vom Kreishaus entfernt. Er plante, zu seiner Freundin nach Gemünd zu ziehen, die ein Kind von ihm erwartet. Es ist ganz sicher kein Zufall, dass er ausgerechnet in *Courant II* als Wachmann gearbeitet hat." Sie holte tief Luft. „Das schreit doch nach einer Verbindung! Oder glauben Sie etwa hier an einen Zufall?"
Armin Groß hob die Schultern.
„Ganz ehrlich?", meinte er lahm, „gerade weil er dort nur als einfacher Wachmann gearbeitet hat und das lediglich auf dem Außengelände, sehe ich tatsächlich überhaupt keine Verbindung! Der Weißgerber, das ist meine Theorie, wird im Privatleben irgendwas am Laufen gehabt haben, was ihm letztlich den Tod eingebracht hat. So banal wird es sein."
Ilka wollte ihm gerade widersprechen, da fiel ihr wieder diese ominöse Bewirtungsquittung aus Paris ein. Mit wem war Mark Weißgerber vor drei Wochen dort gewesen? Mit seiner schwangeren Freundin jedenfalls nicht.

„Wie gesagt, tun Sie, was Sie nicht lassen können", empfahl Groß, „aber machen Sie da in Belgien bloß kein großes Fass auf! Sie haben ja gemerkt, die Lütticher Kollegen tun es ebenfalls nicht." Er überlegte. „Die Schulz, sagten Sie, wusste gestern kaum etwas über ihren Freund zu berichten, genauso wenig wie sein Chef. Bleiben also nur noch seine direkten Kollegen", schlussfolgerte er. „Aber ich sage Ihnen, wenn die auch nix über ihn wissen, machen Sie den Deckel drauf. Ich meine, manchmal muss man auch mal loslassen können!"

Ilka sah ihn an, als habe er den Verstand verloren. Hoffentlich ließ Frau Schäfer Peter und sie ungehindert weiter ermitteln und sprang nicht auch noch auf Groß' Zug auf.

Während sich ihre Chefin nach der offiziellen Morgenbesprechung noch einmal unter vier Augen mit dem Polizeidirektor austauschte, machten sich Ilka und Peter auf den Weg nach Gemünd. Sie wollten noch einmal mit Bianca Schulz sprechen, in der Hoffnung, doch noch etwas mehr von ihr über Mark Weißgerber zu erfahren als die wenigen spärlichen Informationen, die sie bisher zusammengetragen hatten.Wie sollten sie seinem Mörder auf die Spur kommen, wenn sie so wenig über ihn wussten?

Kurz vor Firmenich klingelte Ilkas Handy.

Ein Blick aufs Display. Es war Alex unter seiner dienstlichen Nummer aus dem Kellerarchiv.

„Kannst du reden?", fragte er vorsichtig.

„Ja, ich bin gerade mit Peter auf dem Weg zu Weißgerbers Freundin."

„Dachte ich mir doch! Dann könnt ihr gleich die Abkürzung über Mechernich nehmen. Frau Schulz hat in der Nacht ihr Baby bekommen."
„Wie bitte? Woher weißt du das denn?"
Er räusperte sich ein wenig verlegen.
„Ach, ich hatte in der Nacht einen kleinen Schwächeanfall, nix Wildes. Ich wollte in die Küche, um mir ein paar Kopfschmerztabletten einzuwerfen. Da bin ich dann irgendwie umgekippt."
„Ach du je! Was machst du für Sachen, Alex?"
„Na ja, jedenfalls hat Lisa darauf bestanden, mich ins Krankenhaus zu bringen. Als wir in Mechernich ankamen, ging es mir aber schon wieder einigermaßen gut. Ich habe mich dann durchgesetzt und wir sind wieder nach Hause gefahren. Viel Wirbel um nichts, sozusagen."
Hoffentlich, dachte Ilka.
„Jedenfalls bekamen wir aus nächster Nähe mit", berichtete er weiter, „wie ein Krankenwagen angefahren kam und eine hochschwangere Frau von zwei Rettungssanitätern auf einer Trage ins Gebäude gebracht wurde. Es war ohne jeden Zweifel Bianca Schulz. Du hattest mir ja gestern das abfotografierte Bild von ihr und Mark Weißgerber gemailt, das sie dir mitgegeben hatte."
Diese Info spart uns auf jeden Fall mindestens vierzig Minuten Zeit, dachte Ilka gerade, da sprach Alex auch schon weiter.
„Ach, noch etwas. Wegen der beiden Männer aus Kehr, Hechelt und Klinkhammer..."
„Ja?"
„Sie waren am Montagmorgen überhaupt nicht mehr in Lüttich, wie Manni zunächst gedacht hatte. Sie sind um

2.20 Uhr mit einem Taxi nach Brüssel gefahren und von dort aus nach Mallorca geflogen!"

Ilka war einen Augenblick lang sprachlos.

„Woher weißt du das denn jetzt schon wieder?"

„Nicht ich. Manni hat das herausgefunden. Er hat mit einem Freund aus dem 'Eifeler Bündnis gegen *Courant II*' über die Aktivisten aus Kehr gesprochen; natürlich hat er ihm unseren Verdacht nicht auf die Nase gebunden."

„Reden wir da nun wirklich über Fakten oder über etwas, das Manni gehört hat?", fragte Ilka misstrauisch.

„Über Fakten. Das Taxiunternehmen hat mir die Fahrt eben bestätigt. Der hatte sogar den Namen des Hotels aufgeschnappt, wo Hechelt und Klinkhammer gerade Urlaub machen und sich ihn gemerkt, weil er dort selbst schon einmal war."

Alex schwieg einen Moment.

„Ich habe gerade dort unter einem Vorwand angerufen. Die beiden sind tatsächlich seit dem frühen Montagmorgen auf der Insel."

Ilka hatte Mühe, sich darauf zu konzentrieren, im Parkhaus in Mechernich einen der wenigen freien Plätze zu finden, so sehr irritierte sie das Gespräch mit Alex. Peter deutete gerade auf einen freien Parkplatz, den er erspäht hatte. Es waren weniger die Neuigkeiten, die ihr Ex-Chef zu vermelden hatte als vielmehr die Tatsache, dass er offenbar aus dem Keller heimlich die Strippen zu ziehen schien als dort brav seine Polizeiakten zu digitalisieren. Alex blieb der Tausendsassa, der er immer schon gewesen war.

Sie lächelte.

Ilka und Peter hatten Glück.

Die Stationsschwester erlaubte ihnen, Bianca Schulz zu besuchen. Die kleine Jule war drei Wochen vor dem errechneten Geburtstermin zur Welt gekommen und lag in einem Beistellbettchen gerade friedlich schlafend neben ihrer Mutter. Die Kommissare trafen Bianca in einer körperlich guten Verfassung an.
„Ich bin einfach nur froh, dass alles gut gegangen ist", sagte sie hörbar erleichtert. „Aber es ist halt schon seltsam, so alleine hier mit Jule zu sein..."
Sie verstummte und war sichtlich bemüht, ihre Fassung vor Ilka und Peter nicht zu verlieren.
„Ich hatte mir mein Leben mit Kind zusammen mit Mark vorgestellt. Nun ist alles anders..."
Sie schluckte. „Na ja, nicht ganz. Zum Glück habe ich noch meine Eltern und meine Schwester, die mir in der ersten Zeit helfen werden."
Bianca strich sanft über ein Babyfoto, dem ersten Bild, das von Jule im Krankenhaus gemacht worden war.
„Ich bewundere, wie stark Sie sind", meinte Ilka aufrichtig. „Wir wollen Sie auch auf keinen Fall unnötig weiter mit unseren Fragen belasten. Meinen Sie, wir können trotzdem noch einmal kurz über ihren Lebensgefährten sprechen? Wir wissen einfach zu wenig über ihn, um seinem Mörder auf die Spur kommen zu können."
Die junge Mutter nickte zögernd.
„Sie sagten uns gestern, Ihr Freund habe vorgehabt, bei der Sicherheitsfirma zu kündigen. Sein Chef wusste von dieser Absicht gar nichts."
„Na ja, er wollte sich natürlich zuerst um eine neue Arbeitsstelle bemühen, bevor er die alte kündigt. Das ist doch ganz normal, oder?"
„Absolut!", stimmte Peter ihr zu.

„Dann hätte er also erstmal zwischen Gemünd und Lüttich hin- und herpendeln müssen, richtig? Das sind gut hundert Kilometer. Schon heftig, oder?"
„Ach", winkte sie ab. „Hier in der Eifel ist man doch da flexibel."
„Eine Zeit lang bestimmt", sagte Peter, „und außerdem gibt es hier ja ebenfalls diverse Sicherheitsfirmen. Soweit ich weiß, sind sie eigentlich immer auf der Suche nach gutem Personal. Der Chef ihres Freundes lobte ihn gestern in den höchsten Tönen."
Sie sah ihn an.
„Ich kenne mich ehrlich gesagt in seiner Branche überhaupt nicht aus", gestand sie. „Mark meinte nur, wenn ich ihn darauf angesprochen habe, sich doch einfach in der Eifel Arbeit zu suchen: 'Das ist alles nicht so einfach, wie du denkst. Ich kann bei 'Belgian Securite' nicht mir nichts, dir nichts kündigen. Verlass dich drauf, ich kriege das alles geregelt, wenn die Zeit reif ist.'" Sie zuckte mit den Achseln. „Keine Ahnung, was er damit meinte. Ich wollte ihn jedenfalls nicht weiter mit diesem Thema nerven und habe mich erstmal gefreut, dass er zum 1. Juli bei mir einziehen wollte." Sie schluckte. „Wir wären eine richtige Familie geworden."
Ein bisschen seltsam klingt das schon, fand Ilka. Warum konnte ein angestellter Wachmann nicht einfach fristgerecht bei seinem Arbeitgeber kündigen? Oder hatte sich Weißgerber die Option offenhalten wollen, nach Lüttich zurück zu gehen, wenn es ihm mit der neuen Kleinfamilie nicht gepasst hätte?
Die Kommissarin entschuldigte sich kurz und ging nach draußen auf den Krankenhausflur, um zu telefonieren. Sie musste einfach wissen, was hier Sache war - und

zwar hier und jetzt. Ilka suchte zunächst den gespeicherten Kontakt von Mark Weißgerbers Chef Reinhard Grisar im Handy, ließ sich dann jedoch zuerst von der Telefonauskunft mit dem Lütticher Noch-Vermieter des Wachmanns verbinden.
Somit fiel Peter die undankbare Aufgabe zu, Bianca Schulz noch einmal auf die ominöse Bewirtungsquittung des Pariser Restaurants vom 26. Mai anzusprechen. Ob ihr nicht doch noch eingefallen sei, mit wem er dort gewesen sein könnte, fragte er.
„Nein", sagte die junge Mutter. „Ich glaube ehrlich gesagt gar nicht, dass Mark überhaupt dort gewesen ist. „Zum einen, weil er mir doch gesagt hatte, dass er an diesem Tag Dienst habe. Und zum zweiten, das ist mir gestern eingefallen, weil nämlich sein Wagen vom 25. bis zum 27. Mai in der Inspektion gewesen ist. Nach dem Werkstatt-Beleg habe ich gestern Abend zuhause gesucht, weil mir das Ganze so komisch vorkam. Er liegt übrigens auf dem Wohnzimmertisch", schloss sie.
Weißgerber könnte natürlich mit dem Zug gefahren sein, dachte Peter. Sollte er noch weiter nachhaken, wo Bianca Schulz nicht einmal vor zwölf Stunden ihr Kind entbunden und erst vorgestern ihren Lebenspartner verloren hatte?
„Haben Sie eventuell ein Bahnticket gefunden?", wagte er sich ein letztes Mal vor.
Sie schüttelte stumm den Kopf.
„Ich bin erschöpft", sagte sie leise und ließ sich in ihrem Krankenbett auf das gelbe Kopfkissen sinken.

Ilka hatte derweil mit dem Vermieter in Lüttich gesprochen und eine kleine Überraschung erlebt. Der Mann wusste offenbar überhaupt nichts davon, dass

Weißgerber beabsichtigte, seine Wohnung zu kündigen. Ganz im Gegenteil, er habe seine Miete seit seinem Einzug nicht nur stets in bar bezahlt, sondern dies auch noch für das gesamte Jahr im Voraus.
„Wer macht denn sowas?“, meinte Peter kopfschüttelnd.
Ilka fand Weißgerbers Verhalten ebenfalls ziemlich seltsam.
„Na ja, jeder Jeck ist anders.“
Für Bongardt war die Sache damit erledigt.
Er schlenderte zur Cafeteria im Erdgeschoss und gönnte sich drei Kugeln Eis. Ilka versuchte unterdessen ihr Glück bei Reinhard Grisar. Weißgerbers Chef schien weiterhin kooperativ. Alle seine Wachleute unterlägen selbstverständlich der normalen, gesetzlichen Kündigungsfrist von drei Monaten, darüber hinaus habe es auch mit Herrn Weißgerber keine gesonderte, ohnehin unzulässige Vereinbarung gegeben, so Grisar. Am 26. Mai, so beschied er Ilka zum Schluss, habe Mark Weißgerber definitiv keinen Dienst gehabt, wusste er von seiner Assistentin, die sämtliche Einsatzpläne der vergangenen Monate verwaltete. Auch freiwillig, das hatte seine Rücksprache ergeben, hatte der Wachmann an diesem Tag keine Schicht übernommen.
„Es wird immer rätselhafter“, fand Ilka. „Wenn wir gleich nach Lüttich fahren, rufen wir mal in Paris in diesem Restaurant an. Vielleicht haben wir ganz viel Glück, und jemand vom Personal kann sich noch an Mark Weißgerber und seine Begleitung erinnern, wenn wir per *Whatsapp* oder Mail ein Foto von ihm schicken.“
„Hm“, machte Peter. „Er war am 26. Mai da, also vor drei Wochen. Wieviele Gesichter haben sie in der

Zwischenzeit gesehen? Ich will dir nicht die Hoffnung nehmen. Aber sehr wahrscheinlich ist das nicht.“

Ilka und Alex trafen sich eine halbe Stunde später zu einem frühen Mittagessen bei ihrem Lieblingsitaliener, dem 'Casa Marinotti' in Euskirchen. Barbara Marinotti führte das Restaurant seit zwei Jahren zusammen mit ihren Söhnen Cosimo und Nicola nach dem Tod ihres Mannes und ihrer Tochter Valentina weiter. Die beiden waren seinerzeit kurz hintereinander getötet worden. Stettenkamp hatte damals die Ermittlungen geleitet und war zusammen mit Ilka und Peter in einen Strudel von Schutzgelderpressung, Todesdrohungen und Geldwäsche durch die Fangarme der italienischen Mafiaorganisation 'Ndrangheta' geraten. Es war einer ihrer spannendsten Fälle gewesen. Die Aufklärung der Morde hatte sie damals bis nach Kalabrien verschlagen. Barbara Marinotti bewirtete die Kommissare zunächst mit einem gemischten Vorspeisenteller erlesener Anti Pasti und brachte ihnen kurz darauf zwei Pizzen aus dem Steinofen a la 'Casa Marinotti'.
„Den Parmaschinken haben wir gestern frisch aus Neapel bekommen, Sie werden ihn lieben“, schwärmte die Italienerin und strahlte über das feine Gesicht, das von einem bewegten Leben gezeichnet war. „Speisen und Getränke gehen natürlich aufs Haus, das ist ja selbstverständlich.“ Leise fügte sie hinzu. „Ich werde Ihnen nie vergessen, was Sie damals für uns getan haben.“
Während Barbara die anderen Tische im Raum bediente, schwelgten Ilka und Alex noch ein Weilchen in den Erinnerungen an die damaligen Ermittlungen, im

Zuge derer sie einen Mörder ermittelt hatten, den sie zunächst überhaupt nicht auf dem Schirm gehabt hatten.

„Erzähl' mal, wie geht es dir, Alex?", wechselte Ilka das Thema.

Der eben noch so heitere Gesichtsausdruck des Kommissars verdüsterte sich.

„Ach Ilka, um ehrlich zu sein, es geht mir beschissen da unten in meinem Kellerverlies", begann er. „Immerhin, zuhause ist soweit alles im Lot. Lisa schreibt gerade an ihrem dritten Ratgeber, nachdem die beiden vorherigen wegen starker Nachfrage schon mehrfach nachgedruckt worden sind und ist glücklich, dass sie das Schreiben mit den Kindern so gut verbinden kann." Er lächelte kurz. „Die Zwillinge sind wild wie eh und je; machen sich aber ganz gut in der Schule, so dass wir sie im Februar in Mechernich am Gymnasium angemeldet haben. Und Estelle ist weiterhin ein ganz zufriedenes, ausgeglichenes Kind, die Zeit mit ihr ist wunderbar." Er seufzte. „Ich sage dir, Ilka, wenn meine Familie nicht wäre, ich wüsste nicht, was ich tun würde."

„Alex! Übertreibst du jetzt nicht ein bisschen?"

„Nein, überhaupt nicht", sagte er ruhig. „Mach mal ein halbes Jahr eine vollkommen stumpfsinnige Arbeit, bei der sich die Zeit wie Kaugummi zieht und bei der du nur Mitarbeiter hast, mit denen du dich überhaupt nicht vernünftig austauschen kannst.

Entweder sind sie gefühlte neunzig Prozent in der Pause oder schon wieder im Feierabend oder sie fühlen sich von der wenigen Arbeit, die sie tun, überfordert und klagen den ganzen Tag. Ich werde da unten im Archiv noch verrückt, ehrlich."

Er lehnte Gabel und Messer an den Tellerrand.

„Weißt du, wenn ich wenigstens die Perspektive hätte, zu einem Zeitpunkt x meinen alten Job wieder übernehmen zu dürfen, dann könnte ich das alles viel besser ertragen. Aber diese Ungewissheit, die Perspektivlosigkeit da unten..."
Er fuhr sich über die Stirn.
„Ich will dir nichts vorjammern, Ilka, aber es tut gut, mit jemandem zu sprechen, der genauso wie ich mit Herz und Seele Kriminalpolizist ist. Nie haben wir beide Ruhe gegeben, bis wir einen Fall geklärt hatten und war er noch so verzwickt. Wir waren ein unschlagbares Team und wären es für immer geblieben, da bin ich sicher. Peter und Manni natürlich mit inbegriffen. Und jetzt habt ihr eure Bente Schäfer vom LKA und ich scanne Akten", sagte er verbittert. „Ich empfinde diese Degradierung als so dermaßen ungerecht", fuhr er fort. „Der Entführer hätte das Versteck Franziskas doch niemals preisgegeben, hätte ich ihn mir damals nicht mal ein bisschen härter vorgeknöpft", brauste er auf. „Fakt ist, ich habe dem Idioten doch gar nichts getan, sondern ihm lediglich Schmerzen angedroht, damit er endlich den Mund aufmachte. Im Nachhinein ärgere ich mich schwarz, dass ich diese Aktennotiz verfasst und mich auf den Notstandsparagraphen berufen habe. Hätte ich nix geschrieben, hätte Aussage gegen Aussage gestanden." Er ließ seine flache Hand auf die Tischplatte niedersausen. „Tatsache ist, ich habe den Typen nicht einmal angefasst!"
Er war unbeabsichtigt immer lauter geworden, ein paar neugierige Köpfe flogen zu ihnen herüber.
„Wäre ich an deiner Stelle gewesen, ich hätte ganz genauso gehandelt", versicherte Ilka ihm und legte ihm sanft die Hand auf den Arm. „Groß ist einfach nicht

loyal, das wissen wir ja. Er hätte die Sache auch anders abhandeln können. Wo ein Wille, da ist für ihn ja sonst auch ein Weg."

Es tat ihm gut, mit Ilka zu reden.

„Die Arbeit im Keller macht mich regelrecht depressiv", sagte Stettenkamp. „Ich schlafe miserabel, abends werfe ich Tabletten ein, damit ich pennen kann und morgens bin ich trotzdem so gerädert, dass ich kaum einen klaren Gedanken fassen kann. Und dann diese ewigen Kopfschmerzen!"

„Kopfschmerzen? Ich wusste gar nicht, dass du damit Probleme hast."

„Es sind eher schon Migräneattacken", erklärte er. „Ich kann fast die Uhr danach stellen. Meistens geht es gegen 14 Uhr los. Dann überfällt mich der Schmerz so krass, dass ich erstmal nichts mehr machen kann, nicht mal nach Hause fahren. Ich lege mich dann auf den Boden, mache das Licht in meinem Kabüffchen aus und warte darauf, dass es vorüber geht."

„Ach du je! Hast du dich mal durchchecken lassen?"

Alex winkte ab.

„Mein Doc hat nix gefunden. Hätte mich auch gewundert. Früher hatte ich so gut wie nie Kopfschmerzen. Seitdem ich dort unten im Keller bin, habe ich sie fast jeden Tag."

Er schlug abermals mit der flachen Hand auf den Tisch; das angelehnte Besteck fiel klimpernd vom Teller.

„Ilka, ich weiß, ich klage zuviel, aber glaube mir, die ganze Situation macht mich krank. Doch was soll ich machen? Wenn ich kündige, bin ich ganz raus. Und was dann? Soll ich Versicherungsvertreter werden oder Bofrost-Fahrer?"

Er zuckte mit den Achseln.

„Du hattest dir gestern frei genommen, richtig?“, hakte Ilka nach. „Konntest du denn etwas für dich tun, damit es dir zumindest mal einen Tag lang besser ging?“
„Allerdings!“ Zum ersten Mal huschte ein Lächeln über sein Gesicht. „Stell dir vor, ich bin mit Manni nach Molenbeek gefahren?“
„Wie bitte?“, fragte Ilka fassungslos.
„Ja, du hast richtig gehört. Darf ich doch machen an meinem freien Tag. Und Manni war froh, mal von zuhause raus zu kommen.“
Ach du Schande, dachte Ilka. So sehr sie ihren alten Chef verstehen konnte, aber würde Polizeidirektor Groß von seinem Ausflug erfahren, er würde ihn als neuerlichen Alleingang interpretieren und das auch noch, wo dieser ihn ausdrücklich aus dem KK11 hin ins Polizeiarchiv versetzt hatte.
„Alex...“
„Wir haben Rachid Mansour nicht gefunden, was ja auch ein kleines Wunder gewesen wäre“, erklärte Alex. „Aber lassen wir das. Sag mal, was ist denn jetzt eigentlich mit der Schäfer? Meinst du, die hat vor, ewig bei uns zu bleiben?“
Ilka überlegte einen Augenblick, bevor sie ihm antwortete. Bente Schäfer schätzte sie ganz klar als Stadtpflanze ein, ihr Herz gehörte ihrer Heimatstadt Düsseldorf, nicht der Eifel, das wusste jeder. Andererseits bot sich auch ihr gerade keine Alternative: Zum Landeskriminalamt konnte sie sicher nicht mehr zurück, nachdem sie ihrem Ärger über die schlecht funktionierende Zusammenarbeit ihrer Behörde mit den Nachrichtendiensten und dem BKA öffentlich Luft gemacht hatte. Frau Schäfer, so Ilkas Eindruck, versuchte das Beste aus ihrer Situation zu machen und

sich als kommissarische Leiterin im KK11 Euskirchen sinnvoll einzubringen. Sie hielt einen guten Draht zu Polizeidirektor Groß und pflegte einen scheinbar offenen Umgang mit ihren Mitarbeitern. Mit Peter sogar mehr. Obwohl sie von ihrem Wesen und auch rein äußerlich nicht hierher in die Eifel passte, gab sie sich alle Mühe. Wen wundert es, dachte Ilka. Bente Schäfer wird nach der Geschichte im LKA nicht so dumm sein, ihren Beamtenstatus samt Einkommensquelle endgültig zu gefährden.
„Ich denke“, sagte sie zu Alex, „dass sie versuchen wird, sich über kurz oder lang zur Kripo in die Großstadt versetzen zu lassen. Nach Köln oder was weiß ich wohin. Und dann brauchen wir wieder einen Leiter.“ Sie lächelte Alex aufmunternd zu. „Auch wenn bis dahin vielleicht noch recht viel Wasser den Rhein hinunterfließen wird: Groß wird wieder zur Besinnung kommen. Ich verspreche dir, dass ich mein Möglichstes tun werde, um ihm dabei auf die Sprünge zu helfen.“
Wann wird das wohl der Fall sein?, dachte Alex, als sie das 'Casa Marinotti' verließen. Was, wenn Bente Schäfer auf den Trichter kam, dass es eben im Kreis Euskirchen auch spannende Mordfälle zu klären gab und das mit überdurchschnittlich fähigen, engagierten Mitarbeitern, die keine Ruhe gaben, bis ein Fall geklärt war? Mit denen sie selbst als deren Vorgesetzte glänzen konnte? Das KK11 Euskirchen war ein Ausnahme-Team, dies konnte er nach langjähriger Erfahrung in Münster mit bestem Gewissen sagen. Und das würde auch Bente Schäfer merken.
Alles Mist, dachte er und kickte einen Stein fort, der auf dem Weg zum Parkplatz vor ihm lag.

Er spürte, wie sich auf seiner linken Kopfhälfte der vertraute, hämmernde Schmerz breitzumachen begann. Das Pochen an der Schläfe wurde immer heftiger. Das Sonnenlicht war ihm zuviel, das Lachen und Schwatzen einer Schar Grundschulkinder auf der Straße empfand er als unfassbaren Lärm.
Er ließ sich neben Ilka auf den Beifahrersitz fallen. Dann wurde es schwarz um ihn herum.

Als die Kommissarin zweieinhalb Stunden später zusammen mit Peter abermals im Chefbüro des Wachdienstes 'Belgian Securite' saß, dachte sie immer noch an Stettenkamp. Sie hatte ihn nach dem Mittagessen im 'Casa Marinotti' nach Hause gebracht. Inzwischen war er wieder zu sich gekommen. Seine Frau Lisa hatte sich sofort um ihn gekümmerte und seinen Hausarzt verständigt.

Reinhard Grisar hatte freundlicherweise dafür gesorgt, dass die beiden Wachmänner Guy de Smet und Albert Verhofstadt - mit jeweils einem von ihnen hatte Mark Weißgerber fast immer zusammen Dienst gehabt - sich um 15 Uhr zum Gespräch mit den Kommissaren bereithielten. Er bot an, sich derweil zurückzuziehen, damit seine Leute so offen wie möglich über das, was sie über den Toten wussten, sprechen würden, ohne sich dabei von der Anwesenheit ihres Vorgesetzten gehemmt zu fühlen.
Ilka musterte Weißgerbers Kollegen. Sie trugen schwarze Hosen sowie schwarze Jacken, auf denen hinten der Firmenschriftzug prangte. De Smet war erst fünfundzwanzig Jahre alt, sportlich, hatte ein verschmitztes Gesicht und braune Augen. Er sieht

nicht so aus, als ginge er zum Lachen in den Keller, dachte Ilka, sondern wie jemand, mit dem man auch im Dienst Spaß haben kann. Der fünfundfünfzigjährige Verhofstadt hatte eine kräftige Figur, derbe Hände und ein etwas aufgedunsenes Gesicht; seine faltige Haut wirkte dünn wie Pergament. Vielleicht nimmt er Kortison, dachte Ilka.

Ohne Umschweife kamen sie auf Mark Weißgerber zu sprechen.

„Beschreiben Sie uns ihren Kollegen“, bat Ilka. „Wie kamen Sie mit ihm zurecht, was erzählte er so?“

Guy de Smet kratzte sich am Kopf.

„Ich mochte Mark voll gern“, begann er. „Der Mark war ein guter Typ. Keiner, der viel laberte oder so, aber einer, der gerne mal ein paar Witze bei der Arbeit machte und so. Und verlassen konnte man sich auch auf ihn.“

Albert Verhofstadt nickte.

„Mark Weißgerber war keiner, der besonders viel über sich erzählte, eigentlich so gut wie überhaupt nichts. Obwohl wir über zwei Jahre oft zusammen Dienst hatten, weiß ich nicht einmal, ob er eine Frau oder eine Freundin hatte.“ Er klopfte mit der Fußspitze auf dem Laminatboden herum. „Ich bin einfach davon ausgegangen, dass er kein nennenswertes Privatleben hatte und habe dann da auch nicht nachgebohrt. Mark war ein feiner Kerl, das steht fest.“

Ilka lächelte.

„Worüber haben Sie sich denn so unterhalten, wenn sie acht Stunden lang zusammen Wache geschoben haben?“

De Smet zuckte mit den Schultern.

„Wie gesagt, wir haben viel gelacht und eine Menge Witze gemacht, auch über das Pannen-AKW natürlich. Das durfte aber keiner mitkriegen, logisch. Und sonst so... mal überlegen... Fußball, Weiber, ach, die üblichen Themen halt."
Verhofstadt pflichtete ihm bei.
„Im Grunde haben wir immer belangloses Zeug miteinander geredet. Wobei, mit Mark hab ich auch oft über das aktuelle Geschehen in aller Welt gesprochen, er war ja ein absoluter Nachrichtenmensch. Mark kannte sich sehr gut aus, egal ob in der Politik oder darin, was gerade so im Ausland los ist. Der war auch ziemlich belesen", fügte er hinzu. „Mark las jetzt keine Schmöker oder sowas, sondern eher, wie sagt man, richtige Literatur. Von dem konnte man echt was lernen."
Guy de Smet lachte.
„Das stimmt. Mir war das ja manchmal echt zu hoch. Mensch Mark, hab ich oft im Spaß gesagt, du laberst so geschwollen daher, warum biste nicht Politiker geworden anstatt Wachmann?"
Verhofstadt stimmte ihm zu: „Eigentlich passte der Job gar nicht richtig zu ihm. Ich bin mir sicher, er hätte auch was anderes machen können. Das habe ich ihm auch mal gesagt. Aber er meinte nur: 'Was denn, mit über vierzig ohne Ausbildung?' Ich war richtig baff, dass der nix gelernt hatte. Ich meine, so ein intelligenter Typ, das ist doch komisch. Aber wer weiß. Hab mir dann auch keinen Kopf darüber gemacht. Hauptsache, wir kamen gut klar miteinander."
Peter Bongardt beugte sich vor.
„Sagen Sie, hatte Herr Weißgerber Feinde in der Firma? Kollegen, mit denen er nicht so gut klar kam wie mit Ihnen?"

De Smet und Verhofstadt sahen sich kurz an und verneinten beide gleichzeitig.
„Nee, nicht das wir wüssten. Warum auch?"
Ilka sah aus dem Fenster.
So nett das Gespräch war, wirklich weiter brachte es sie nicht.
„Wir sind seinem Mörder auf der Spur", setzte sie bedächtig an, „aber mit den paar Infos, die wir bis jetzt über ihn haben, wird das extrem schwer. Bitte gehen Sie mal in sich und überlegen ganz genau. Was könnte Mark Weißgerber auf dem Park & Ride-Parkplatz in der Eifel gewollt haben?"
Sie schienen tatsächlich ahnungslos zu sein.
„Eine letzte Frage. Sie sagten zwar, Weißgerber habe nie viel von sich preisgegeben. Aber man redet doch unter Kollegen mal darüber, was und wo man vorher so gearbeitet oder gelebt hat. Bitte denken Sie nach!"
Die Wachmänner schwiegen eine Weile und tauschten sich dann leise miteinander aus.
Das Ergebnis: Sie wussten offenbar nichts, aber auch rein gar nichts darüber, was ihr Kollege Mark Weißgerber vor zweieinhalb Jahren gemacht und wo er früher gelebt hatte. Es schien ihnen jetzt erst aufzufallen, dass dies etwas seltsam war, hatten sie doch während ihrer Gespräche mit ihm nichts vermisst. Immerhin hatten sie doch viel mit ihm gelacht und sich über allerlei Themen - angefangen beim Sport über die Politik bishin zu dem Pannen-Meiler, vor dem sie Dienst schoben - unterhalten.
Alles nachvollziehbar, dachte Ilka. Wäre da nicht die auffällige Tatsache, dass selbst seine Freundin Bianca Schulz aus Gemünd ebenfalls kaum etwas über ihn wusste.

Sie verabschiedeten sich.
Natürlich hatten die Kommissare Weißgerbers Namen längst gegoogelt, jedoch keinen einzigen Eintrag in den sozialen Netzwerken gefunden. Auch eine Abfrage der Melderegister in Deutschland hatte keinen Treffer ergeben.
„Viel wichtiger ist aber doch, was er in der Gegenwart so trieb“, fand Peter Bongardt. „Ich will wissen, mit wem er sich vorgestern Abend in Wißkirchen getroffen hat! Das würde uns weiterbringen.“
Auch wieder wahr, dachte Ilka. Er musste sich dort gezielt mit jemandem verabredet haben, ansonsten hätte er doch seiner Freundin nicht diesen Zettel geschrieben mit dem Hinweis, in einer Stunde wieder zurück in Gemünd zu sein. Berechnete man die Hin- und Rückfahrt, so wären ihm maximal zehn Minuten geblieben, um zu erledigen, was er auf dem Park & Ride-Parkplatz zu erledigen gedachte. Der Täter musste überdies Weißgerbers Handy an sich genommen haben, denn es war nirgendwo aufzufinden. Zu orten war es leider nicht.

Als die Kommissare nach draußen auf die belebte Straße traten, beschlossen sie, sich für eine Viertelstunde nach draußen vor eines der einladenden Straßencafés zu setzen. Jeder von ihnen hatte noch ein wichtiges Telefonat zu erledigen: Peter wollte im Restaurant *Chez George* in Paris anrufen und Ilka mit den Kollegen Brück und Vreys über ihren geplanten Besuch bei den angeblich sabotageverdächtigen Ex-Mitarbeitern des AKW-Betreibers 'Énergie pour Belgique' sprechen. Während sie deren Büronummer wählte, fragte sie sich zum wiederholten Male an diesem Tag,

warum die beiden die angeblich Verdächtigen nicht längst selbst aufgesucht hatten. Zumal die Lütticher Polizisten ja an die Sabotagetheorie zu glauben schienen. Ich verstehe es nicht, dachte Ilka, und hielt sich das Handy ans Ohr. Aber ich bin gespannt, was Vreys und Brück nun zu sagen haben. Für 16.30 Uhr hatten Peter und sie sich bei dem geschassten Mitarbeiter angekündigt, der seine Chefs mit den falschen Messwerten erpresst hatte. So jedenfalls hatten es die Betreiber gestern gesagt. Vielleicht kommen die Lütticher Kollegen mit uns, dachte Ilka hoffnungsvoll. Unterdessen hatte Peter den Inhaber des Pariser Innenstadt-Restaurants *Chez George* erreicht und ihm anschließend das Foto Mark Weißgerbers zugesandt. Pierre Delgadt, soviel hatte der deutsche Peter mit seinem Schulfranzösisch verstanden, hatte ihm zugesagt, es jetzt auf der Stelle demjenigen Garçon zu zeigen, der am 26. Mai mittags bedient hatte. Peter tigerte gespannt um den runden Bistrotisch herum und blickte dabei auf Ilka, die gerade kopfschüttelnd ihr Smartphone zur Seite legte.
„Und?“
„Die beiden Herren haben Wichtigeres zu tun, als uns zu begleiten“, sagte Ilka sarkastisch und nahm den Kopf in beide Hände. „Soviel Lethargie habe ich noch nie erlebt! Brück sagte mir, sie hätten nichts gegen unsere Befragung, dabei herauskommen werde ohnehin nichts. Die Betreiber des AKW, Kerveillant und van Afferden, seien sich zwar sicher in ihrem Verdacht, hielten die angeblichen Täter aber nicht, O-Ton: 'für so dumm, sich die Sache nachweisen zu lassen'. Brück erklärte mir, er habe heute morgen noch mit Kerveillant gesprochen. Die Geschäftsführer wollen den

'Sabotageakt' auf sich beruhen lassen, damit, halte dich fest, Gras über die Sache wachse und *Courant II* wieder aus den Negativschlagzeilen herauskomme. Und deshalb, so Brück, werde die Polizei sich da ebenfalls nicht hineinhängen. Kannst du das fassen? Also ich nicht!"

Peter blieb stehen.

„Absolut nicht! Jedenfalls scheinen die Polizei und die AKW-Betreiber ja ganz schön dicke miteinander zu sein", meinte er vielsagend. „Warum auch immer..."

„Die Pressestelle scheint zudem einen guten Draht zu den belgischen Medien zu haben", fand Ilka. „Merkst du, dass über Rachid Mansour kaum noch berichtet wird? Der Junge scheint immer mehr vom Schirm zu verschwinden. In meinen Augen absolut vorschnell."

In diesem Augenblick klingelte Bongardts IPhone. Es war Pierre Delgardt. Sein Kellner könne sich an Mark Weißgerber leider nicht erinnern, bedauerte er, und fügte hinzu, dass das Lokal um die Mittagszeit herum fast immer proppevoll sei.

„Wieder nichts", sagte Peter enttäuscht. „Der Tag heute ist bisher echt für die Tonne!"

Alex hatte seine Frau Lisa unterdessen zuhause nicht davon abhalten können, seinen Hausarzt anzurufen. Dr. Buntschuh erschien bereits zwanzig Minuten später im Hause Stettenkamp, bevor seine Nachmittagssprechstunde begann - ein typischer Landarzt, wie es ihn selbst in der Eifel nur noch selten gab. Er untersuchte Stettenkamp im Wohnzimmer gründlich, stellte einige wenige, gezielte Fragen und hörte vor allem aufmerksam zu.

Der Landarzt trat ans Fenster und schien eine kurze Weile nachzudenken. Dann nahm er ruhig in Lisas gemütlichem Ohrensessel Platz und beugte sich vor.
„Herr Stettenkamp, haben Sie schon einmal den Begriff Boreout gehört?“
Der Kommissar schüttelte den Kopf.
„Nein, noch nie. Nur von Burnout, aber daran leide ich garantiert nicht.“
Er dachte an die Papierakten, die er mit seinen Leuten bis zum Ende des Jahres noch zu scannen hatte. Eine andere Aufgabe gab es bis Ende Dezember nicht mehr. Gäbe jeder auch nur ein bisschen Gas, wären wir schon längst damit fertig, dachte er. Stattdessen zogen sich die Arbeitsstunden zäh wie Kaugummi.
„Der Unterschied zum Burnout ist“, erklärte Dr. Buntschuh, „dass beim Boreout die Erschöpfung durch den Stress der Unterforderung, nicht der Überforderung, verursacht wird. Und Sie sind doch definitiv unterfordert, richtig?“
„Absolut“, bestätigte Alex Stettenkamp. „Ich fühle mich wie ein guter Schachspieler, der immer nur Mühle und Dame spielen muss. Aber davon wird man doch nicht krank, oder?“
„Oh doch!“, widersprach sein Hausarzt. „Die Diskrepanz zwischen dem, was man kann, und dem, was abgefragt wird, ergibt in Verbindung mit fehlender Anerkennung puren Stress. Boreout macht sich häufig durch Antriebslosigkeit, Schlafstörungen, Schwindel, Tinnitus oder Kopfschmerzen bemerkbar. Davon trifft einiges auf Sie zu - obwohl sie körperlich kerngesund sind.“
Stettenkamp lachte bitter auf.

„Ganz ehrlich, Dr. Buntschuh, wenn ich mich krankschreiben lasse wegen chronischer Langeweile und geistiger Unterforderung, dann denken doch alle, ich hätte einen Sockenschuss!"
Er sah seinen Patienten lange an.
„Ich verstehe, was Sie meinen", sagte er nachdenklich. „Burnout haben die Erfolgreichen, Stress und Überforderung sind sozusagen gesellschaftsfähig. Menschen mit Boreout werden daher natürlich deutlich weniger beachtet, obwohl sie fast die gleichen Symptome haben."
„Wenn überhaupt jemand zugibt, darunter zu leiden", murmelte Alex und seufzte. „Ich war Zeit meines Lebens immer ordentlich beschäftigt, bei der Kripo hatte ich zwar meist deutlich mehr Stress als mir lieb war und oft auch zu wenig Zeit für meine Familie - aber ich liebte das, was ich tat. Ich war mit Leib und Seele Leiter der Kripo, ich hatte Kollegen, die ebenfalls mit Feuereifer dabei sind, mitdenken, sich über Gebühr engagieren. In diesem Keller, da kriege ich einfach die Krise! Ach was, ich habe sie längst."
Dr. Buntschuh lächelte ihm aufmunternd zu.
„Der erste Schritt aus der Krise ist doch schon mal die Selbsterkenntnis", meinte er. „Nun müssen Sie einen Weg finden. Könnten Sie intern die Stelle wechseln?"
„Nein."
Stettenkamp berichtete kurz und knapp, was vorgefallen war.
Dr. Buntschuh nickte. Er hatte über die Sache Anfang des Jahres in der Zeitung gelesen.
„Würde ein Gespräch mit dem Arbeitgeber helfen, etwas an der Situation zu ändern?"

„Nein. Mein Chef hat mir klipp und klar gesagt, ich müsse mich neu beweisen, wenn ich mich wieder für höhere Aufgaben empfehlen wolle. Aber wie soll ich das schaffen? Darunter versteht er nämlich garantiert nicht, dass ich schnellstmöglich sämtliche Akten scanne. Zumal ich dann bis Ende des Jahres nahezu beschäftigungslos wäre."

„Also ist in absehbarer Zeit eher keine Veränderung zu erwarten?"

Alex hob die Schultern.

„Tja. Wenn kein Wunder geschieht, wohl eher nicht."

Lisa trat zu ihnen und brachte Kaffee und ein paar Teilchen, die sie beim Bäcker gekauft hatte. Sie stellte sich hinter ihren Mann und legte ihm sanft die Hände auf die Schultern.

„Wir haben noch immer alle Krisen gemeinsam gemeistert", sagte sie leise. „Und von denen hatten wir einige. Wir schaffen das auch jetzt", meinte sie überzeugt. „Alex, wenn es gar nicht anders geht, musst du kündigen und ich eben noch mehr arbeiten." Sie strich ihm über die Wange.

„Ich lasse nicht zu, dass du vor die Hunde gehst."

Die Stimmung bei Bongardt und Ilka befand sich unterdessen ebenfalls auf dem Nullpunkt. Der Frust über die Tatsache, dass die der Sabotage verdächtigen ehemaligen Mitarbeiter beide entgegen ihrer ausdrücklichen Terminvereinbarung nicht zuhause gewesen waren, war groß. Die Kommissare hatten noch über eine Stunde gewartet und waren mehrere Male zwischen den beiden Adressen innerhalb Lüttichs hin- und hergefahren, doch vergebens. Immerhin hatte Ilka

ihren belgischen Kollegen Vreys und Brück die Zusage entlocken können, die Herren für morgen früh in die Polizeidienststelle einzubestellen. Was natürlich bedeutete, dass sie sich morgen früh abermals auf den Weg nach Belgien machen mussten. Es stand außer Frage, dass Peter und sie Vreys und Brück die Vernehmung nicht allein überlassen wollten. Dazu schienen ihnen diese zu wenig daran interessiert zu sein, die Wahrheit herauszufinden. Ein unerwarteter Anruf riss Ilka Landwehr und Peter Bongardt an diesem Juniabend aus ihren trüben Gedanken.
Was wollte Bianca Schulz ihnen so Wichtiges zeigen, dass sie die Kommissare gebeten hatte, zu ihr nach Gemünd zu kommen? Die frischgebackene Mutter hatte ihnen zuvor berichtet, sie habe das Krankenhaus aufgrund der komplikationslosen Geburt mit Jule bereits verlassen dürfen.
Sie wirkte aufgewühlt, als Ilka und Peter sich zu ihr an den Küchentisch setzten. Mit der rechten Hand schob die Achtundzwanzigjährige den mit blütenweißem Stoff ausgekleideten Stubenwagen mit ihrem schlafenden Baby darin sachte hin und her.
„Das habe ich eben in der Post gefunden."
Sie faltete ein zweiseitiges Schreiben auseinander und legte es vor die beiden auf den Tisch.
Mark Weißgerber war vor drei Wochen am 26. Mai kurz hinter der französischen Grenze südlich von Saarbrücken geblitzt worden. Nicht in seinem grauen Nissan, sondern in einem roten Peugeot der Mietwagenfirma Sixt. Dort muss er die Adresse seiner Freundin Bianca angegeben haben, dachte Ilka, ansonsten wäre das Schreiben schließlich nicht nach Gemünd geschickt worden. Weißgerber war auf der

Landstraße mit Tempo 135 in eine stationäre Geschwindigkeitsmessung geraten.
Ilka starrte auf das kleine grau-weiße Foto auf dem Schreiben. Der Wachmann war eindeutig zu erkennen. Doch er saß nicht allein im Wagen. Eine langhaarige Frau griff ihm just in dem Moment, wo die Kamera ausgelöst worden war, ins Lenkrad.
Ilka blickte Bianca Schulz ins Gesicht. Sie weinte.
Die heimliche Fahrt nach Paris.
Der Bewirtungsbeleg des Restaurants.
Der Mietwagen.
Die fremde Frau.
Der Schluss, den seine Freundin aus all dem zog, war eindeutig. Ilka fand es daher überflüssig, das Behördenschreiben zu kommentieren.
Was gab es da noch zu sagen?
Die Kommissare verabschiedeten sich nachdenklich und schwiegen auf der Weiterfahrt nach Euskirchen für eine lange Weile.

„Weißt du, was ich mich gerade frage?", hob Peter irgendwann an. „Ob der Zettel von Weißgerber, den er ihr am Dienstagabend hinterlassen hat, bevor er nach Wißkirchen fuhr, überhaupt echt ist?"
Ilka hatte den gleichen Gedanken gehabt, wollte ihn aber nicht aussprechen, bis sie die Sache für sich zuende gedacht hatte.
„Du meinst", antwortete sie zögernd, „Bianca Schulz selbst könnte etwas mit seinem Tod zu tun haben? Weil sie - hochschwanger - herausgefunden hat, dass ihr Mark längst eine andere hat?"
Peter nickte.

„Eifersucht ist eines der stärksten Motive für einen Mord, ist es schon immer gewesen. Falls die Sache tatsächlich so war: Warum hat sie ihn aber dann ausgerechnet nach Wißkirchen auf den Park & Ride-Parkplatz gelockt? Gut, er ist nach hinten raus etwas abgelegen und die Wahrscheinlichkeit, dass ihn bis morgens erstmal niemand gefunden hätte, war hoch. Aber theoretisch hätte sie ihn auch in ihrer Wohnung erschlagen können..."
Ilka bog auf den fast leeren Parkplatz am Kreishaus in Euskirchen ein.
„Denk an die neugierige Nachbarin", sagte sie. „Nein, weißt du, wie es gewesen sein könnte? Sie selbst hat die Tat möglicherweise gar nicht begangen, sondern jemand, der auf ihrer Seite steht. Jemand, dem sie sich anvertraut hat. Vielleicht haben sie den Plan, ihn zu töten, gemeinsam geschmiedet? Und der- oder diejenige hat ihn dann in die Tat umgesetzt. Bianca Schulz hat kein eigenes Auto. Das würde also passen."
Peter stieg aus dem Wagen und reckte sich.
„Oder aber diese zweite Person wollte sich tatsächlich nur mit Weißgerber treffen und mit ihm reden. Und dann ist die Sache aus dem Ruder gelaufen..."
Ilka dachte nach.
„Was hat man im Auto an Gegenständen dabei, mit denen man jemanden erschlagen kann? Eigentlich doch nur Werkzeug", überlegte sie. „Ein schwerer Schraubenschlüssel zum Beispiel oder ein Wagenheber."
„Oder eine Wasserflasche aus Glas. Da gibt es schon noch mehr, wonach man im Affekt schnappen kann."

Sie gingen durch das Hauptportal und betraten das Foyer, in dem einige Kreispolitiker in ihrer Sitzungspause herumstanden und aufgeregt diskutierten.
„Wie finden wir diese Person? Wenn es sie überhaupt gibt. Wir müssen Bianca Schulz mit unserer Theorie konfrontieren. Mal sehen, was sie zu sagen hat. Und wenn das nichts bringt, müssen wir herausfinden, wer ihre engsten Kontakte sind."
„Du willst ihr nachspionieren?"
„Die junge Frau hat kein Festnetztelefon, das hat sie mir bei unserem ersten Besuch erzählt. Nur ihr Handy, von dem aus sie uns eben angerufen hat. Das eröffnet uns notfalls ein paar interessante Möglichkeiten." Sie spürte, wie das Adrenalin ihr ins Blut schoss und ihr nach diesem bescheidenen Tag neuen Auftrieb verlieh. „Vielleicht hat Weißgerber tatsächlich ein Doppelleben geführt, für das er mit dem Tod bezahlen musste."

Freitag - 5. Tag

„… reißen die Proteste in den USA gegen das Dekret Trumps nicht ab“, erklang es soeben bei *DM Radio* aus den kleinen Lautsprechern in Ilkas Golf. Die Kommissare befanden sich auf dem ihnen schon vertrauten Weg in die Lütticher Innenstadt. In einer halben Stunde sollte die Befragung der beiden der Sabotage verdächtigen Männer in der Polizeidienststelle mit Vreys und Brück stattfinden. „Und nun das Neueste aus unserer Stadt“, fuhr die Radiosprecherin mit leichtem französischem Akzent fort. „In der Nacht ist ein Lütticher Geschäftsmann bei einem Verkehrsunfall ums Leben gekommen. Der dreifache Familienvater kam mit seinem Fahrzeug von der Landstraße ab und prallte ungebremst gegen einen Baum. Wie es zu dem Unfall kommen konnte, ist noch ungeklärt.“
Ilka suchte einen anderen Sender, sie brauchte vor dem sicherlich anstrengenden Treffen mit den lethargischen Kollegen noch etwas Musik. Nachrichten hatte sie heute Morgen nach dem Aufstehen schon zu Genüge gehört. Wieder fiel ihr auf, dass es jeden Tag ein Stück stiller wurde um den verschwundenen Rachid Mansour. Pressesprecher Perrand sowie der belgische Polizeichef waren in den Medien nicht müde geworden zu betonen, dass man in Union mit den deutschen Kollegen des LKA Düsseldorf von der Echtheit des vermeintlichen Bekennervideos nicht überzeugt sei. Auch die bei den Mansour-Brüdern in Großbüllesheim gefundenen Anschlagspläne - unter anderem derjenige auf das AKW *Courant II* - sollten nicht überbewertet werden.

Nahezu bei jedem festgenommenen Gefährder würden Unterlagen zu geplanten Attentaten, ab und an auch auf Atomkraftwerke, gefunden. Das bedeute entgegen der landläufigen Meinung jedoch nicht, dass diese alle auch tatsächlich umgesetzt würden. Zumal ein Sechzehnjähriger, auch das wiederholte Pressesprecher Perrand sowie die Polizeibehörde gebetsmühlenartig, wohl kaum Zugang zu Caesium 137 habe. Ganz im Gegensatz zu den beiden dringend tatverdächtigen ehemaligen Mitarbeitern, gegen die man zur Zeit ermittele. Aus Rache wegen mehrerer gescheiterter Erpressungsversuche hätten sie den Sprengstoff gezündet.
„Verlogen", kommentierte Peter. „Wir wissen, dass sie ihr Schweigegeld in Wirklichkeit erhalten haben."
„Und von Ermittlungen gegen sie kann bis dato ebenfalls keine Rede sein", ergänzte Ilka.

Ruben Peeters und Daan Dubois befanden sich entgegen ihrer Erwartungen nicht in einem Vernehmungszimmer, sondern saßen zusammen mit Vreys und Brück einträchtig bei Kaffee und Waffeln. Sie unterhielten sich gerade miteinander über die Stürmer-Qualitäten innerhalb der belgischen Fußballnationalmannschaft.
Ilka und Peter nahmen Platz. Doch auch als die Kommissare den üblichen Small Talk über Straßenverkehr und Wetterlage abgehandelt hatten, schienen Vreys und Brück immer noch nicht zur eigentlichen Befragung kommen zu wollen.
So ein Kaffeekränzchen habe ich noch nie erlebt, dachte Ilka und beschloss, endlich zu intervenieren.

„Entschuldigen Sie vielmals", sagte sie mit ihrem gewinnendsten Lächeln, „Herr Bongardt und ich haben heute noch viel vor und würden sehr gerne zum Punkt kommen. Herr Dubois, Herr Peeters", begann sie in forscherem Tonfall, „die Vorwürfe gegen Sie sind ja durch die Medien längst in aller Munde. Bitte äußern Sie sich dazu!"
Vreys und Brück sahen sich irritiert, dann verärgert an. Was nahm sich die Deutsche da heraus?
Daan Dubois und Ruben Peeters, das wusste Ilka bereits, waren beide sechsundfünfzig Jahre alt. Der längst entlassene Dubois bezog Arbeitslosengeld, der suspendierte Peeters wartete auf sein sicherlich unrühmliches Zeugnis, um sich neun Jahre vor der Rente nach einem neuen Job umzusehen.
„Was soll ich darum herumreden?", meinte Dubois. „Ja, ich habe Kerveillant und van Afferden erpresst, das ist richtig. Über Monate haben die feinen Herren mich gezwungen, falsche Messwerte zu veröffentlichen, obschon die tatsächlichen Tag für Tag in einem absolut bedenklichen Bereich für die Bevölkerung rings um *Courant II* lagen."
„Die realen Messwerte haben Sie gespeichert?", hakte Bongardt nach.
„Ja, auf mehreren USB-Sticks, die ich mit nach Hause genommen habe. Außer Ruben hat niemand davon gewusst."
„Wie ging es weiter?"
„Ruben und ich haben uns immer stärker dagegen gewehrt, manipulierte Messwerte an die Öffentlichkeit zu geben. Doch mit den Geschäftsführern war darüber kein vernünftiges Gespräch möglich."

„Ich konnte mir selbst nicht mehr in den Spiegel sehen", erklärte Peeters.
„Das Verhältnis zwischen uns und den hohen Herrschaften verschlechterte sich mehr und mehr", fuhr Dubois fort. „Parallel dazu hatte ich eine Menge finanziellen Ärger am Hals. Ich hatte, so wie viele andere auch, um die Jahrtausendwende auf Aktien gesetzt und während der Bankenkrise fast all meine Ersparnisse verloren. Hunderttausend Euro, um genau zu sein.
„Und diesen Betrag wollten Sie sich dann als Schweigegeld von Kerveillant und van Afferden wiederholen, richtig?"
„Richtig. Ich habe mir damals gedacht, für irgendetwas müssen meine erzwungenen Lügen ja gut sein. Warum soll ich nicht auch etwas davon haben?"
Bongardt sah ihn eindringlich an.
„Die hunderttausend Euro haben Sie auch bekommen, korrekt?"
„Ja, das habe ich. Ich hätte es damit bewenden lassen sollen. Habe ich aber nicht." Er seufzte. „Meine Ehe ging zwischenzeitlich den Bach herunter, ich hatte Unterhalt zu zahlen und das bisschen, was ich seit der Scheidung zum Leben habe..." Er machte eine wegwerfende Handbewegung. „Ich habe noch zweimal versucht, mir mein Schweigen weiter zu erkaufen, doch Kerveillant und van Afferden ließen sich nicht mehr darauf ein. Als Daan dann auch noch mit seinen Forderungen um die Ecke kam, haben sie ihn nur ausgelacht und ihm mit der Kündigung gedroht. Kein Spaß mit sechsundfünfzig Jahren!"
Ilka nickte.

„Und aus Rache über die gescheiterten Erpressungsversuche und über Ihre Kündigung, Herr Dubois, haben Sie geplant, eine 'schmutzige Bombe' zu basteln“, spekulierte sie, „die Sie, Herr Peeters, dann im Labor platziert haben, zu dem Sie ja bis Montag noch ungehinderten Zugang hatten“, schlussfolgerte sie. „Hatten Sie in der Nacht von Sonntag auf Montag nicht sogar Dienst?“, fragte sie ins Blaue hinein.
Daan Dubois und Ruben Peeters blieben angesichts dieser Mutmaßungen ganz ruhig. Dubois griff zu einer zweiten Waffel.
„Mit der Explosion haben wir nichts zu tun.“
Peeters ergänzte: „Ich hatte Tagdienst. Meine verstorbene Kollegin, Frau Brisson, hat mich am Sonntagabend abgelöst. Sie hat mir am Telefon von der winzigen Menge verschwundenen Caesiums 137 berichtet“, sagte er offen. „Ja, wir hätten ein plausibles Motiv und ich hätte auch die Gelegenheit gehabt, an das Caesium zu gelangen und die Bombe während meiner Schicht zu platzieren“, gab er unumwunden zu. „Alles richtig. Aber Fakt bleibt: Wir haben es nicht getan. Ende der Durchsage.“
Er lehnte sich zurück.
Vreys und Brück hatten die ganze Zeit über geschwiegen und schienen entschlossen, dies auch weiterhin zu tun.
„Sie werden nicht den geringsten Gegenbeweis finden“, sagte Dubois gelassen. „Weder Fingerabdrücke noch einen Videobeweis noch irgendeinen Zeugen, der Herrn Peeters bei derlei Aktivitäten beobachtet haben könnte.“
Peeters nickte.

„Durchsuchen Sie gerne Daans Haus und meine Wohnung. Ich sage Ihnen: Sie werden auch dort nichts finden.“

Waren die beiden derart professionell vorgegangen, dass sie glaubten, der Polizei gegenüber haushoch überlegen zu sein?

Was machte Kerveillant und van Afferden dann jedoch angeblich so sicher, dass die beiden Ex-Mitarbeiter hinter der Tat steckten?

Andererseits: Warum hatten die Geschäftsführer nicht längst darauf bestanden, dass die belgische Polizei gegen Dubois und Peeters ermittelte? Immerhin waren seit dem Attentat bereits drei Tage verstrichen und die Lütticher Kollegen waren nur ein einziges Mal vor Ort gewesen, um sich ein Bild zu machen und um mit den Geschäftsführern zu sprechen.

Die ehemaligen Labormitarbeiter erhoben sich gleichzeitig, um sich ganz selbstbewußt zu verabschieden; Vreys und Brück ließen sie gewähren. Vielleicht, dachte Ilka, haben sie tatsächlich nichts zu verbergen. Womöglich haben Kerveillant und van Afferden den Verdacht bewusst auf sie gelenkt, weil zwar in der Tat vieles gegen sie spricht, sie tatsächlich aber gar nicht dahinterstecken. Ein interner Sabotageakt zweier Mitarbeiter, die nie wieder einen Fuß in den Reaktor setzen würden, wirkte auf die Bevölkerung schließlich wesentlich beruhigender als ein Terroranschlag ausgerechnet auf jenes Atomkraftwerk, das ohnehin ständig Negativschlagzeilen produzierte.

Dazu passt, überlegte Ilka weiter, dass Kerveillant und van Afferden überhaupt keinen Druck auf die Polizeibehörden ausüben.

Sie würde versuchen, über Frau Schäfer einen Durchsuchungsbeschluss für das Haus bzw. die Wohnung der beiden Ex-Mitarbeiter Peeters und Dubois zu erwirken. Von Vreys und Brück war in dieser Hinsicht unbegreiflicherweise nichts zu erwarten.
„Klüngel jitt et och e Lüttich, net nur in der Eefel“, hatte Ilkas Vater gestern Abend am Telefon gemeint. „Die Männ e Belgie verdümpele die Sach esu lang, bis ihr keen Bewies mi fingt!“
Die Auffassung des alten Landwehr klang in ihren Ohren angesichts dessen, was geschehen war, immer noch ungeheuerlich, schien sich dennoch mehr und mehr zu bewahrheiten.

Mark Weißgerbers Wohnung im Zentrum Lüttichs befand sich lediglich gut dreihundert Meter von der Polizeidienststelle entfernt.
„Jetzt sind wir hier, lass uns einfach mal dorthin gehen. Vielleicht fällt uns irgendetwas auf“, schlug Bongardt vor. Ilka stimmte ihm zu, machte sich aber keine großen Hoffnungen, zumal sie wohl kaum in die Wohnung gelangen würden.
Doch es wartete eine kleine Überraschung auf sie. Weißgerbers Vermieter, ein Deutscher namens Josef Riemenschneider, der das Acht-Parteien-Haus vor zehn Jahren in bester Stadtlage geerbt hatte, ließ sie bereitwillig ein. Er stammte aus Aachen und kannte sich in der Eifel bestens aus. Regelmäßig komme er im Sommer zum Angeln an den Rursee, „für mich das schönste Fleckchen Erde“, schwärmte er.
Ilka und Bongardt sahen sich an. Ein guter Auftakt, um Riemenschneider hoffentlich etwas Erhellendes über seinen verstorbenen Mieter entlocken zu können.

Zu ihrer Überraschung wusste er noch gar nichts von dessen Tod.

„Das tut mir sehr leid", bedauerte der grauhaarige Mann. „Hoffentlich finden Sie das Schwein bald." Er zog einen schweren Schlüsselbund aus seinem blauen Arbeitskittel. „Herr Weißgerber war einer meiner besten Mieter. Und die sind heutzutage schwer zu finden."

„Sie hatten einen guten Kontakt zu ihm?", hakte Bongardt nach.

Josef Riemenschneider schüttelte den Kopf.

„Nein, ehrlich gesagt, fast überhaupt keinen. Ich habe ihn in den zweieinhalb Jahren, in denen er hier lebte, ganze vier Mal gesehen. Das ist ungewöhnlich, zumal ich selbst im Erdgeschoss lebe und so einiges mitkriege, was im Haus passiert."

Komisch, dachte Ilka, er hatte im AKW als Wachmann doch geregelte Arbeitszeiten, auch wenn er Schichtdienst machte. Vielleicht hielt er sich aber auch oft bei seiner Freundin in Gemünd auf.

„Ich habe keine Ahnung. Es ist mir aber auch egal", erklärte Riemenschneider. „Jedenfalls habe ich ihn kennengelernt, als er mit mir den Mietvertrag schloss. Er bestand darauf, seine Miete im Voraus für das ganze Jahr zu zahlen. In bar", erzählte er. „So etwas habe ich noch nie erlebt. An diesem Tag zahlte er eine Gesamtsumme von 11.000 € für die Monate Februar bis einschließlich Dezember 2015. Ich habe ihn dann erst einmal nicht mehr gesehen. Doch pünktlich an den Neujahrstagen in 2016 und 2017 stand er bei mir auf der Matte und drückte mir einen Umschlag mit 12.000 € in die Hand."

„Mark Weißgerber hat die Wohnung aber doch sicherlich zum 1. Juli gekündigt, oder nicht?"
Riemenschneider legte die Stirn in Falten.
„Gekündigt? Nein!"
Vielleicht wollte er die Wohnung erst einmal behalten, falls das Zusammenleben mit Bianca Schulz in Gemünd nicht funktionieren würde, dachte Ilka. Was gibt es sonst für eine Erklärung? Oder aber er plante, hier dann und wann zu übernachten, wenn ihm die Pendelei zwischen Gemünd und Lüttich zuviel würde. Andererseits wollte er doch angeblich bei der Wachgesellschaft kündigen. Getan hat er es nicht, überlegte sie weiter.
„Sagen Sie, Herr Riemenschneider, sind Sie eigentlich zwischendurch mal in der Wohnung gewesen? Ich meine, wo Sie Herrn Weißgerber doch so gut wie nie gesehen haben. Als Vermieter kam Ihnen das doch komisch vor. Haben Sie sich nicht gefragt, wie es in der quasi unbewohnten Wohnung wohl aussieht?"
Josef Riemenschneider tat sich offenbar mit seiner Antwort schwer.
„Ich weiß, dass ich nicht einfach in die Wohnung hätte gehen dürfen", sagte er schließlich, „aber es war genauso, wie Sie sagen. Na ja. Zwei Mal bin ich dringewesen. Doch es war soweit alles in Ordnung. Alles war tip top sauber und aufgeräumt. Wobei, aufzuräumen gab es auch nicht viel. Kommen Sie, sehen Sie selbst."
Er führte die Kommissare aus der Eifel hinauf in den vierten Stock ins Dachgeschoss.
„Hier ist es. Die andere Wohnung gegenüber steht schon lange leer."
Ilka und Bongardt schauten sich in der großzügig geschnittenen Dreizimmerwohnung um. Die Einbauküche wirkte nagelneu und unbenutzt, die

Spülmaschine war komplett leer. Im Wohnzimmer befand sich eine zwei Meter lange, mit schwarzem Leder bezogene Couch, ein sehr großer Plasma-Fernseher, ein leeres Tischchen sowie ein gut bestücktes Bücherregal. Sie fanden sämtliche Krimi-Bände des belgischen Erfolgsautors George Simenon, ein bayerisches Kochbuch von Franz Schubeck, einen Restaurantführer über München sowie dicke Wälzer über die Krisenherde dieser Welt, angefangen bei Afghanistan über den Irak, Syrien bishin zur Zentralafrikanischen Republik. Das passt zu dem, dachte Ilka, was Weißgerbers Kollege Albert Verhofstadt über ihn gesagt hatte: „Sehr belesen und weltpolitisch auf der Höhe..." und „Eigentlich passte der Job gar nicht richtig zu ihm."
Tja, das würden Alex' Mitarbeiter im Kellerarchiv vermutlich auch über ihren Chef sagen, glaubte Ilka. Wer wusste schon, wie Mark Weißgerber zu seinem Job in der Sicherheitsfirma gekommen war?
Sie bedankten und verabschiedeten sich.
Ilka bückte sich kurz, um den Schnürsenkel ihres halbhohen Lederschuhs fester zuzubinden, da fiel ihr Blick noch einmal auf das Bücherregal. Genauer gesagt, auf einen dicken Bildband mit dem Titel 'Bedrohte Tiere unserer Erde'. Sie hatte ihn beinahe übersehen. Die Kommissarin zog das Buch heraus und schlug es auf. Jemand hatte die Blätter fein säuberlich herausgeschnitten, vermutlich mit einem Cutter, jedoch nicht komplett, sondern es war an jeder Seite ein ungefähr ein Zentimeter breiter Rand stehengelassen worden. Im Regal fiel es auf diese Weise fast nicht auf, dass es sich nicht um ein x-beliebiges Buch handelte. Da, wo vorher die vollständigen Buchseiten gewesen waren, hatte man

einen dicken, zugeklebten Din A5-Umschlag hineingepresst.
„Darf ich den Bildband mitnehmen?“, fragte Ilka höflich. „Ich bringe ihn wieder.“
„Hm, ich denke schon“, meinte Riemenschneider etwas unsicher. „Ich meine, Herr Weißgerber ist ja tot. Wem mögen diese Sachen nun gehören?“, überlegte er. „Ich habe keine Ahnung, ob er irgendwelche Angehörigen hat. Sie?“
Ilka berichtete ihm knapp von Weißgerbers Freundin Bianca Schulz und hinterließ dem Vermieter deren Gemünder Adresse, damit er sich mit ihr wegen der Räumung der Wohnung in Verbindung setzen konnte. Dann drängte sie Bongardt zum Aufbruch.
Ilka hatte das starke Gefühl, das in dem Umschlag brisante Informationen steckten, die sie womöglich sogar auf die Spur von Mark Weißgerbers Mörder führen würden.

Alex Stettenkamp saß unterdessen zu Hause und wusste nicht recht etwas mit sich anzufangen. Er hatte sich auf den dringenden Rat Dr. Buntschuhs hin zumindest für heute krank gemeldet.
Die Decke fiel ihm auf den Kopf.
Lisa hatte Ben und Moritz zum Fußballtraining gebracht und war anschließend mit Estelle nach Firmenich ins Schwimmbad gefahren.
Das Abendessen hatte sie bereits vorbereitet. Nebenan wienerte Putzfrau Lilli gerade die Küche.
Alex kam sich überflüssig vor.
Wann war er zuletzt krank gewesen?
Er konnte sich nicht erinnern.

Verabreden konnte er sich am hellichten Tag ebenfalls nicht. Mit Lisa und seiner Tochter mitzufahren, war ebenfalls keine Option gewesen, denn seine Frau traf sich dort mit zwei Freundinnen, die ebenfalls noch einmal Nachwuchs bekommen hatten. Die Vorstellung, mit ihnen zusammen als einziger Mann zur Arbeitszeit am Rand des Babybeckens zu sitzen, fand er vollkommen absurd.
In dem Moment, wo die geschäftige Lilli mit ihrem Staubsauger im Wohnzimmer anrückte, klingelte sein dienstliches IPhone. Na nu? War der Scanner im Keller ausgefallen oder was?

Keine halbe Stunde später besuchte Alex Stettenkamp abermals Familie Mansour in Großbüllesheim. Er hatte sich sofort nach ihrem Anruf ins Auto gesetzt und war heilfroh, endlich etwas Sinnvolles tun zu können.
Samira und Hamid waren nicht allein. Am Küchentisch saß ein Mann um die fünfzig mit sonnengebräuntem Gesicht. Er trug ein anthrazitfarbenes Hemd, dazu dunkelblaue Jeans.
„Guten Tag, Herr Stettenkamp“, grüßte er mit einem herzlichen Lächeln, „mein Name ist Gerhard Schmidt. Schön, Sie kennenzulernen.“
Samira servierte frisch aufgebrühten Tee, dazu selbstgebackene Mandelkekse.
„Wie kann ich Ihnen helfen?“, fragte der Kommissar und konnte den himmlisch duftenden Plätzchen schon jetzt nicht länger widerstehen.
„Wir sind alle drei in großer Sorge um unsere Kinder“, begann Hamid. „Nicht nur Samira und ich, auch Herr Schmidt sorgt sich um sein Kind. Er hat nach der Verhaftung unserer Söhne Faris und Resul Kontakt zu

uns aufgenommen. Die Sache ging ja tagelang durch die Presse", und fügte hinzu: „Herr Schmidt lebt übrigens in Frechen bei Köln."
Stettenkamp nickte und wollte wissen: „Haben Sie etwas von Faris und Resul gehört? Wie geht es ihnen? Und was ist mit Rachid? Hat er sich bei Ihnen gemeldet?"
Hamid schüttelte den Kopf. Seine Frau hielt den Blick auf den Boden gerichtet. Sie wirkten beide um Jahre gealtert.
„Von Rachid wissen wir leider immer noch nichts. Der Junge hat uns bislang nicht angerufen. Es ist ganz ungewöhnlich, dass wir nicht wissen, wo er steckt und genau das besorgt uns sehr."
Samira sah auf.
„Selbst, als er in den letzten Monaten mehrere Male nach Molenbeek gefahren ist, hat er uns vorher Bescheid gegeben. Er wusste natürlich, dass wir strikt dagegen waren und versucht haben, ihm diese falschen Freunde dort auszureden. Aber letztlich konnten wir ihn hier ja nicht festbinden."
„Vielleicht hätten wir das besser getan", meinte Hamid, „aber ich denke, dann wäre er irgendwann ausgerissen."
Das ist er jetzt vermutlich auch, dachte Stettenkamp, aber was ist schon richtig und was falsch im Umgang mit einem Pubertierenden? Hinterher war man bekanntlich immer schlauer.
„Faris und Resul befinden sich weiterhin in Untersuchungshaft, korrekt?"
„Ja. Wir haben ihnen einen Anwalt besorgt. Mehr können wir im Moment nicht tun."
Stettenkamp wandte sich an Herrn Schmidt.
„Was ist mit Ihrem Kind?"

Der Mann atmete tief durch.
„Meine dreiundzwanzigjährige Tochter Clarissa hat sich der gewaltbereiten Salafistenszene angeschlossen", begann er. „Seitdem ich davon weiß, ungefähr einem Dreivierteljahr, versuche ich sie davon abzubringen; bislang allerdings vergeblich. Sie hat ihre Ausbildung zur Krankenschwester an der Uni-Klinik in Köln mit Bestnoten abgeschlossen", erzählte er. „Clarissa wurde anschließend in der Klinik übernommen und hat dort bis vor drei Wochen gearbeitet. Solange hatten wir noch Hoffnung. Dann aber hat sie von heute auf morgen alles hingeschmissen und ist bei sogenannten Freunden in Duisburg untergekommen. Zumindest hat sie mir das am Telefon erzählt." Schmidt klang resigniert. „Vor eineinhalb Wochen schickte Clarissa mir ein Foto aufs Handy, auf dem sie vor einer Moschee zu sehen war. Ich hätte sie fast gar nicht erkannt in ihrer schwarzen Burka", berichtete der Vater. „'Grüße aus Molenbeek, dem besten Ort Europas im Kampf gegen die Ungläubigen, von meinem künftigen Mann Sebastian und mir. PS: Wir sind sehr glücklich. Bald gehen wir nach Syrien. Clarissa'."
„Das ist heftig!", entfuhr es Stettenkamp.
Gerhard Schmidt seufzte.
„Das ist es allerdings. Ich habe natürlich sofort versucht, sie anzurufen, aber vergeblich. Bis heute habe ich nichts mehr von meiner Tochter gehört. Ihr Handy ist tot." Er sah Stettenkamp eindringlich an. „Meine geschiedene Frau und ich sind kurz vor dem Verzweifeln. Wir benötigen die Hilfe der deutschen Behörden", appellierte er an ihn. „Alleine schaffen wir es nicht, unsere Tochter aus der Szene zu holen."

Das wird nicht leicht werden, dachte der Kommissar, zumal Clarissa längst volljährig ist.
„Wo haben Sie nach ihr gesucht?"
„Zuallererst in Duisburg. Die Polizei dort machte mir keine allzu großen Hoffnungen, also bin ich tagelang in der Stadt geblieben und habe mich schlau gemacht, wo die Salafistenszene verkehrt. Aber das hat nichts gebracht. Nach Clarissas Handynachricht habe ich mich sofort ins Auto gesetzt und bin nach Molenbeek gefahren. Ebenfalls ohne Erfolg, wie Sie sich denken können."
Er hob die Achseln und sank auf seinem Stuhl in sich zusammen.
„Da haben Sie wirklich einiges unternommen!", sagte Stettenkamp anerkennend und fühlte sich ziemlich ratlos.
„Was soll ich sonst machen?", fragte der Vater. „Zum Glück bin ich als Geschäftsmann zeitlich relativ flexibel. Ich bin ein mittelständischer Bauunternehmer. Meine Mitarbeiter halten den Laden zum Glück am Laufen, wenn ich mal wieder unterwegs bin."
Dann machte Schmidt einen Gedankensprung.
„Meine Tochter Clarissa kennt Rachid Mansour!", sagte er aufgeregt. „Ich wusste zuerst überhaupt nicht, wer der Junge ist. Aber als ich in der Zeitung von der Verhaftung zweier angeblicher Gefährder aus Großbüllesheim gelesen habe, wurde ich hellhörig. Das in den Medien verwendete Kürzel Rachid M. hat mich hoffen lassen, dass es eine Verbindung zwischen uns Eltern geben könnte. In einem Dorf wie hier habe ich die Familie Mansour schnell ausfindig gemacht."
Der Kommissar war verwirrt.

„Woher kennen sich ihre Tochter Clarissa und Rachid?“
„Ich habe Clarissas Mails gelesen, nachdem sie fort war, um überhaupt einen Ausgangspunkt für meine Suche zu haben. Sie und Rachid haben sich über das Internet kennengelernt. Beide waren in einem Netzwerk von Islamisten aus Duisburg und später auch aus Molenbeek aktiv“, berichtete er. „Ich habe ein Foto von Clarissa gesehen, auf dem sie in Molenbeek auf einer Versammlung zu sehen ist, wo der Islamistenprediger Tarik Ibn Ali aufgetreten ist. Der Name sagt Ihnen vermutlich nichts. Ali steht unter dem Verdacht, einen der Attentäter vom Pariser Bataclan radikalisiert und aufgehetzt zu haben.“
Schmidt zeigte ihnen das ausgedruckte Bild und deutete auf einen jungen Mann, der neben seiner Tochter stand und sich mit ihr unterhielt.
Stettenkamp erkannte in ihm sofort den jüngsten Sohn der Mansours.
„Halten Sie es für wahrscheinlich, dass Ihre Kinder sich inzwischen in Syrien aufhalten könnten?“, fragte er und dachte an das angebliche Bekennervideo, auf dem der Sechzehnjährige mitten im Wüstenstaub zu sehen war. Sowie an Clarissas Hinweis: 'Bald gehen wir nach Syrien!'.
„Ich weiß es einfach nicht“, sagte Hamid leise.
„Keine Ahnung“, meinte auch Gerhard Schmidt. „Ich kenne ja nicht einmal diesen Sebastian, den sie angeblich bald heiraten will.“
„Darf ich das Handyfoto einmal ansehen?“, bat der Kommissar.
Der hellhäutige Mann, neben dem die vollverschleierte Clarissa stand, trug eine große, dunkel getönte Brille,

die von seinem Gesicht nicht allzu viel erkennen ließ; dazu eine weiße Gebetsmütze, die sein Haar vollständig bedeckte. Auf seinem schwarzen T-Shirt prangte die Aufschrift 'Tauhid' sowie ein ausgestreckter Zeigefinger.
„Das Foto hilft Ihnen nicht weiter, was?“ merkte Gerhardt Schmidt an.
„Leider nicht, das stimmt. Ehrlich gesagt, es wird schwierig werden, Ihnen zu helfen. Solange Clarissa nicht straffällig wird, sind uns die Hände ziemlich gebunden. Wäre Ihre Tochter noch nicht volljährig, hätten wir wesentlich bessere Karten.“
„Die Polizei kann mir also erst helfen, wenn alles zu spät ist?“, fragte er verbittert.
„Ich werde sehen, was ich tun kann, aber es wäre unehrlich, Ihnen etwas zu versprechen, das ich nicht halten kann.“
Zumal ich inzwischen nur noch für die Digitalisierung von Papierakten zuständig bin, dachte er, sprach es aber nicht aus.
Sie unterhielten sich noch eine Zeitlang über Clarissa Schmidt. Ihr Vater meinte, Clarissa habe es zuhause im Grunde an nichts gefehlt. Sie sei in einem gewissen Wohlstand groß geworden, lange Zeit eine sehr gute Schülerin gewesen, die locker ihr Abitur hätte machen können, wenn sie denn gewollt hätte. Clarissa habe sich jedoch entschlossen, das Gymnasium nach der zehnten Klasse zu verlassen, um Krankenschwester zu werden. Sie suche nach einem Sinn im Leben, habe sie häufig gesagt. An den Wochenenden sei sie fast immer mit ihren Freundinnen durch die Diskos in Köln gezogen. Er und seine Ex-Frau hätten der Tochter viele Freiheiten gelassen und ihr außerdem ein üppiges

Taschengeld gezahlt. Doch Clarissa habe immer unzufriedener mit sich und der Welt gewirkt, sei verschlossener geworden und mit einem Mal überhaupt nicht mehr ausgegangen. Sie habe sich stattdessen nach der Arbeit in der Klinik in ihrem Zimmer eingeigelt und stundenlang vor ihrem Laptop gesessen.

„Irgendwann habe ich meine Tochter dabei entdeckt, wie sie sich Hasspredigten von Islamisten reinzog. Ich bin bald vom Glauben abgefallen!“, sagte Schmidt. Er habe versucht, mit ihr zu reden, doch vergebens. „Was weißt du schon vom Leben, dir geht es doch immer nur um Geld, Geld und nochmals Geld“, habe sie ihm vorgeworfen. Die Arbeit im Krankenhaus schien sie weiterhin zu erfüllen. „Das ließ mich hoffen“, meinte der Vater. In ihrer Freizeit hingegen habe sich Clarissa verschleiert und davon gesprochen, zum Islam zu konvertieren.

„Ich habe überhaupt nichts gegen diese Religion“, betonte Schmidt. „Aber in ihrem Fall habe ich gespürt, dass das Ganze in die falsche Richtung lief.“ An ihren freien Wochenenden sei Clarissa mit der Bahn nach Duisburg gefahren, um sich mit Freunden zu treffen. Sonntagsabends habe sie zuhause dann irgendwie erfüllt gewirkt, ruhiger.

„Und trotzdem hatte ich überhaupt kein gutes Gefühl bei der Sache“, erklärte er und atmete tief durch, bevor er weitersprach. „Tja, und dann hat meine Tochter von einem Tag auf den anderen die Arbeit in der Klinik hingeschmissen und ist abgehauen. Als ich spätabends von der Arbeit kam, lag ein Zettel auf dem Küchentisch 'Wohne erstmal bei Freunden in Duisburg. Bitte such mich nicht, Du weißt, ich bin 18 und darf mich

aufhalten, wo ich will. Lass mich glücklich werden, Papa. Ich melde mich. Lieb Dich!
Clarissa.'
Stettenkamp schluckte.
Er konnte sich vorstellen, dass es Gerhard Schmidt gut tat, sich mit den Mansours auszutauschen. Zwar hatten sie unterschiedliche Biografien, aber das Schicksal ihrer Kinder sowie die eigene Ohnmacht verband sie sicherlich stark.
Als der Kommissar sich auf den Heimweg nach Eicks machte, ließ er entgegen seiner sonstigen Gewohnheiten das Radio ausgestellt. Er hatte heute auch keinen Blick für die blühenden Rapsfelder, die sanften Eifelhügel, die sich hinter Euskirchen erhoben oder den strahlend blauen Himmel, an dem heimische Singvögel ihre Runden drehten. Seine Gedanken kreisten um Rachid, Clarissa und um die 'schmutzige Bombe' im AKW *Courant II.* Zu gern hätte er jetzt mit Ilka gesprochen, die so viel mehr als er selbst ihrem Bauchgefühl vertraute, wenn sie sich einer Sache sicher war, für die es aber noch keine rationale Erklärung gab. Von Ilka wusste Stettenkamp bereits, dass sie nach dem Gespräch mit Daan Dubois und Ruben Peeters ein noch dickeres Fragezeichen an die Sabotageakt-Theorie setzen mussten als sie es ohnehin von Anfang an getan hatten.
Sein Instinkt, der in all den Jahren bei der Kriminalpolizei - bis auf ein paar Ausnahmen - untrüglich geworden war, sagte ihm, dass es womöglich doch einen Zusammenhang zwischen Rachid, Clarissa sowie ihrem Freund Sebastian und dem Anschlag gab. Er konnte ihn nur nicht greifen.

Als Ilka und Bongardt im Kreishaus eintrafen, saß zu ihrer Verwunderung Polizeidirektor Armin Groß bei Bente Schäfer im Büro. Wo er doch erst gestern aus Bonn zur Morgenbesprechung hinzugekommen war. An der Aufklärung des Anschlags, den er ohnehin für Sabotage hielt, sowie am Mord an dem Wachmann Mark Weißgerber hatte er kein großes Interesse bekundet.
Groß schüttelte den Kommissaren förmlich die Hand. Wann war das zum letzten Mal vorgekommen?
„Gut, dass ihr zurück seid", meinte Bente Schäfer und bat sie, an dem ovalen Tisch Platz zu nehmen. Sie schenkte Groß und ihren Mitarbeitern frisch aufgebrühten Kaffee ein und hatte sogar Kekse organisiert.
„Das ist ja für unsere bescheidenen Verhältnisse ein kleiner Staatsempfang", witzelte Bongardt. „Gibt es etwas zu feiern?"
Armin Groß ergriff das Wort.
„In der Sache Weißgerber müssen wir komplett umdenken", sagte er freundlich, aber bestimmt. „Der Fall hat nun oberste Priorität! Finden Sie dringend heraus, weshalb und von wem der Mann erschlagen worden ist."
Nanu? Woher kam diese plötzliche Wandlung?
„Haben Sie uns nicht gestern erst angewiesen, uns bloß nicht übermäßig in diesen Fall hineinzuhängen? Und nun ist die Aufklärung quasi Chefsache?", hakte Ilka ungläubig nach.
„Ganz genau!", bekräftigte Groß. „Warum und weshalb, spielt keine Rolle. Wichtig ist, dass Sie in alle Richtungen ermitteln."
Ilka konnte sich ein Grinsen nicht verkneifen.

„Herr Groß, nichts für ungut. Herr Bongardt und ich sind nicht eben blutige Anfänger, denen man eine solche Selbstverständlichkeit noch mit auf den Weg geben müsste."
Er lief rot an.
„Das weiß ich", sagte er unwirsch. „Ich betone es deshalb, weil ich zunächst der Auffassung gewesen bin, wir sollten keinen falschen Zusammenhang zwischen seinem Tod und der gezündeten 'schmutzigen Bombe' im AKW herstellen. Das sehe ich inzwischen jedoch anders. Stellen Sie sich gedanklich so breit auf wie möglich."
Er hat doch echt einen an der Waffel, dachte Ilka. Als ob er uns das sagen müsste!
„Lassen Sie sich nicht davon beirren, dass die Belgier offenbar kein großes Interesse an der Aufklärung der Geschehnisse haben. Sie sind jedenfalls befugt, zu ermitteln."
Groß sah in die Runde und lächelte, was selten vorkam. „Ich weiß, dass ich an Ihnen verdammt gute Leute habe, denen ich vertrauen kann. Frau Schäfer wird Sie in all Ihrem Tun nach Kräften unterstützen."
Er hielt einen Moment inne.
„Ich möchte Folgendes ausdrücklich betonen: Sie müssen diese Sache unbedingt erfolgreich abschließen. Ohne wenn und aber. Wenn nicht, kostet es mich den Kopf und Sie möglicherweise auch!"
Er schnappte sich seinen schwarzen Sommermantel und rauschte davon.
„Was sollte das denn jetzt?", wandte Peter sich an Bente Schäfer.
„Ich weiß es nicht genau", sagte sie. „Aber ich habe den Eindruck, dass Armin Groß mehr weiß, als er uns sagt.

Und das wir mitten in einem Fall stecken, der ganz andere Dimensionen hat als wir bislang vermutet haben."

Ilka traute ihren Augen kaum, als sie am Abend zuhause ihren privaten Computer hochfuhr.
Die Rundmail mit dem Betreff 'Katastrophale Klassenfahrt!' verhieß schon nichts Gutes.
Seit gestern Nachmittag war Nele wieder zuhause: hundemüde, aber sehr glücklich. Viel erzählt hatte sie nicht gerade, aber Ilka kannte ihre Tochter. Nele berichtete ihre Erlebnisse nie in einem Rutsch, sondern fast immer verteilt auf mehrere Abende, wenn Ilka vor dem Einschlafen noch eine kleine Weile bei ihr im Bett lag und ihr den Rücken kraulte.
Gestern hatte Nele ihr aufgeregt von einer Nachtwanderung erzählt, wo die gesamte Klasse mit Frau Linden im Wald mit Taschenlampen losmarschiert war und wo es überall im Unterholz ein bisschen geknackt und geknarzt hatte. Zum Schluss, so Nele strahlend, habe die Lehrerin sogar ein Lagerfeuer angezündet und ihnen eine Gespenstergeschichte vorgelesen.
Für die Siebeneinhalbjährige ganz offensichtlich eines der aufregendsten Erlebnisse überhaupt.
Die Mail bestand aus mehreren Beiträgen verschiedener Eltern. Ilka seufzte und dachte zurück an den letzten Elternabend. Die üblichen Verdächtigen, dachte sie, und griff nach einem großen Glas kühlen Rotwein.
Der erste Eintrag stammte von der Mutter der kleinen Henriette-Marie:
„Drei Tage in einer spartanischen Jugendherberge zu verbringen, ist schon eine Sache, die meiner Tochter

und mir von vorneherein nicht behagte.
Henriette-Marie ist eine gehobene Ausstattung, lichtdurchflutete, modern eingerichtete Wohnräume und ergonomische Sitzmöbel gewohnt. Die Internetfotos der Herberge haben bei mir Augenkrebs verursacht. Worüber ich mich aber noch viel mehr aufrege, ist das vollkommen bildungsferne Programm, das Frau Linden unseren Kindern da zugemutet hat. Oder orientiert sie sich nur an Unterschichtkindern wie Nick? Entschuldigt diesen Ausdruck, aber wir wollen doch die Dinge beim Namen nennen. Was sollte der in geistiger Hinsicht vollkommen schwachsinnige Ausflug ins Wildfreigehege? Oder diese sinnfreie Nachtwanderung? Das Gehirn meiner klugen Henriette-Marie benötigt ausreichend Schlaf, ansonsten kann es keine überdurchschnittlichen Leistungen vollbringen. Sollte Frau Linden noch einmal mit unseren Kindern auf Klassenfahrt gehen - meines Wissens steht dies am Ende der dritten Klasse wieder an - plädiere ich für kulturell ergiebige Ziele wie London, Paris oder zumindest München."
Unfassbar.
Darauf antwortete der Vater von Luna.
„Da muss ich Ihnen klar und deutlich widersprechen. In meinen Augen sollte eine Klassenfahrt - übrigens ein pädagogisch unschätzbar wertvolles Gemeinschaftserlebnis für unsere von einer egomanen Ellbogengesellschaft geprägten Kinder - statt in einer Jugendherberge mitten in der Natur auf einem Zeltplatz stattfinden. Es ist doch so wichtig, dass unsere Kinder lernen, wie man sich einmal drei Tage lang von dem, was der Wald so hergibt, ernähren kann."
„Tolle Idee!", pflichtete Antons Vater bei. „Ich bin Jäger und könnte die Truppe beim nächsten Mal nachts

mit der Flinte begleiten. Ein erschossenes Wildschwein aufzubrechen, wäre doch eine sehr prägende Naturerfahrung!"

Jacobs Mutter Monika gab einen virtuellen Schrei des Entsetzens von sich.

„Denken Sie eigentlich überhaupt nicht an die zarten Kinderseelen unserer lieben Kleinen? Ich persönlich finde den Ausflug ins Wildfreigehege sehr kindgerecht, da die Tiere ihnen bis auf diese fürchterlichen Greifvögel, die ich für lebensgefährlich halte, in ihren Gattern nicht zu nahe kommen konnten. Was mich seit gestern allerdings nicht mehr schlafen lässt, ist die Nachtwanderung durch den stockdüsteren Wald. Was, wenn sich ein wildes Tier oder gar ein böser Mensch auf die Kinder gestürzt und sie angegriffen hätte? Da wäre Frau Linden doch vollkommen machtlos gewesen! Und dann das Lagerfeuer. Unmöglich! Wie leicht hätte ein Funkenflug unsere Kinder verletzten können, ihr Augenlicht hätten sie verlieren können! Ich jedenfalls werde meinen Jacob nicht wieder an einer Klassenfahrt teilnehmen lassen, bei der er solchen Gefahren für Leib und Leben ausgesetzt wird..."

Ilka schenkte sich das dritte Glas Wein nach, trank es in einem Zug aus und fasste sich an den Kopf.

„Alte, nu mach dich ma locker", schrieb Janine, die Mutter von Nick. „Denk doch ma an deine Klassenfahrten früher! Aber wahrscheinlich warst du damals schon so paranoid wie heute und hast nie einen Blödsinn mitgemacht. Ich habe Nick eine Menge Scherzartikel mitgegeben, damit es ausnahmsweise mal was zu lachen gab für die Henriette-Maries dieser Welt. Gut, die Schweineschwänzchen vom Schlachthof, die er Frau Linden heimlich in die Dusche gelegt hat, waren

im Nachhinein vielleicht ein bisschen zu hart, aber sonst? Entspannt euch mal, Leute! Alles roger in Kambodscha, alles cool in Kabul, tät ich sagen!"
Ilka stand auf und konnte nicht mehr aufhören zu lachen. Sie warf sich bäuchlings auf die Couch, stellte sich besagte Eltern mit hochroten Köpfen energisch in die Tasten hauend vor - Janine hatte bestimmt ganz chillig ein Tütchen dabei geraucht - und rang um ihre Fassung. Nichts wirkte so befreiend wie ein ordentlicher Lachkoller.
Das unvermittelte Klingeln des Telefons riss sie jäh aus ihrer gelösten Stimmung.
„N' Abend, Peter! Was gibt es noch so spät?"
„Hallo Ilka. Weißt du, wer mich gerade angerufen hat? Du wirst es nicht glauben. Van Afferden! Erinnerst du dich noch an die Nachrichtenmeldung von heute morgen im Radio über den Verkehrsunfall in Lüttich?"
„Ehrlich gesagt, nein. Wieso?"
Sie richtete sich kerzengerade auf und eine schreckliche Vermutung überfiel sie, noch ehe Peter sie aussprach: „Sein Kompagnon Stephane Kerveillant ist in der vergangenen Nacht ungebremst gegen einen Baum geprallt. Ein Rettungsarzt und die Feuerwehr haben ihn tot aus seinem Wagen geborgen. Der Mann hatte drei kleine Mädchen im Alter von drei, fünf und sieben Jahren", berichtete Peter. „Van Afferden erzählte mir, Kerveillants Frau leide seit eineinhalb Jahren unter Multiple Sklerose und benötigt bei einem akuten Schub selbst Hilfe, um überhaupt den Alltag zu bewältigen. Und jetzt das! Furchtbar, was?"
„Allerdings!"

Ilka sah Kerveillants markantes Gesicht vor sich, so wie sie ihn bei ihrem Gespräch im *Starbucks* kennengelernt hatte.
„Van Afferden wirkte absolut geschockt. Sie arbeiten wohl schon seit zwölf Jahren Seite an Seite, früher schon in anderen Funktionen, und waren offenbar auch privat eng miteinander befreundet."
Ilka blickte durch das große Wohnzimmerfenster in den Wald hinein, der unmittelbar hinter ihrem Fachwerkhaus begann. Die Sonne ging gerade in einem zarten orange unter. Gleich würden sich die Tiere aus ihren Verstecken wagen. Nicht selten trauten sich Rehe nach einem leichtfüßigen Sprung aus dem Stand über den Zaun bis zur Terrasse vor.
„Hat die belgische Polizei schon eine Vermutung, wie es zu dem Unfall kommen konnte?", fragte sie in die Stille hinein.
„Van Afferden erzählte mir, dass der Tod Stephane Kerveillants bisher ein großes Rätsel sei. Die Landstraße war wohl trocken und er ist auch keinem anderen Verkehrsteilnehmer oder einem Stück Wild ausgewichen. Da es keinen Bremsweg gibt, ist schwer zu sagen, wie schnell Kerveillant gefahren ist."
„Alkohol?"
„Kerveillants Leichnam wurde heute Nachmittag schon obduziert. Er hatte 0,3 Promille Alkohol im Blut."
„Hm, das ist nicht wirklich viel. Könnte er abgelenkt gewesen sein? Zum Beispiel durch ein Handygespräch."
„Die Polizei hat Kerveillants Smartphone in einer Aktentasche auf dem Rücksitz hinter der Beifahrerseite gefunden. Das kann also nicht der Grund gewesen sein."
Ilka dachte angestrengt nach.

„Vielleicht war er in Gedanken versunken oder wälzte irgendein Problem. Vielleicht sinnierte er gerade über den Anschlag im AKW und ist von der Straße abgekommen. Könnte doch sein!"
„Daran habe ich auch schon gedacht", meinte Peter. „Van Afferden wollte von dieser Theorie aber nicht viel wissen. Er sagte, Stephane Kerveillant sei kein Typ gewesen, der irgendwelche Probleme mit nach Hause genommen habe. Er sei durch und durch ein Familienmensch gewesen und habe abschalten können, sobald er spätabends die Firmentür hinter sich geschlossen habe."
Ilka ließ sich auf die Couch sinken.
„Kerveillants Wagen wird ja ganz sicher kriminaltechnisch untersucht werden", überlegte sie, „falls das heute nicht schon geschehen ist. Vielleicht waren seine Bremsen nicht in Ordnung oder am Auto wurde sogar herummanipuliert. Erinnerst du dich noch an den Fall Valentina Marinotti?"
„Und ob! Ich habe den Verdacht, dass der Geschäftsführer gar nicht durch einen Unfall ums Leben gekommen ist."
„Hm", meinte Ilka, „da könntest du richtig liegen. Weißt du, was mich wundert? Wir haben doch heute morgen noch mit Brück und Vreys zusammengesessen. Warum haben sie uns unter Kollegen eigentlich überhaupt nichts von der Sache erzählt?"
Peter schwieg einen Augenblick.
„Ich glaube inzwischen, dass Vreys und Brück uns die Sache bewusst verschwiegen haben. Weshalb, das werden wir herausfinden!"

Samstag - 6. Tag

Peter wachte an diesem Morgen gegen 9 Uhr so erholt und entspannt auf wie schon lange nicht mehr. Die Junisonne schien durch die halbtransparenten Vorhänge seines Schlafzimmers und neben ihm lag die in seinen Augen attraktivste Frau, die er je getroffen hatte. Kennengelernt hatte er in den letzten Jahren viele. Er blickte zu Bente hinüber, die auf dem Rücken lag und noch schlief. Ihr feines Gesicht mit den hohen Wangenknochen und den dichten Augenbrauen strahlte großes Selbstbewusstsein aus; eine Eigenschaft, die Peter liebte. Er mochte Frauen, die wussten, was sie wollten, die ihren eigenen Kopf hatten. In Bente, so glaubte er, hatte er nun die perfekte Partnerin gefunden. Gut, sie wollte ihre Beziehung mit ihm nicht offiziell machen, aber das führte er schlicht und ergreifend auf ihre etwas komplizierte Konstellation im Job zurück. Es war eher ungewöhnlich, um nicht zu sagen verpönt, im eher konservativen Polizeidienst etwas mit einem Mitarbeiter anzufangen. Zumal Bente aus dem LKA zur Kripo Euskirchen strafversetzt worden war und sich ohnehin keine Eskapaden erlauben konnte.
Peter stand auf und kochte Kaffee. Es war ihm zwar nicht egal, dass Bente ihre Liebe zu ihm verheimlichte, doch er setzte auf die Zeit, mit der sich die Dinge zu seinen Gunsten regeln würden.
Mit welcher Frau hatte er jemals soviele Gemeinsamkeiten gehabt? Bente liebte ausgedehnte Motorradtouren. Sie war ein Stadtmensch, ebenso wie er, der zwar grundsätzlich gerne im Team des KK11 arbeitete,

jedoch immer noch an seiner Versetzung in die Großstadt arbeitete. Lange hatte er eine Metropole wie Frankfurt favorisiert, doch warum sollte nicht auch Düsseldorf in Frage kommen? Vielleicht würden Bente und er im Polizeipräsidium der Landeshauptstadt - am besten in unterschiedlichen Abteilungen - einen guten Job finden. Bente war keine Frau, die ständig klammerte und nichts ohne ihren Partner mit sich anzufangen wusste. Ebenfalls eine Eigenschaft, die er schätzte. Ob sie sich wohl irgendwann eine Familie wünschte, so wie er? Sie war Ende dreißig, aber hatte sicherlich einfach bisher noch nicht den richtigen Mann getroffen, der auch als Vater in Frage gekommen wäre, überlegte Peter. Über die Zukunft hatten sie beide noch nie miteinander gesprochen. Aber schließlich kannten sie sich auch erst seit knapp vier Wochen. Gleich zu Beginn hatte es zwischen ihnen gefunkt, als die Düsseldorferin Stettenkamps Posten kommissarisch übernommen hatte und sie fortan Tür an Tür miteinander arbeiteten. Seither trafen sie sich häufig, aber ohne jede Verbindlichkeit: Mal zum Essen, mal besuchten sie ein Konzert, eine Party, einen Flohmarkt oder sie kurvten mit seinem Bike an der Ahr entlang und genossen einfach miteinander das Leben. Meistens war es Bente, die ihn anrief, wenn sie gerade Zeit für ihn hatte. Sich fest zu verabreden und ihre Treffen vorab zu planen, schien hingegen ihre Sache nicht zu sein. Sie hielt die Fäden gern selbst in der Hand. Das war für ihn in Ordnung, solange er wusste, woran er bei ihr war. Im Bett harmonierten sie ohnehin wunderbar miteinander.

Peter schaute aus dem Küchenfenster. Die ersten Kaufwütigen bevölkerten die Euskirchener

Fußgängerzone. Ein Apotheker stellte soeben eine Stellwand mit einer Werbung für Vitaminpräparate auf die Straße. Peter dachte mit Grausen an seinen letzten Beziehungsflop namens Sandy. Eine sehr hübsche, aber nervige Gesundheitsapostelin aus Köln, bei der sich alles im Leben nur um Fitness und Schönheit drehte und die unter Genuss ihre braun-grünen Smoothies verstand.
Seit dem Ende seiner unseligen Daueraffäre mit Sandy wünschte Peter sich eine Frau, mit der es endlich passte. Die sich vorstellen konnte, mit ihm zusammenzuleben und mit der das ständige Gefühl von Getriebenheit der Vergangenheit angehören würde. Er wünschte sich mit seinen zweiunddreißig Jahren, langsam aber sicher im Leben anzukommen.
Ohne dass er sie bemerkt hatte, stand Bente hinter ihm und küsste ihn sanft.
Sie freute sich über die frischen Brötchen und stellte Butter, Aufschnitt und Marmelade auf den schon gedeckten Tisch.
„So fängt der Tag doch wunderbar an", strahlte sie. „Zwar ist aus meiner Idee, heute mit unserem Team im Hochseilgarten einen spannenden Tag zu erleben, erstmal nichts geworden. Aber wir beide haben immerhin erst ab heute Mittag Dienst. Also ein fast perfekter Samstag!"
In diesem Augenblick wünschte er sich, Bente würde jeden Tag so wie jetzt mit ihm am Frühstückstisch sitzen. Er verkniff sich, dies auszusprechen, denn er wollte auf keinen Fall, dass sie sich bedrängt fühlte.
„Ich habe mir überlegt", begann er stattdessen, „wir könnten gleich mal nach Kall zum Möbelhaus Brucker fahren. Ich brauche nämlich dringend ein neues Sofa,

am liebsten eines in L-Form, auf dem man sich so richtig langmachen kann."
Sie wirkte nicht gerade begeistert.
„Anschließend setzen wir uns nach draußen in die Sonne und essen etwas in einem Biergarten. Na, wie klingt das?"
Bente sagte erst einmal nichts.
„Ein neues Sofa?", meinte sie langgezogen. „Ach, such du das lieber alleine aus."
„Warum? Du hast einen guten Geschmack, das weiß ich. Und außerdem soll es dir doch auch gefallen, wenn du bei mir bist."
„Äh, Peter..."
„Es wird nicht lange dauern. Und dann..."
Sie schüttelte den Kopf.
„Peter, du bist ein netter Typ. Aber ich möchte dir gern etwas sagen, bevor bei dir im Kopf was in die falsche Richtung läuft..."
In seinem Blick lag ein einziges Fragezeichen.
„Zwischen uns", begann sie zögernd, „das ist in meinen Augen so eine Art offene Beziehung."
Er wurde kreidebleich.
„Wie bitte? Hast du parallel noch einen Anderen, oder was?"
„Gerade nicht", sagte sie lächelnd. „Peter, hör mal. Alles kann, nichts muss, verstehst du? Vorwürfe sind tabu, Rechtfertigungen sowieso! Wir treffen uns regelmäßig zum Sex oder unternehmen was - aber nur, wenn wir Lust dazu haben! Ich will nicht, dass wir unseren Alltag miteinander teilen oder irgendwelche Probleme. So eine offene Beziehung hat viele Vorteile, glaub mir!"
„Welche sollten das sein?", fragte er sarkastisch.
Wie hatte er sich nur so in ihr täuschen können?

„Jeder lebt sein Leben weiter“, sagte sie. „Und das überschneidet sich gelegentlich für bestimmte Aktivitäten.“
Peter stand auf und räumte wortlos den Tisch ab.
Er fühlte augenblicklich Trauer und Ärger über die in seinen Augen verplemperten Wochen mit ihr. Andererseits aber auch eine seltene Klarheit darüber, was er im Leben wollte - und was nicht.
„Wer will sich schon mit einer Nebenrolle zufriedengeben, wenn er auch der Hauptdarsteller sein könnte?“, meinte er schließlich. „Bente, für die Rolle, die du mir da zuteilen willst, bin ich mir zu schade. Du wirst jemanden finden, der sie dankbar annimmt. Ich aber bin der falsche Mann dafür.“
Sie sah ihn mit ihren großen Augen ziemlich irritiert an, sagte jedoch nichts mehr.
Peter ging hinüber in den Flur, zog sich seinen schwarzweißen Motorradanzug an und schnappte sich seinen Helm von der Ablage.
„Zieh die Tür einfach ins Schloss, wenn du gehst.“

Unterdessen hatte Ilka einige weitere Details über den Tod Stephane Kerveillants erfahren. Die Belgier hatten die kriminaltechnische Untersuchung seines Mercedes, einer S-Klasse, inzwischen abgeschlossen. Unter dem Fahrersitz war ein IPhone 7 gefunden worden - der Geschäftsführer der Betreibergesellschaft 'Énergie pour Belgique' hatte also ein Zweithandy besessen, das möglicherweise während des Aufpralls gegen den Baum in den Fußraum gefallen und unter seinen Sitz gerutscht war. Kerveillant, so die Ermittlungsergebnisse der Herren Vreys und Brück, hatte ungefähr fünfzehn

Minuten nach Verlassen des Firmenparkplatzes unterwegs ein Telefongespräch geführt, das exakt neun Minuten und achtunddreißig Sekunden gedauert hatte. Mit wem er gesprochen hatte ließ sich zunächst nicht zurückverfolgen. Die letzte Hoffnung bestand in den technischen Möglichkeiten der Telefongesellschaft, dessen hierzu beauftragter Mitarbeiter sich im Laufe des Tages bei Brück melden wollte.
Hatte das Telefonat Stephane Kerveillant im Auto derart aufgewühlt, dass er von der Landstraße abgekommen und gegen den Baum geprallt war?
Ilka besprach sich bei einem zu dünn geratenen Automaten-Kaffee im Foyer des Kreishauses mit Stettenkamp.
„Das klingt zwar plausibel und passt auch zu dem Zeitfenster, in dem Kerveillant telefoniert hat“, meinte er. „Aber wäre dem so gewesen, dann hätte er doch irgendwann versucht zu bremsen! Er war mit Sicherheit während der Fahrt abgelenkt. Aber wenn man doch merkt, man kommt von der Straße ab, dann steuert man doch instinktiv gegen. Es gibt aber überhaupt keine Spuren auf der Straße, die das belegen. Weißt du was? Der Hergang spricht vielmehr dafür, dass Kerveillant sich das Leben genommen hat!“
Da konnte er Recht haben.
Ilka erörterte Stettenkamps Theorie am Telefon mit Kerveillants Kompagnon und Freund van Afferden.
„Wenn ich eines ausschließen kann, dann, dass Stephane absichtlich gegen den Baum gefahren ist“, widersprach van Afferden.
„Weshalb sind Sie sich da so sicher?“
„Weil er dazu erstens keinen Grund gehabt hat“, sagte er bestimmt. „Und zweitens war er nicht labil oder

psychisch neben der Spur. Nein, Stephane hing am Leben, das kann ich mit absoluter Gewissheit sagen."
„Die vielen Pannen in *Courant II* gehen einem als Betreiber aber doch ganz sicher an die Nerven, oder nicht?", ließ Ilka nicht locker. „Und dann noch der Anschlag am Montag! Sogar eine ihrer Mitarbeiterinnen ist ums Leben gekommen. Das steckt man doch nicht einfach so weg, oder?"
„Das auf keinen Fall. Aber wir könnten unseren Job nicht machen, würden wir uns wegen solcher Vorkommnisse das Leben nehmen. Ich sagte ja gestern schon, Stephane war kein Mensch, der geschäftliche Probleme mit nach Hause nahm. Er hatte als Mitgeschäftsführer von 'Énergie pour Belgique' zweifellos einen verantwortungsvollen Job, aber er hat kein Herzblut hineingesteckt. Ich übrigens auch nicht", sagte er nüchtern. „Als Chefs eines Familienunternehmens wäre das eine andere Sache, verstehen Sie? Aber so? Jeder ist austauschbar, sage ich immer. Das war übrigens auch Kerveillants Auffassung. Er hat viel gearbeitet, um gut mit seiner Familie leben zu können, aber die Arbeit war nicht sein Leben. So einfach kann man das sagen."
Ilka überlegte.
„Wir werden uns noch mit Kerveillants Frau unterhalten. Vielleicht hatte er private Probleme."
„Hatte er nicht", gab van Afferden zurück. „Wir waren eng miteinander befreundet, das hätte ich definitiv gewusst."
Stille.
„Wissen Sie was? Konzentrieren Sie sich lieber auf seinen Benz", riet van Afferden. „Ich gehe jede Wette

ein, dass mit dem Wagen etwas nicht in Ordnung gewesen ist. Hat man die Bremsschläuche kontrolliert?"
„Das abschließende Ergebnis steht noch aus", erklärte Ilka. „Wir werden uns noch bis zum Nachmittag gedulden müssen."
„Die ersten Boulevardblätter schreiben schon, er sei alkoholisiert und mit vollkommen überhöhter Geschwindigkeit über die Landstraße gerast", berichtete van Afferden. „Ich wäre für seine Familie sehr froh, wenn Sie und Ihre belgischen Kollegen bald die wahre Ursache herausfinden würden."
Sie versprach ihm, ihn anzurufen, sobald es Neuigkeiten gab. Kurz, bevor sie sich am Telefon verabschiedeten, hörte sie für den Bruchteil einer Sekunde ein seltsames Knacken in der Leitung. An der Verbindung lag es nicht, sie war die ganze Zeit über einwandfrei gewesen.

Ilka stand am Bürofenster und dachte nach. Dabei verschlang sie hungrig ein Käsebrötchen vom Bäcker. Mit leerem Magen ließ es sich nicht gut denken.
Die detonierte 'schmutzige Bombe' im AKW. Der kurz nach dem Anschlag in der Eifel ermordete Wachmann Mark Weißgerber, über den angeblich niemand etwas rechtes wusste, nicht einmal seine Freundin. Und nun war einer der Geschäftsführer ohne erkennbaren Grund während der Fahrt ungebremst gegen einen Baum geprallt und an Ort und Stelle an einem Genickbruch verstorben.
Das schreit doch zum Himmel!, fand Ilka. Wir haben etliche lose Puzzleteile, die irgendwie zusammenpassen, aber wir wissen einfach nicht, wie.

Eine Dreiviertelstunde später saß die Kommissarin mit einem ziemlich schlecht gelaunten Peter Bongardt bei Bianca Schulz im Wohnzimmer. Die kleine Jule schlief seelenruhig bei ihr in einem Tragetuch.
Die Mutter wirkte heute erschöpft. Im Zimmer lagen Spucktücher, Körbe voller Bügelwäsche und kleine Stofftiere herum.
Ilka fiel es nicht leicht, sie auf die mögliche Liebschaft ihres toten Freundes anzusprechen. Sie verspürte Mitgefühl und konnte nur ahnen, was es für die Achtundzwanzigjährige für ein Gefühl sein musste, mit einem wenige Tage alten Säugling alleine zu Hause zu sitzen und sich tausend intime Fragen der Polizei gefallen lassen zu müssen. Aber sie mussten herausfinden, ob die Gemünderin etwas mit dem Tod Weißgerbers zu tun hatte. Eifersucht war ein verdammt starkes und häufiges Mordmotiv.
Jule war derweil aufgewacht und weinte.
„Könnten Sie mir gerade ihren Schnuller bringen?“, bat die Mutter. Ilka stand auf und ging hinüber zum Wohnzimmerfenster. Im Laufstall lagen mehrere Sauger. Als sie einen der bunten Schnuller aufhob, fiel ihr Blick nach draußen. Auf der gegenüberliegenden Seite parkte ein schwarzer BMW mit getönten Scheiben. Irgendwie passte er so gar nicht in die Gegend.
„Frau Schulz, wir müssen Ihnen leider noch ein paar Fragen stellen“, begann sie vorsichtig. „Haben Sie noch einmal darüber nachgedacht, wer die Frau sein könnte, mit der Ihr Freund auf dem Blitzerfoto zu sehen ist?“
„Natürlich habe ich mir das Hirn darüber zermartert.“ Sie klang genervt. „Aber ich habe die Frau noch nie vorher gesehen. Und letztlich, was hilft es mir auch? Ich

werde nie hundertprozentig wissen, ob Mark mich tatsächlich hintergangen hat oder nicht. Allerdings sprechen seine Heimlichkeiten, die nun nach und nach ans Tageslicht kommen, nicht gerade für ihn. Ich meine, nehmen wir nur einmal seinen Trip nach Paris. Mir hat er zuvor erzählt, er habe an diesem Tag Dienst in Lüttich." Sie lachte bitter auf. „Was soll ich da anders denken als dass er noch eine Andere hatte?"
Ilka wagte sich vorsichtig vor.
„Ich sage das jetzt nicht als Polizistin, sondern als Frau: Meistens merkt man doch, wenn der Partner parallel etwas am Start hat, oder nicht?"
Sie hob die Schultern.
„Ich hab nix bemerkt."
„Die Heimlichkeiten, die Lügen...", bohrte Ilka nach. „Männer sind doch da oft nicht wirklich geschickt."
„Tja", sagte Bianca Schulz resigniert, „dann war Mark da offenbar eine Ausnahme."
„Nehmen wir mal an, Sie hätten etwas bemerkt. Und das auch noch kurz vor der Geburt Ihrer Tochter. Was hätten Sie dann empfunden?"
„Hm. Das ist eine seltsame Frage..."
„Wut?"
Sie schien über ihre Antwort einen Moment lang nachzudenken.
„Nein. Mark wäre zwar für mich abgeschrieben gewesen. Aber dann hätte ich meinen Frieden mit den Dingen gemacht, so wie sie sind."
„Hm. Aber Sie glaubten doch an eine Zukunft mit Mark Weißgerber. Mit Jules Vater. Sieht man die Dinge da tatsächlich so nüchtern?"
„Sie legte die Stirn in Falten.

„Ganz ehrlich, ich weiß gerade nicht, worauf Sie hinauswollen.“
„Eifersucht ist ein starkes Mordmotiv“, sagte Ilka ruhig.
Bianca Schulz starrte sie an.
„Sie denken, ich hätte ihn erschlagen?“
„Es ist eine theoretische Möglichkeit.“
„Nein, das ist es eben nicht“, schoss sie zurück. „Am Montagabend war die Welt für mich noch in Ordnung. Mal davon abgesehen, trauen Sie mir zu, Mark im neunten Monat schwanger zu einem Parkplatz zu locken und ihn dort zu erschlagen?“ Sie schlug sich vor die Stirn. „Das ist doch vollkommen bescheuert!“
Die junge Mutter stand auf und ging in die Küche hinüber, um eine Milchflasche für ihre Tochter vorzubereiten.
Peter und Ilka sahen sich ratlos an.
Ohne Durchsuchungsbefehl würden sie nicht weiterkommen. Einen solchen bei Gericht zu beantragen hatte sich Dr. Rettich gestern mangels ausreichenden Verdachts ausdrücklich geweigert. So konnten sie weder ihren Computer noch ihr Handy beschlagnahmen, geschweige denn, nach einer Tatwaffe suchen. Den Gedanken, Bianca Schulz zumindest heimlich abzuhören, hatte Bongardt Ilka einstweilen ausreden können.
Dennoch sollten sich die Dinge zu ihren Gunsten entwickeln.
Als die Mutter mit ihrem Säugling auf dem Arm zu ihnen zurückkam, wirkte sie ruhig und gefasst.
Sie deutete auf eine Buddha-Statue, die im Zimmer auf einem Sockel thronte.
„Ich möchte Ihnen gerne erklären, warum ich als Täterin nicht in Frage komme“, hob sie an. „Ich

orientiere mein Leben, so gut es geht, an der buddhistischen Lehre. Deshalb bin ich auch nie mutlos oder lange niedergeschlagen - auch jetzt nicht, wo Mark tot ist“, erklärte sie. „Yin und Yang halten die Dinge immer in einer großen Balance. Deshalb kann man auch nicht sagen, das, was man gerade erlebt, ist positiv oder negativ, weil man nicht weiß, wozu es nützlich sein könnte.“ Sie lächelte. „Das klingt, was Marks Tod angeht, natürlich etwas befremdlich. Aber wer weiß, was er in der Zukunft vielleicht Schlimmes hätte erleben müssen, was ihm durch den Tod erspart geblieben ist? Es kann sehr gut sein, dass meine Zukunft ohne ihn nun eine ganz andere Wendung annehmen wird - eine, für die ich letztlich bestimmt bin.“ Bianca Schulz legte ihre rechte Hand auf die Buddha-Statue. „Alles ist für irgendetwas gut, auch Marks Tod“, schloss sie. „Diese Sicht der Dinge tröstet mich ungemein und lässt mich nach vorne schauen.“
Ilka wusste nicht, was sie darauf antworten sollte.
Die Achtundzwanzigjährige lächelte ihr zu.
„Ich weiß, das klingt in Ihren Ohren sicher sehr spirituell und Sie werden sich weiterhin fragen, ob ich nicht doch die Mörderin Marks bin.“ Sie stand auf, legte Jule in den Stubenwagen und breitete raumgreifend die Arme aus.
„Bitte überzeugen Sie sich selbst, dass ich nichts vor Ihnen versteckt halte. Schauen Sie in meine Handykontakte, nehmen Sie meinen Laptop für ein paar Tage mit, wenn es Sie glücklich macht. Ich habe nichts zu verbergen, aber ein großes Interesse daran, nicht weiter als mögliche Täterin verdächtigt zu werden.“
Ihr Angebot überraschte die Kommissare.

Sie suchten Bianca Schulz Wohnung sorgfältig ab und bemühten sich dabei, möglichst wenig Chaos in den Schubladen und Schränken anzurichten. Peter Bongardt fertigte eine Liste mit den Kontakten an, die sie in ihrem Handy abgespeichert hatte. Ein Festnetztelefon, das wussten sie, besaß die junge Frau nicht. Den tragbaren Computer steckte Bongardt ein, nachdem er sich vergewissert hatte, dass die genannten Passwörter ihm Zugang zu allen Daten und Netzwerken verschaffen würden, die die KTU für gewöhnlich unter die Lupe nahm.
Nach rund zweieinhalb Stunden ergebnislosen Suchens verabschiedeten sie sich.
„Noch einmal herzlichen Dank für Ihre Unterstützung“, sagte Ilka herzlich, „so etwas ist nicht selbstverständlich.“
„Kein Ding“, meinte Bianca Schulz. „Ich wünsche mir einfach nur, nun mit meiner Tochter erst einmal zur Ruhe zu kommen.“
Sie schien den Bruchteil einer Sekunde zu überlegen.
„Das habe ich auch Ihren Kollegen gesagt, die mich gestern quasi das gleiche in grün gefragt haben wie Sie.“
Ilka starrte sie entgeistert an.
„Bitte, was sagen Sie da? Welche Kollegen?“
„Zwei ältere Herren um die sechzig“, sagte sie leicht genervt. „Das müssen Sie doch wissen! Lohmeyer und Schenk hießen sie, glaube ich.“
So unprofessionell es auch wirken mochte, Ilka konnte nicht anders, als noch einmal nachzubohren.
„Was haben die beiden Sie genau gefragt?“
„Na hauptsächlich, was ich über Mark so weiß. Die sind mir vor allem mit ihren Fragen auf den Senkel gegangen, was er in Zukunft beruflich machen wollte.

Ich meine, was hat das mit seinem Tod zu tun?“ Sie schüttelte den Kopf. „Richtig penetrant waren die übrigens.“
Bongardt sah sie eindringlich an.
„Haben Sie gesehen, mit welchem Fahrzeug die Herren Lohmeyer und Schenk davongefahren sind?“
Frau Schulz seufzte.
„Ich kenne mich da nicht so aus. Ich glaube, es war schwarz. Es interessierte mich auch nicht. Ich war einfach nur froh als sie endlich weg waren!“
Sie hatten ein wenig abseits geparkt und unterhielten sich während ihres kleinen Fußmarschs über den seltsamen Besuch, den die junge Mutter da erhalten hatte. Entgegen ihrer üblichen Gewohnheit blickte Ilka sich mehrfach um. Mehr Menschen als sonst schienen heute in Gemünd abseits der Fußgängerzone und des Marienplatzes unterwegs zu sein und den gleichen Weg wie Bongardt und sie zu nehmen.
Werde ich allmählich paranoid?, fragte sie sich und war froh, dass Peter auf der Fahrt nach Euskirchen schwieg, weil er ebenso in Gedanken versunken zu sein schien wie sie selbst.

Als die Kommissare im Kreishaus eintrafen, rief Bente Schäfer sie zu sich ins Büro. An ihrem kleinen Besprechungstisch saß ein graumelierter, attraktiver Mann in Jeans und blau-weiß kariertem Hemd.
„Das ist Gerhardt Schmidt“, stellte die Düsseldorferin ihn vor. „Er ist vor einer Viertelstunde hierher gekommen und hat mir von seiner Tochter Clarissa berichtet. Herr Stettenkamp hat uns von seinem rein privaten Besuch bei der Familie Mansour, wo er Sie, Herr Schmidt, ja rein zufällig getroffen hat, natürlich

berichtet“, sagte sie lakonisch. „Nun gibt es offenbar Neuigkeiten!“
„Ja, ganz richtig“, begann Schmidt mit brüchiger Stimme. „Meine Tochter hat sich heute morgen bei mir gemeldet. Sie rief nicht von ihrem Handy aus an, das hat sie mir jedenfalls gesagt, sondern mit einem nicht zurückverfolgbaren Prepaidhandy. Na ja, lange Rede, kurzer Sinn, Clarissa hat mir verkündet, dass sie mit ihrem Verlobten Sebastian nach Syrien gehen werde und zwar für immer. Ich hatte keine Chance, mit ihr über diese Pläne zu diskutieren. 'Lass mich sagen, was ich Dir zu sagen habe, sonst lege ich auf!', herrschte sie mich an. Ich kannte sie von ihrer Art her kaum wieder.“ Er schwieg einen Augenblick, formte die Hände zu einer Raute und atmete tief durch. „Dann redete Clarissa plötzlich über die gezündete 'schmutzige Bombe' in Belgien. Sehr vage, in bildreichen Rätseln und zig eingestreuten 'Insha-Allahs' redete sie unentwegt davon, dass Sebastian, Rachid und sie selbst zu Helden des IS im Kampf gegen die Ungläubigen aufgestiegen seien. Der Anschlag sei eine Warnung an alle, die sich nicht zu Allah bekennen als dem einzig anbetungswürdigen Gott.“
Er zog sein Mobiltelefon aus der Tasche.
„Sie hat mir anschließend noch ein Video geschickt.“ Er tippte auf die Start-Taste. Das Besprechungszimmer wurde augenblicklich von arabischem Gesang geflutet. Auf schwarzem Untergrund stand etwas in weißer Schrift, die deutsche Übersetzung darunter: Ich suche Zuflucht bei Allah vor dem gesteinigten Satan.“
Das Bild wechselte.
„Im Namen Allahs, des Allerbarmers, des Barmherzigen! Oh, die ihr glaubt, nehmt nicht eure Väter zu

Beschützern, wenn sie den Unglauben dem Glauben vorziehen."

Der schwarze Hintergrund und die Schrift verschwanden. Stattdessen erschien ein Foto. Es zeigte zwei bärtige Männer vor einer Moschee in farblosen Gewändern und weißen Gebetskappen auf dem Kopf, vor ihnen kniete eine Frau, verhüllt von einer schwarze Burka, die Augen bedeckt von einem netzartigen Gitter.

„Das ist Rachid!", sagte Ilka aufgeregt und deutete auf den linken Mann.

Der Vater nickte.

„Der andere ist Sebastian, der Freund meiner Tochter", sagte Schmidt leise. „Ihn habe ich schon einmal auf einem Bild gesehen, ich erkenne ihn ganz klar wieder. Tja, bleibt noch die vollverschleierte Frau. Es kann nur Clarissa sein!"

Stille.

Wie schwer musste eine solche Wandlung des eigenen Kindes für Eltern zu ertragen sein?

„Ich kann mir nicht vorstellen, dass meine Tochter etwas mit dem Attentat im AKW zu tun haben soll", sagte der Vater nach einer Weile. „Die Mansours trauen Rachid so etwas ebenfalls nicht zu. Diesen Sebastian kenne ich nicht." Er seufzte. „Wäre es nicht denkbar, dass die Kinder sich mit ihrer angeblichen Tat einfach nur brüsten wollen, um in der Islamistenszene als Helden dazustehen?"

Die Kinder..., dachte Ilka.

Sie ging kurz hinaus und rief Stettenkamp an. Er musste unbedingt hinzukommen!

„Die deutschen Sicherheitsbehörden beobachten seit ungefähr einem Jahr einen neuen Tätertypus, der sehr gefährlich ist", wandte Bente Schäfer ein.

„Ferngesteuerte Täter, die sich virtuell leiten lassen, etwa wie die Attentäter von Ansbach und Würzburg. Diese Gefährder ausfindig zu machen, ist extrem schwierig, ich spreche da aus meiner Erfahrung als LKA-Beamtin. Die deutschen Nachrichtendienste haben meistens große Probleme, die verwendeten Chatprogramme zu knacken, da sie nicht über die entsprechenden technischen Möglichkeiten verfügen."
Gerhardt Schmidt sah sie irritiert an.
„Sie sprechen von den dreien als potenzielle Gefährder?"
„Ja! Wie soll ich einschätzen, ob Ihre Tochter, was das Attentat in *Courant II* angeht, die Wahrheit sagt oder nicht?" Sie blickte ihn ernst an. „Wissen Sie, Prahlerei ohne Hintergrund passt meiner Erfahrung nach nicht zum sogenannten 'Islamischen Staat'. Mir persönlich ist kein Anschlag bekannt, zu dem der IS sich bekannt hat und sich im Nachhinein herausgestellt hat, dass er überhaupt nicht dahintersteckt. Sie würden sich für die Zukunft schließlich absolut unglaubwürdig machen", erklärte sie.
„Aber Sie zweifeln doch selbst daran, dass das Bekennervideo Rachids überhaupt echt ist", warf Clarissas Vater ein.
Bente Schäfer nickte.
„Das stimmt. Das Foto, aber vor allem die Nachricht Ihrer Tochter, in der sie ganz klar von dem Anschlag als Heldentat spricht, lässt mich aber natürlich aufhorchen!"
Es klopfte an der Tür und Stettenkamp trat ein.
Gerhardt Schmidt schien sich zu freuen, ein bekanntes Gesicht und einen Vertrauten der Familie Mansour zu

sehen. Bente Schäfer hingegen blickte ziemlich säuerlich drein.
„Was gibt es?“, fragte sie knapp.
„Neuigkeiten“, antwortete Stettenkamp freundlich. „Faris und Resul sind aus der U-Haft entlassen worden und wieder zurück in Großbüllesheim. Ihnen konnten seit ihrer Rückkehr aus Syrien letztlich keine Straftaten nachgewiesen werden. Die ausgedruckten Anschlagspläne, die das SEK im Haus gefunden hat, gingen nachweislich an über hundertfünfzig Adressaten innerhalb NRWs. Die Brüder dürfen ihren Wohnort natürlich einstweilen nicht verlassen“, schloss er.
„Gut, ich bedanke mich“, sagte die Düsseldorferin und blickte zur Tür. Bis gestern war sie Alex noch ganz wohlgesonnen, dachte Ilka. Entweder passt ihr seine informelle Mitarbeit nicht oder sie ist ganz einfach mies gelaunt.
„Warten Sie noch einen Augenblick!“, rief Schmidt und hielt dem Kommissar das Handyfoto vor die Nase. Stettenkamp erkannte das Trio ebenfalls und deutete auf die Moschee im Hintergrund.
„Ich bin ganz sicher, die steht im Zentrum von Molenbeek“, sagte er wie aus der Pistole geschossen und sah sich das Bild noch einmal genauer an. „Ja, eindeutig“, nickte er. „Wenn es eine Chance gibt, Rachid und Clarissa zu finden, dann wohl dort!“
Gerhardt Schmidt verließ das Büro in der Hoffnung, die belgische Polizei werde Clarissa und den jüngsten Sohn der Mansours heute noch in Molenbeek finden. Bente Schäfer hing sich ans Telefon. Auf dem kurzen Dienstweg nahmen ihre Ex-Kollegen im Landeskriminalamt mit den belgischen Behörden Kontakt auf. Mit Erfolg: Eine Stunde später stand ein Plan.

Eine zwanzigköpfige Brüsseler Polizeieinheit würde am morgigen Sonntag ab fünf Uhr morgens in Molenbeek eine Razzia durchführen. Von ihr versprach sich die Polizei unter anderem, Clarissa Schmidt, Rachid Mansour und den unbekannten Dritten, der sich Sebastian nannte, zu finden.
Desweiteren würden Wohnungen weiterer verdächtiger Personen gezielt auf Waffen und Sprengstoff hin untersucht werden.
Anschließend informierte Frau Schäfer ihren Chef Armin Groß über die aktuellen Entwicklungen. Endlich schien Bewegung in die Ermittlungen um das Sprengstoffattentat zu kommen.
Seitdem die belgischen Kollegen Vreys und Brück nicht einen einzigen Beweis gegen die Ex-Mitarbeiter Dubois und Peeters gefunden hatten, nahmen sie das Wort 'Sabotageakt' nicht mehr in den Mund. Es blieb ein seltsames Gefühl zurück, da die beiden ohne Zweifel ein starkes Motiv und zumindest Peeters die Gelegenheit gehabt hätte, im Labor an Caesium 137 heranzukommen. Doch nichts belegte, dass sie die 'schmutzige Bombe' gebaut und gezündet hatten.
Pressesprecher Perrand war offenbar von van Afferden angewiesen worden, den Mantel des Schweigens über die Angelegenheit zu breiten und keinerlei Fragen kritischer Journalisten mehr zu beantworten. Perrand gab lediglich jeden Tag aktuelle Messwerte, entnommen im Gebiet rings um *Courant II,* bekannt. Diese lagen angeblich stets am oberen Ende der vertretbaren Toleranzgrenze, seien folglich nicht weiter besorgniserregend und würden ohnehin mit jedem Monat, der verstrich, wieder merklich sinken.

Polizeidirektor Groß schien sich kaum für das, was die Düsseldorferin ihm im Hinblick auf das Sprengstoff-Attentat zu sagen hatte, zu interessieren. Sie möge sich mit ihrem Team ausschließlich auf die Todesumstände Mark Weißgerbers fokussieren, seinen Mörder finden und dessen Tatmotiv aufdecken. Alles weitere, auch der mysteriöse Tod Stephane Kerveillants, sei Sache der Belgier. Vergeblich versuchte sie ihn davon zu überzeugen, dass ein Zusammenhang doch auf der Hand liege, doch davon wollte Groß, so gab er jedenfalls vor, nichts wissen.
„Konzentrieren Sie sich auf Weißgerber, Ende der Durchsage!“, forderte er die verdutzte Bente Schäfer im Befehlston auf und beendete abrupt das Gespräch.

Am Mittag hatten Ilka und Peter eigentlich vorgehabt, abermals nach Lüttich aufzubrechen, um mit der Witwe Veronique Kerveillant zu sprechen. Die Kollegen Vreys und Brück hatten an diesem Wochenende abwechselnd Bereitschaftsdienst und wollten mit ihrer Befragung bis zum Montag warten. Die Dringlichkeit der deutschen Kommissare konnten sie zwar nicht nachvollziehen, überließen ihnen aber gerne an diesem Samstag das Feld.
Unerwartet meldete Veronique Kerveillant sich gegen 13 Uhr und kündigte an, sie befinde sich bereits auf dem Weg nach Euskirchen - zusammen mit Fred van Afferden, dem Kompagnon und Freund ihres Mannes. Komisch, fand Ilka. Erstens wäre es für die Witwe doch viel bequemer gewesen, zuhause in Lüttich zu bleiben. Und zweitens schien es sie regelrecht zu drängen, mit ihnen zu sprechen. Wozu sonst freiwillig die lange

Fahrt auf sich nehmen? Kurze Zeit später rief die dreifache Mutter noch einmal an und bat darum, sich in Euskirchen an einem neutralen, belebten Ort zu treffen, jedoch keinesfalls in der Polizeidienststelle.

Eine Stunde später saßen die Kommissare Veronique Kerveillant und Fred van Afferden im Innenstadt-Restaurant 'Pho 68' gegenüber. Das traditionell vietnamesische Lokal war recht neu in der Stadt und längst kein Geheimtipp mehr. Das schlichte, moderne Ambiente, die zuvorkommende Bedienung aber vor allem die frisch zubereiteten Speisen - angefangen bei gehaltvollen Reisbandnudelsuppen über knusprige Ente, Currygerichten und würzig gebratenem Rindfleisch - hatte es den Euskirchenern angetan.
Die vier entschieden sich für vietnamesisches fingerfood. Alsbald wehte ihnen der Duft von in Reispapier eingewickelten Garnelen, Schweinefleisch, gedämpften Nudeln und hausgemachter Hoisin-Sauce um die Nase. Dazu servierte die Gastwirtin an diesem warmen Sommertag selbstgemachte Limettenlimonade.
Wunderbar!, dachte Peter, wären wir nicht dienstlich hier. Aber wesentlich besser, als heute schon wieder nach Belgien zu fahren.
„Sagen Sie", begann er, „warum wollten Sie eigentlich unbedingt zu uns in die Eifel kommen?"
Van Afferden und Veronique Kerveillant sahen einander an.
„Bitte halten Sie mich nicht für verrückt", erklärte die Witwe mit gedämpfter Stimme. „Ich fühle mich seit dem Tod meines Mannes zuhause beobachtet."
„Beobachtet?"

„Ja. Ich kann dieses Gefühl nicht begründen, aber ich bin sicher, dass dem so ist. Meine Kinder sind bei meiner Schwiegermutter und so war es mir lieber, mit Fred hierherzukommen. Er ist ja ein Freund der Familie und kannte meinen Mann sehr gut. Deshalb ist er dabei."
Perfekt, dachte Peter, denn wir hätten ohnehin mit ihm sprechen wollen.
„Gestern hatte ich sehr seltsamen Besuch", fuhr Frau Kerveillant fort. „Zwei ältere Herren erschienen unangemeldet bei uns zuhause und hielten mir einen Dienstausweis der Polizei unter die Nase."
Ilka hob die Augenbrauen.
Ihr schwante, wer die Männer gewesen sein mochten.
„Sie stellten sich als Herr Lohmeyer und Herr Schenk vor", berichtete sie weiter. „Als Erstes wollten Sie wissen, wo sich das dienstliche Handy meines Mannes befinde. Und was die Auswertung der Gespräche ergeben habe. Das fand ich seltsam, denn diese Infos hätten sie doch selbst haben müssen. Ich habe ihnen dann gesagt, mein Mann habe offensichtlich während seiner Fahrt noch telefoniert, kurz bevor er gegen den Baum geprallt sei; man aber bis dato nicht herausgefunden habe, mit wem." Sie hob die Achseln. „Auch über die Telefongesellschaft ist die Polizei ja nicht weitergekommen." Veronique Kerveillant blickte sie mit gerunzelter Stirn an. „Diese Tatsache schien die Herren zu beruhigen. Jedenfalls gaben sie sich anschließend wesentlich entspannter, sprachen mir ihr Beileid aus und machten sich endlich in einem grauen A6 von dannen."
Ilka schluckte.

„Dieser Besuch kommt Ihnen zu Recht seltsam vor“, sagte sie schließlich. „Wir wissen noch nicht, wer diese Männer sind, aber sie haben auch die Freundin des erschlagenen Wachmanns aufgesucht. Sie haben sicher von seinem Tod gehört.“
„Natürlich“, bestätigte sie gedankenverloren.
Wer zum Teufel waren diese Typen, die sich Lohmeyer und Schenk nannten und nun das zweite Mal vor ihnen an Ort und Stelle gewesen waren?
Sie wechselten das Thema.
„Frau Kerveillant, Ihr Mann war körperlich ein kerngesunder Mensch, das hat die Obduktion einwandfrei ergeben. Der Wagen Ihres Mannes wurde zudem inzwischen kriminaltechnisch untersucht“, fuhr Ilka fort. „Vor allem die Bremsen, Bremsschläuche und so weiter. Das Auto war verkehrstechnisch vollkommen in Ordnung, Was denken Sie also, könnte passiert sein?“, fragte sie vorsichtig.
„Ich denke“, setzte die Belgierin bedächtig an, „dass mein Mann sich während des Telefonats dermaßen aufgeregt haben muss, dass er ungebremst gegen den Baum geprallt ist. Anders habe ich keine Erklärung.“
Ilka nickte.
„Sie glauben also nicht an einen Freitod?“
„Nein, auf keinen Fall. Stephane liebte das Leben. Er war durch und durch ein Familienmensch. Wir fünf waren glücklich miteinander. Die wenige freie Zeit, die ihm blieb, hat er fast ausschließlich mit mir und unseren Kindern verbracht.“
Fred van Afferden bestätigte: „Ich sagte Ihnen ja bereits am Telefon, dass Stephane kein Mensch war, der die Sorgen und Probleme des Jobs mit nach Hause

nahm. Er sagte häufig: 'Bei aller Verantwortung, die ich habe, ich arbeite, um zu leben, nicht umgekehrt.'"
Sie aßen eine Weile und schwiegen.
„Bitte denken Sie beide einmal nach", bat Bongardt. „Mit wem könnte er im Auto telefoniert haben, dessen Telefonnummer nicht nur unterdrückt war, sondern sich auch mit größtem technischen Aufwand bislang nicht zurückverfolgen lässt?"
Veronique Kerveillant starrte eine ganze Weile auf ihren halbleeren Teller und schüttelte schließlich den Kopf.
„Ich habe wirklich keine Idee."
„Was ist mit Ihnen, Herr van Afferden?"
Der Geschäftsmann trommelte mit den Fingerkuppen auf dem Tisch herum.
„Ich würde lügen, sagte ich, dass Stephane keine Feinde gehabt habe. Selbstverständlich hatte er die, genau wie ich. Es gibt nicht wenige Menschen, die machen Stephane und mich verantwortlich für die Pannenserie in *Courant II* und regen sich auf, dass unsere Betreibergesellschaft das AKW nicht vom Netz nimmt. Ich kann Ihnen aus Erfahrung sagen, da sind auch einige Radikale und sogar ein paar echte Psychopathen darunter, die uns beispielsweise Drohbriefe schreiben. Mich hat mal eine Weile so ein Spinner heimlich gefilmt, wenn ich meine Wohnung verlassen und wieder aufgesucht habe. Keine Ahnung, warum."
Er trank sein Glas in einem Zug aus und setzte es schwungvoll ab.
„In letzter Zeit hat es allerdings trotz des Sprengstoffattentats keinerlei Vorkommnisse dieser Art gegeben. Stephane und ich haben uns noch darüber unterhalten, bevor er am Donnerstagabend die Firma verlassen hat."
Er schwieg.

„Ich habe das Gefühl, Sie wollen uns noch etwas sagen“, merkte Ilka an, nachdem sie seine Mimik und den Blick in seinen grau-blauen Augen eine Weile beobachtet hatte.
Fred van Afferden nickte.
„Ich kann mein ungutes Gefühl nicht begründen“, sagte er schlicht. „Und trotzdem denke ich, es trügt mich nicht. Zwei Tage nach Mark Weißgerbers Tod erschien Stephane mir wie ausgewechselt. Er wirkte sehr aufgeregt und spekulierte immerzu über dessen Todesumstände. Die Sache beschäftigte ihn die ganze Zeit über, auch als er sich am Donnerstagabend von mir verabschiedete. Und das, obwohl Stephane den Security-Mitarbeiter persönlich überhaupt nicht kannte. Zuerst dachte ich noch, es sei ganz normales Mitgefühl. Aber da steckte vielmehr dahinter.“
Van Afferden blickte in die Runde und sagte mit fester Stimme. „Ich bin fest davon überzeugt, dass Stephane entweder während der Autofahrt noch über den Mord an Mark Weißgerber sinniert hat oder aber das sich der Anruf auf seinem Diensthandy darum drehte und ihn während der Fahrt vollkommen aus der Fassung gebracht hat.“
Er hob die Schultern.
„Veronique, ich denke, ich darf sagen, dass ich deinen Mann, nach dir natürlich, am besten gekannt habe.“
Sie nickte.
„Ich habe die letzten Tage über nichts anderes als über die Ursache seines Todes nachgedacht. Eine andere Erklärung als diese gibt es für mich nicht.“
Die vier tranken nach dem Essen noch einen schnellen Kaffee.

Ilka warf einen unauffälligen Blick hinüber zu dem jungen Mann, der alleine am Nebentisch saß und ab und zu zu ihnen hinüberschaute. Statt sich seinem Essen zu widmen, tippte er unentwegt auf seinem Handy herum.
„Für mich ist der ganze Fall inzwischen wie ein komplett durcheinander geratenes Puzzle", fasste sie mit leiser Stimme zusammen. „Wir wissen zwar, dass wir sämtliche Teile haben und das alle zusammenpassen. Aber wir kommen nicht dahinter, wie genau." Sie runzelte die Stirn. „Wir sehen das große Ganze nicht. Hinzu kommt: Zwei Männer namens Lohmeyer und Schenk - hundertprozentig erfundene Namen - scheinen unsere Arbeit zu beobachten und stellen Menschen Fragen, noch bevor wir dies tun können. Sind die beiden unsere Gegner? Oder verfolgen sie das gleiche Ziel wie wir, aber aus einem ganz anderen Motiv heraus?"
Peter Bongardt nickte.
„Bleibt also die Aufgabe für uns, genau dies schleunigst herauszufinden", resümierte er. „Wer weiß, möglicherweise werden sich Lohmeyer und Schenk am Ende sogar noch als der Schlüssel zur Lösung dieses vollkommen wirren Falls entpuppen."

Sonntag - 7. Tag

Ilka traf gerade im Büro ein und stellte eine kleine Platte mit belegten Brötchen für ihr Team auf den Tisch, eine liebgewordene Tradition an den Wochenenden, da ratterte schon das Faxgerät.
Gespannt riss sie das Blatt der obersten belgischen Polizeibehörde aus dem altmodischen Gerät und las.
„In der Brüsseler Gemeinde Molenbeek hat die Polizei am frühen Sonntagmorgen eine Razzia in einem besetzten Haus durchgeführt. Zwei Straßenzüge wurden abgesperrt. In dem Haus lebten monatelang etwa zweihundert Menschen ohne Papiere. Sechsundfünfzig Beamte - deutlich mehr als ursprünglich geplant - waren im Einsatz. Aus einem Hubschrauber wurden zudem vier Polizisten einer Sondereinsatztruppe auf dem Dach des Gebäudes abgesetzt. Die großangelegte Polizeiaktion dauerte lediglich fünfzehn Minuten. Schließlich wurden dreizehn Hausbesetzer abgeführt. Wie sich herausstellte, waren die übrigen Bewohner vorige Woche schon auf Anweisung des Revierpolizisten ausgezogen. Unter den Festgenommenen befand sich auch der gesuchte sechzehnjährige Rachid Mansour aus dem Kreis Euskirchen, Nordrhein-Westfalen. Der Verdächtige wurde noch in der Nacht verhört und wird möglicherweise schon bald an die deutschen Behörden überstellt werden. Clarissa Gerhardt aus Frechen sowie ihr Freund Sebastian hingegen wurden nicht aufgespürt. In dem besetzten Haus wurden mehrere Kilogramm des Sprengstoffs TNT gefunden sowie verschiedene chemische Reinigungsmittel, aus denen die Bombe

gebaut worden sein könnte, die im AKW *Courant II* gezündet worden ist. Radioaktives Material wurde nicht sichergestellt. Unser Pressesprecher wird diesen Bericht aufbereiten und am Vormittag der Nachrichtenagentur *Belga* zur Verfügung stellen. Bei Rückfragen erreichen Sie uns unter der Tel. 00322..."
Ilka ließ sich auf einen Stuhl sinken.
Rachid war tatsächlich entdeckt worden! Ilka wählte die angegebene Nummer und hoffte darauf, heute noch mit ihm sprechen zu können. Was würde der Junge zu sagen haben?

Ihr Blick fiel auf den dicken Bildband mit dem Titel 'Bedrohte Tiere dieser Erde', den sie am Freitag aus Mark Weißgerbers Mietwohnung in Lüttich mitgenommen hatte. Seither zum dritten Mal breitete sie den Inhalt des geschickt darin versteckten Umschlags vor sich aus. Darin befanden sich vierunddreißig handbeschriebene Blätter, deren Aufzeichnungen sie jedoch nicht verstand. Es schienen durchnummerierte Protokolle oder etwas in der Art zu sein, jedenfalls waren sie mit lateinischen Ziffern von I bis VIII durchnummeriert. Es wimmelte vor Abkürzungen, zudem konnte Ilka die Handschrift kaum entziffern. Fünf Seiten waren in französischer Sprache verfasst. Sie dachte an Weißgerbers Trip mit dem Mietwagen nach Paris und seinen dortigen Restaurantbesuch. Mit einem Mal kamen ihr Zweifel daran, dass es sich bei der Frau auf dem Blitzerfoto tatsächlich um seine Geliebte handelte. Wer verfasste über einen Liebestrip schon Protokolle? Bente Schäfer, Peter Bongardt und Alex Stettenkamp waren aus den Hieroglyphen genauso wenig schlau geworden wie sie selbst. So ziemlich das Einzige, was

sie verstanden hatten, war die Abkürzung des chemischen Elementes Cs für Caesium. Fred van Afferden konnte sich ebenfalls keinen Reim auf die Protokolle machen, denn er war Betriebswirt, kein Chemiker. Allerdings hatte er versprochen, am Montagmorgen einen Mitarbeiter mit entsprechendem Sachverstand damit zu beauftragen, den Kommissaren zu helfen.
„Eigentlich war Mark Weißgerber als Wachmann überqualifiziert." Etwas in dieser Richtung hatte sein Chef über ihn gesagt. „Mark sprach gerne über Politik, Weltgeschichte und Kultur." So hatten sich seine engsten Kollegen aus der Sicherheitsfirma über ihn geäußert.
Und nun diese Protokolle.
Oder stammten sie etwa gar nicht von ihm?
Ilka verglich sie mit dem Zettel, den Weißgerber Bianca Schulz geschrieben hatte, bevor er sich an jenem unglückseligen Abend auf den Weg nach Wißkirchen gemacht hatte, um wen auch immer dort zu treffen.
Es handelte sich in ihren Augen um ein und dieselbe Handschrift.
War Mark Weißgerber am Ende überhaupt nicht derjenige gewesen, den er vorgegeben hatte zu sein? Wie kam es, dass er mit niemandem, nicht einmal mit seiner Freundin Bianca, jemals über seine Vergangenheit gesprochen hatte? Sie dachte an die Dinge, die sein Vermieter in Lüttich, Herr Riemenschneider über ihn erzählt hatte. Als normaler Angestellter einer Security-Firma habe Weißgerber die Miete jeweils für ein Jahr im voraus bezahlt und sei, so Josef Riemenschneider, so gut wie nie zuhause gewesen.
Warum hatte sich der aufgewühlte Geschäftsführer Stephane Kerveillant tagelang Gedanken um die

Todesumstände des Wachmanns gemacht, den er überhaupt nicht persönlich gekannt hatte? Weißgerber war schließlich kein Angestellter der Betreibergesellschaft, sondern eines externen Sicherheitsdienstes gewesen.
Und dann das Verhalten von Polizeidirektor Groß! Zunächst hatte er ihren Ermittlungseifer regelrecht gebremst und die Zuständigkeit bei den Lütticher Kollegen gesehen. Weißgerber wohnte und arbeitete in Belgien und bis auf seine Freundin Bianca Schulz aus Gemünd habe er doch offenbar überhaupt keine Kontakte in die Eifel unterhalten, so seine Argumentation. Doch vorgestern hatte er sich plötzlich um hundertachtzig Grad gedreht und Bente Schäfer angewiesen, sich mit ihrem Team ausschließlich auf den Mord an Mark Weißgerber zu konzentrieren.
Bente Schäfer kam ins Zimmer.
„Und, hast du was erreicht in Sachen Rachid Mansour?"
„Ja. Wir können heute bei seiner zweiten Befragung am Nachmittag dabei sein. Die Mansours haben dafür gesorgt, dass auch ein Anwalt dabei sein wird." Sie lächelte. „Ich denke, ich fahre mit Peter nach Lüttich, okay?"
Zu ihrer Verwunderung schüttelte Frau Schäfer den Kopf und meinte grimmig: „Nein, das mache ich selbst und nehme Herrn Bongardt mit!"
Herrn Bongardt? Wieso spricht sie mit einem Mal so förmlich über ihn?, dachte Ilka. Und dann ihre schlechte Laune. Gut, dass ich nicht mit ihr fahren muss, obwohl es mich brennend interessiert, was der Junge aussagen wird. Andererseits, vielleicht würde sein Anwalt ihm auch dazu raten, zu schweigen. Dann wäre die ganze Fahrt für dic Katz.

Eigentlich hatte Ilka nicht wirklich Zeit für einen Krankenbesuch bei Alex, doch die Dringlichkeit in seiner Stimme, als er sie am Telefon gebeten hatte, auf einen Abstecher zu ihm nach Hause zu kommen, hatte sie aufhorchen lassen. Hoffentlich hatte sein Arzt keine ernsthafte Erkrankung bei ihm festgestellt, wodurch seine andauernden Kopfschmerzen und Schwindelattacken verursacht wurden. Ilka dachte an einen alten Freund ihres Vaters aus Oberschömbach, der die gleichen Symptome gehabt hatte und bei dem letztlich ein Hirntumor entdeckt worden war. Drei Monate später war er gestorben.

Ilka erwartete in Eicks einen Alex in desolatem Zustand. Doch als er ihr die Haustür öffnete, wirkte er alles andere als krank. Nach einer herzlichen Begrüßung bat er sie ins Wohnzimmer. Auf dem Esszimmertisch stand ein aufgeklappter Laptop. Ilka erkannte gleich, dass es sich nicht um seinen privaten Computer handelte.

„Mein dienstlicher Laptop", gab er zu und schmunzelte. „Den hat Groß mir nicht ausdrücklich weggenommen bei meiner Versetzung ins Archiv."

Während sie zusammen einen Kaffee tranken und zunächst über ihre jeweiligen Familien sprachen, wirkte Alex heiter und gelassen. Lisa war mit den drei Kindern am Vormittag zu seinen Schwiegereltern ins Münsterland gefahren. Über Ilkas Anekdoten von Neles Klassenfahrt lachte er aus vollem Halse und steuerte gleich noch ein paar Geschichten aus dem Schulalltag seiner Zwillinge bei. In deren Klasse, immerhin der dritten, gab es mehrere Mütter, die nicht einsehen wollten, dass sie ihren Kindern nicht bis ins

Klassenzimmer folgen durften, um sicherzustellen, dass sie ihre Hausschuhe trugen.
„Alex, wie geht es dir wirklich?", fragte Ilka nach einer Weile. „Was sagt der Doc?"
„Dass ich schleunigst aus dem Keller heraus muss", antwortete er. „Die Arbeit da unten macht mich krank. Auch körperlich." Ilka fühlte sich erleichtert. Gott sei Dank nichts Ernstes!
Als könne er ihre Gedanken lesen, meinte er: „Ilka, so ein Zustand ist echt nicht ohne, glaub mir. Ich muss einen Weg finden, mich neu zu beweisen." Er deutete auf den tragbaren Computer. „Und ich sage dir, ich bin dabei! Ohne neue Alleingänge, keine Sorge. Aber Groß hat mir nicht verboten, sonntags in meiner Freizeit zu recherchieren, nicht wahr?"
Ilka sah ihn irritiert an.
„Was hast du denn recherchiert?", fragte sie interessiert, jedoch ohne große Hoffnung.
„Da wirst du gleich staunen!", verkündete er. „Pass auf. Im Jahr 2001 haben Bundeswehrsoldaten des deutschen KFOR-Kontingents in mehreren Fällen Waffen aus dem Kosovo nach Deutschland geschmuggelt. Die Staatsanwaltschaften in München, Zwickau und Augsburg haben seinerzeit Anklage erhoben", berichtete er. „Der erste Fall klingt noch relativ harmlos. Offiziere hatten ihrem Kommandeur zum 25-jährigen Dienstjubiläum einen chinesischen Nachbau der legendären Kalaschnikow geschenkt, den sie zuvor einem UCK-Kämpfer abgekauft hatten. Den KFOR-Soldaten war es anschließend nicht gelungen, eine Einfuhrgenehmigung für das Geschenk zu erhalten.Trotzdem gelangte die Waffe säuberlich zerlegt nach Deutschland."

Ilka runzelte die Stirn. Was sollte das alles?
Da redete Alex auch schon weiter: „In einem zweiten Fall sind wiederum die gleichen Soldaten beteiligt. Diesmal haben sie große Mengen Munition und vier Pistolen nach Deutschland transportieren lassen, getarnt als 'Drahtbürsten und Verbandsmaterial'. Bevor der Waffenschmuggel aufgedeckt wurde, haben sie sogar noch ein drittes Mal zugeschlagen, doch da hat die Polizei quasi schon auf sie gewartet. Bei der Durchsicht des Transportes, mit dem sie aus dem Kosovo kamen, wurden in der Münchner Kaserne Waffen und Munition gefunden. Dabei waren unter anderem vier Handgranaten, zweitausend Übungssprengkapseln, viertausend Minenzünder, dreitausendsechshundert Rauchladungen und sechstausend Patronen."
Ilka hob die Augenbrauen.
„Krasse Sache damals vor sechzehn Jahren", meinte sie lakonisch. „Dafür sind die Jungs mit Sicherheit ein paar Jahre in den Bau gewandert, oder?"
Alex nickte.
„Richtig, viereinhalb Jahre, um genau zu sein."
Ilka beugte sich zu ihm vor.
„Aber jetzt mal ganz ehrlich? Zu was sollen diese uralten Informationen uns nütze sein?"
Alex würde doch wohl geistig nicht so umnebelt sein, dass er irgendein belangloses Zeug recherchierte, nur um sich vermeintlich sinnvoll zu beschäftigen. Sie schaute ihn besorgt an.
Er grinste triumphierend.
„Einer der verurteilten Soldaten ist unser toter Mark Weißgerber gewesen. Ich habe ihn eindeutig auf einem abgedruckten Foto erkannt, sieh' selbst!"

Er zeigte ihr das Bild, das die Münchner Polizei seinerzeit archiviert hatte und das für Stettenkamp im Zuge seiner Recherchen auf dem Dienstcomputer zugänglich gewesen war. Auch ein großes, deutsches Nachrichtenmagazin hatte im Jahr 2001 über die Sache berichtet und einem mehrseitigen Artikel, der über das Internet problemlos zu finden war, mehrere Fotos beigefügt. Eines zeigte einen jungen
Erwachsenen mit einem dicken schwarzen Balken über den Augen. Ilka verglich noch einmal das Polizeifoto mit dem des Nachrichtenmagazins. Für sie gab es ebenfalls keinen Zweifel. Es handelte sich eindeutig um die gleiche Person - Mark Weißgerber. „In dem Polizeibericht stehen nur seine Initialien, S.B.“, sagte Ilka konzentriert. „In dem Artikel wird er als der dreiundzwanzigjährige 'Sven B. (Name geändert)' bezeichnet. Wir kennen also nun immerhin einen Ausschnitt aus Weißgerbers Vergangenheit: Er war als Berufssoldat im Kosovo und wurde wegen Waffenschmuggels zu viereinhalb Jahren Gefängnis verurteilt. Die Haftstrafe hat er möglicherweise irgendwo in Bayern abgesessen, denn dort ist er verurteilt worden und dort befand sich auch seine Kaserne. Vielleicht stammt er sogar ursprünglich aus Süddeutschland.“
Alex nickte und schenkte Ilka und sich einen weiteren Kaffee ein.
„Heute am Sonntag werden wir keine Chance haben, das herauszufinden. Aber ich werde mich gleich morgen ans Telefon hängen und den Fall mit den Münchner Kollegen besprechen - wenn du nichts dagegen hast.“
Ilka lachte.

„Ich nicht. Aber ich weiß nicht, wie Frau Schäfer das sieht."
„Was sie nicht weiß, macht sie nicht heiß", meinte Alex gelassen. „Ilka, du hast selbst gesagt, das Armin Groß regelrecht besessen davon ist, dass wir den Mord an Mark Weißgerber aufklären."
Mit 'wir' hat er dich sicherlich nicht gemeint, dachte Ilka schmunzelnd, sagte jedoch nichts. Sie freute sich stattdessen, dass es Alex endlich besser ging und ihm die erfolgreiche Recherche sichtlich Auftrieb verlieh.
„Ilka, ich habe eine Bitte an dich", begann er. „Du weißt selbst, dass Groß mich erst wieder ein Teil des Teams werden lässt, wenn ich mich neu beweise. Das hat er mir wortwörtlich so gesagt. Lange habe ich mich meinem Frust hingegeben und keine Chance gesehen, dies aus dem Kellerarchiv heraus zu tun."
„Was kann ich für dich tun?", fragte Ilka.
„Versorge mich weiter mit Informationen, so dass ich an diesem Fall stärker mitarbeiten kann. Ich kann mir keine riskanten Alleingänge erlauben, das weiß ich. Aber andererseits muss ich trotzdem mit einem nennenswerten Erfolg aufwarten! Das ist eine Gratwanderung, die ich ohne deine Unterstützung nicht schaffen kann."
Ilka nickte.
„Ich habe eine Idee", meinte sie. „Du wirst morgen mit etwas Glück den Klarnamen Weißgerbers herausfinden. Wenn du weißt, wie er tatsächlich geheißen hat, dann wirst du ganz sicher noch mehr über seine Biografie herausfinden. Er muss mindestens einen Feind gehabt haben, der ihn entweder so sehr gehasst hat, dass er nicht davor zurückgeschreckt ist, ihn zu erschlagen, oder aber..."

„... er hat ihn aus dem Weg geräumt, weil er Dinge wusste, die nicht öffentlich gemacht werden durften", ergänzte Alex. „Und da wären wir wieder beim AKW *Courant II* und diesen seltsamen Aufzeichnungen, die er in diesem Bildband versteckt hatte."
Ilka stimmte ihm zu.
„Ich fotografiere dir die Protokolle oder worum auch immer es sich da handelt, heute Abend ab und schicke sie dir aufs Handy", bot sie an. „Ich habe morgen einen Termin mit einem Chemiker, den Fred van Afferden für mich ausgemacht hat. Aber du könntest parallel dazu ja ebenfalls versuchen herauszufinden, was die Aufzeichnungen bedeuten sollen."
Alex lächelte breit.
„Ich habe schon eine Idee, wie ich da weiterkommen könnte. Ein paar hilfreiche Kontakte habe ich ja immerhin noch."
Die Kommissarin stand auf und zog sich ihren dunkelblauen Trenchcoat über.
„Da wirst du ja morgen ordentlich beschäftigt sein in deinem Keller-Kabuff", grinste sie und schlang sich ihren Loop-Schal um den Hals. „Da wird dein Scanner wohl komplett still stehen, was?"
Er strahlte.
„Das sage ich dir! Ich schließe mich mit meinem Dienstlaptop in meiner Dunkelkammer ein und arbeite im wahrsten Sinne des Wortes im Untergrund für euch."
Ilka reckte beide Daumen nach oben.
„Als verdeckter Ermittler!"
Sie umarmten sich herzlich, bevor die Kommissarin am späten Nachmittag zu Daniel und Nele nach Hause fuhr.

Die Stimmung im grauen Dienstwagen Bente Schäfers war zur gleichen Zeit deutlich unterkühlter. Sie und Peter schwiegen sich seit ihrer Abfahrt in Euskirchen an - inzwischen befanden sie sich kurz vor Brüssel. Bongardt hatte überhaupt keine Lust verspürt, nach den Vorkommnissen des gestrigen Samstags heute mit ihr stundenlang auf engstem Raum im Auto zu verbringen. Er ärgerte sich, dass er nicht früher gemerkt hatte, dass die Düsseldorferin überhaupt nicht an einer festen Beziehung mit ihm interessiert gewesen war. Sie hatte stattdessen einen Mann in ihm gesehen, mit dem sie ab und zu ins Bett springen und, wenn ihr gerade der Sinn danach stand, ihre Freizeit verbringen konnte. Ihr Verhalten erinnerte Peter stark an das seines Vaters Frauen gegenüber. Er hatte lange Zeit keinen Kontakt mehr zu Werner gehabt, nachdem er die Familie verlassen hatte. Da war er gerade neun Jahre alt gewesen. Erst als seine Mutter 2010 gestorben war, hatten sie sich auf ihrer Beerdigung wiedergetroffen. Sie hatte sich, was er überhaupt nicht verstehen konnte, gewünscht, dass Peter ihren Ex-Mann nach ihrem Tod zum Begräbnis einladen möge. Seine Mutter hatte sich bis zu ihrem Tod in all den Jahren nur ein, zwei Mal mit einem anderen Mann getroffen, daraus geworden war nie etwas. Er war sich sicher, dass sie seinem Vater immer noch hinterher getrauert hatte, obwohl er sie für eine Jüngere hatte sitzen lassen.
Bis zum gestrigen Morgen hatte Peter lange nicht mehr an seinen Vater gedacht. Doch so wie dieser mit den Frauen umging, so sprang Bente offenbar mit Männern um. Werner hatte nach der Beerdigung regelmäßig den

Kontakt zu seinem längst erwachsenen Sohn gesucht, doch der Bruch seit der Kindheit war nicht zu kitten gewesen. Sein Vater hatte ständig versucht, ihn an den Wochenenden mit in diverse Clubs und Bars nach Köln zu schleppen, wo er dann ständig irgendwelche Damen anbaggerte. Auf dem Heimweg ließ sein Vater stets die gleichen, peinlichen Macho-Sprüche vom Stapel und glaubte dabei, seinem Sohn den Umgang mit Frauen beizubringen. Oh mein Gott! Er durfte gar nicht an die drei Monate zurückdenken. Und nun hatte er sich selbst in genau so einen Schlag Menschen verliebt. Aber damit war seit gestern Schluss!

„Du hast mich gestern ganz schön gekränkt", platzte es aus Bente nach einer gefühlten Ewigkeit hartnäckigen Schweigens heraus.

„Warum? Weil ich deine Spielchen nicht mitmache?"

„Du hast mich, glaube ich, nicht verstanden. Ich mag dich doch, Peter. Und ich verbringe gerne meine Zeit mit dir!"

„Ja, wenn es dir passt", schoss er zurück. „Aber vor der kleinsten Verbindlichkeit schreckst du zurück."

Sie sah auf die Straße.

„Vielleicht hast du die Vorteile einer offenen Beziehung noch nie kennengelernt..."

Er lachte bitter auf.

„Bente, ich habe drei Jahrzehnte Lebenserfahrung auf dem Buckel und weiß, wie die meisten solcher Beziehungen enden. Einer leidet fast immer. Nee, auf sowas hab' ich keinen Bock!"

„Ihr Eifeler seid da wahrscheinlich einfach ein bisschen verklemmt."

Sie hatten Glück und fanden einen freien Parkplatz unweit des Polizeipräsidiums Brüssel-Mitte.

„Da kann ich nur müde lachen“, gab er zurück. „Ich sag dir was: Wer für alles offen ist, kann nicht ganz dicht sein! Lass uns das, was war, einfach vergessen und weiterhin professionell zusammenarbeiten.“
Sie streifte ihn mit einem ärgerlichen Blick. Vermutlich war sie es bisher gewohnt gewesen, selbst die Spielregeln zu bestimmen.

Rachid Mansours Eltern Samira und Hamid waren mit ihrem Anwalt Dr. Wegmann bereits vor Ort, als die Euskirchener Kommissare eintrafen. Sie durften hinter der dicken Glasscheibe des Vernehmungszimmers warten, ein persönlicher Kontakt zu ihrem Sohn war ihnen bis auf weiteres nicht gestattet.
„Mein Sohn, mein Sohn, wie geht es dir?", rief Samira, als sie ihren jüngsten Sohn erblickte. „Ich bin so glücklich, dich zu sehen."
Die Mutter brach in Tränen aus.
Rachid saß mit gesenktem Kopf neben Dr. Wegmann, ihm gegenüber hatten die Brüsseler Oberkommissare Herr Peeters und Frau Vervoort sowie die Kollegen aus der Eifel Platz genommen. Man hatte ihm gesagt, dass seine Eltern draußen stünden. Sehen, geschweige denn hören, konnte er sie durch das Spezialglas nicht.
Der Jugendliche, der am gestrigen Tag siebzehn Jahre alt geworden war, wurde formal über seine Rechte aufgeklärt, bevor seine Vernehmung begann. Annike Vervoort übernahm das Wort.
„Herr Mansour, unsere Kollegen haben Sie heute morgen um kurz nach sechs Uhr in einem besetzten Haus in Molenbeek aufgespürt. Im gleichen Zimmer wie Sie befanden sich zwei polizeilich gesuchte

Gefährder der gewaltbereiten salafistischen Szene. In welcher Verbindung stehen Sie zu ihnen?“
Schweigen.
„Wo haben Sie die Männer kennengelernt?“
Schweigen.
„Seit wann hielten Sie sich in Brüssel-Molenbeek auf?“
Schweigen.
„Bei der Razzia heute morgen haben meine Kollegen das Sprengstoffgemisch TNT beschlagnahmt sowie verschiedene chemische Reinigungsmittel, aus denen man den Sprengstoff TATP herstellen kann. Wem gehören diese Chemikalien?“
Schweigen.
„Herr Mansour.“ Annike Vervoort klang erstmals leicht genervt. „Triacetonperoxid, kurz TATP, ist zweifelsfrei beim Bau der 'schmutzigen Bombe' verwendet worden, die im Atomkraftwerk *Courant II* gezündet worden ist! Haben Sie uns dazu etwas zu sagen?“
Ein kurzer Blickaustausch mit Strafverteidiger Oliver Wegmann. Dieser zuckte ganz kurz mit dem Kopf.
Schweigen.
„Ich habe Sie eben darüber belehrt, dass Sie auf meine Fragen hin nicht zu einer Antwort verpflichtet sind. Wenn Sie jedoch etwas sagen, muss es der Wahrheit entsprechen. Ich frage Sie, Herr Mansour: Sind Sie an der Herstellung der 'schmutzigen Bombe' beteiligt gewesen?“
Schweigen.
„Darf ich Ihr Schweigen als Zustimmung verstehen?“, versuchte sie ihn aus der Reserve zu locken.
Rachid richtete sich mit einem Ruck auf.
„Nein!“
„Wissen Sie, wer sie gebaut hat?“

Er verfiel in sein beharrliches Schweigen zurück.
„Kennen Sie Clarissa Gerhardt und ihren Verlobten Sebastian?"
Schweigen.
Frau Vervoort schob ihm das ausgedruckte Foto über den Tisch, dass die Frechenerin ihrem Vater auf dessen Handy geschickt hatte und das Trio vor einer Moschee in Molenbeek zeigte.
„Na?"
Rachid hob die Schultern, in seinem unsteten Blick lag Hilflosigkeit.
„Mein Mandant möchte Ihre Frage unbeantwortet lassen, Frau Vervoort", sagte sein Anwalt höflich.
Diese sah ihn eindringlich an.
„Dieses Bild hier sagt ohnehin mehr als viele Worte."
Sie lehnte sich zurück, nahm einen Schluck Wasser und fragte eine ganze Weile lang nichts mehr.
Peter blickte aus dem Fenster und dachte an die zahllosen Befragungen zurück, die er zusammen mit Stettenkamp oder Ilka geführt hatte und bei denen sie ebenso vorgegangen waren. Viele Menschen hielten Stille einfach nicht aus, erfahrungsgemäß vor allem jene nicht, die im Affekt ein Verbrechen begangen hatten.
Der Siebzehnjährige wandte sich mit einem scheuen Blick an seinen Anwalt und bat um eine kurze Unterbrechung, um sich mit Dr. Wegmann zu besprechen.
Annike Vervoort gestattete sie.
Zu viert besprachen die Kommissare indes das weitere Vorgehen. So jedenfalls kamen sie nicht voran. Der Anwalt hatte seinem Klienten ganz offensichtlich dazu geraten, von seinem Recht zu Schweigen Gebrauch zu machen.

Überlegte Rachid Mansour es sich in diesen Minuten nun etwa anders? Wozu sonst wollte er sich nochmals mit Dr. Wegmann unter vier Augen besprechen?
Als die beiden in den Vernehmungsraum zurückkehrten und am Tisch Platz genommen hatten, lächelte Kommissarin Vervoort Rachid gewinnend an.
„Du bist ein Teenager und hast noch fast dein gesamtes Leben vor dir“, begann sie und wechselte in die vertrauliche Du-Form. „Es ist nicht selten, dass sich Jugendliche deines Alters Menschen zuwenden, von denen sie glauben, diese Leute seien wahre Freunde. Und die sich dabei einer Ideologie verschreiben, durch die sie sich ein zufriedeneres, sinnerfülltes Leben versprechen.“ Sie sah ihm in die dunklen Augen.
Rachid wandte seinen Blick ab. „Der sogenannte 'Islamische Staat' ist eine Terrororganisation, das weißt du ganz sicher. Rachid, wir wollen dir helfen, dich von ihr loszusagen. Auch wenn du großen Mist gebaut hast: Für dich gilt aufgrund deines Alters das Jugendstrafrecht, falls du an dem Sprengstoffattentat beteiligt gewesen sein solltest. Das Wichtigste ist, Rachid, dass du uns die Wahrheit sagst und damit zur Aufklärung beiträgst. Dies wirkt sich in aller Regel strafmildernd aus.“
Sie sah zu Dr. Wegmann hinüber. „Ich gehe davon aus, dass Sie ihren Mandanten diesbezüglich beraten haben.“
Schweigen.
Sie macht ihre Sache gut, dachte Peter. Hoffentlich bombardiert sie ihn jetzt nur nicht vorschnell mit weiteren Fragen.
Der Strafverteidiger flüsterte Rachid etwas zu.
Dieser nickte zögernd.

„Ich habe von dem Sprengstoffattentat gewusst, aber selbst nicht mitgemacht“, sagte er mit brüchiger Stimme. „Ein Mann aus Molenbeek, den ich in einer Gruppe ein paar Mal getroffen habe, hat uns verschlüsselte Handynachrichten geschickt und geschrieben, was wir machen sollen. Und wann“, fügte er hinzu.
Peter hielt den Atem an.
Er dachte an die 'ferngesteuerten' Täter, häufig waren es Jugendliche, die in den vergangenen beiden Jahren Anschläge verübt hatten, die ihnen islamistische Hintermänner aufgetragen hatten.
„Wen meinst du konkret mit 'uns'?“, hakte Annike Vervoort nach.
Schweigen.
„Sprichst du von Clarissa Gerhardt und Sebastian?“, bohrte sie weiter.
Schweigen.
„Kannst du uns beweisen, dass du nicht aktiv beteiligt warst?“
Dr. Wegmann sprang auf und hob die Hand.
„Moment, Frau Kommissarin, an dieser Stelle muss ich eingreifen! Rachid muss nicht beweisen, dass er nicht beteiligt war. Auch für ihn gilt selbstverständlich die Unschuldsvermutung. Sie sind es, die ihm nachweisen müssten, dass er beteiligt gewesen ist, falls Rachid Mansour angeklagt werden soll.“
Er sah von oben auf die Kommissarin hinab.
„Sie wollten ihn sicherlich mit dieser vermeintlich geschickten Frage aus der Reserve locken, aber so läuft es ja nun nicht.“
Eins zu null für dich, dachte Peter.

„Rachid, hast du auf meine Frage nach Clarissa Gerhardt und Sebastian etwas zu sagen?“, ließ sie nicht locker.
Das hatte der Siebzehnjährige offensichtlich nicht.
„Gut.“
Sie stand auf und trat ans Fenster.
„Eine letzte Frage für heute: Sowohl die belgischen als auch die deutschen Behörden bezweifeln die Echtheit des Bekennervideos, auf dem du zu sehen bist und dich mit dem Anschlag brüstest“, sagte sie ruhig. „Du hast uns eben gesagt, du seist nicht aktiv beteiligt gewesen. Wie ist dann deine gegenteilige Aussage im Video zu verstehen?“
Mit dieser Frage hatte der Junge offenbar nicht gerechnet. Er riss die Augen auf und suchte den Blick seines Anwalts.
Erneut ein kurzes Flüstern zwischen ihnen.
„Verehrte Frau Vervoort“, hob Dr. Wegmann an. „Diesbezüglich hat mein Mandant etwas zu sagen.“
Die Kommissare schauten gespannt auf Rachid.
„Ich bin im Film zu sehen“, begann er leise. „Es stimmt, ich habe mich zu der Tat bekannt und sie auf meine Kappe genommen. Aber ich schwöre, ich war nicht dabei. Ich habe kurz vorher von meinen Freunden erfahren, was sie vorhaben, mehr nicht.“
Er machte eine Pause. Sein Strafverteidiger nickte ihm kurz zu. Es schien Rachid schwerzufallen, weiterzusprechen.
„Ich wollte endlich mal als Held dastehen. Der Mann, der die anderen angewiesen hat, wie und was sie machen sollten, hat mir befohlen, mich auf dem Video zu dem Anschlag zu bekennen, die anderen beiden hätten schließlich schon den gefährlichsten Teil der

Arbeit erledigt." Rachid atmete schwer. „Ich dachte, da hat er ja Recht. Einer für alle eben."
Er sank in sich zusammen. Dann schien ihm doch noch etwas einzufallen. „Ähm, der Hintergrund im Video, also die Wüste, ist ein Fake, damit ihr mich nicht in Deutschland oder Belgien suchen solltet."
Rachid hob die Schultern und starrte auf die Tischplatte. „Tatsächlich war ich ja die ganze Zeit über in Molenbeek."
Mit einem Mal begann der Siebzehnjährige hilflos zu weinen.
„Was passiert jetzt mit mir?"
Kommissarin Vervoort wiegte den Kopf.
„Wir werden Untersuchungshaft für dich beantragen, möglicherweise kannst du zumindest an die deutschen Behörden überstellt und dort weiterhin in U-Haft gebracht werden."
„Auf welcher Grundlage?", fragte Dr. Wegmann.
„Es besteht in meinen Augen Fluchtgefahr. Konkret befürchte ich, dass Rachid Mansour zu seinen vermeintlichen Freunden nach Molenbeek zurückkehren wird", sagte Annike Vervoort bestimmt. „Und zum zweiten hat der belgische und ganz sicher auch der deutsche Staat ein berechtigtes Interesse daran, die Täter zu finden, die die 'schmutzige Bombe' im AKW *Courant II* gezündet haben. Und dann werden wir uns anhören, was sie über Rachids mögliche Mittäterschaft zu sagen haben."
Der Anwalt nickte Rachid zu, in seinem Blick lag Bedauern. Als erfahrener Strafverteidiger war ihm bewusst, dass er in diesem Moment nicht mehr für seinen Mandanten tun konnte.

Bevor Rachid zu einem Polizeifahrzeug abgeführt wurde, das ihn zurück in seine Einzelzelle in der JVA Brüssel-Mitte bringen sollte, hatten seine verzweifelten Eltern das Präsidium bereits verlassen müssen. Ihnen würde zu einem späteren Zeitpunkt gestattet werden, ihren jüngsten Sohn wiederzusehen. Wann dies sein würde, darauf hatten sie keinerlei Einfluss.

„Es ist doch wohl offensichtlich, dass der Junge Clarissa Gerhardt und ihren Sebastian meinte, als er von den Tätern sprach", platzte Bongardt heraus, als er sich mit Bente Schäfer auf dem Weg zu ihrem Dienstwagen befand.
„Hm, ich bin mir da nicht so sicher", wandte sie ein. „Er kennt die beiden zwar offenbar gut und die drei hielten sich nachweislich zusammen in Molenbeek auf", meinte sie. „In dem Haus in Molenbeek haben die Brüsseler Kollegen TATP gefunden. Aber wo sollten denn junge Leute wie Clarissa und Sebastian Caesium 137 herbekommen, vorausgesetzt, sie handelten ohne Helfershelfer? Unwahrscheinlich!" Bongardt wurde nachdenklich.
„Im Grunde wissen wir viel zu wenig von den beiden, um das ausschließen zu können", fand er. „Ich werde jetzt gleich auf dem Rückweg mit Gerhardt Schmidt telefonieren und versuchen, mir ein genaueres Bild von seiner Tochter zu machen." Er seufzte. „Aber wie kommen wir an Informationen über ihren Verlobten heran? Wir kennen ja gerade mal seinen Vornamen. Clarissas Vater weiß überhaupt nichts über ihn."
Die Fahrt von Brüssel zurück nach Euskirchen verlief ereignislos, denn den Bauunternehmer konnte Peter die gesamte Zeit über nicht erreichen. Folglich verfielen

Bente Schäfer und er wieder in eisiges Schweigen. Es gab zwischen ihnen, fand er, schlicht und ergreifend nichts mehr zu sagen.

Unterdessen kam Ilka gerade nach einer ausgiebigen Runde mit ihrem Labrador Becks zurück nach Hause, immer noch ein wenig enttäuscht darüber, dass aus dem geplanten Eifelmarathon aufgrund des Falls nichts geworden war.
Daniel hatte den Grill angezündet, wie so oft am Wochenende im Sommer, und der Duft von Würstchen und Steaks waberte zu ihr hinüber. Ilkas Stimmung hob sich schlagartig. Gemütlich mit ihm und Nele auf der Terrasse zu essen und den Abend ruhig ausklingen zu lassen, ja, das war genau das, wonach ihr jetzt der Sinn stand.
„Du kommst genau richtig!", rief Daniel. „Das Fleisch ist gerade fertig. Schau mal, wir haben sogar noch Baguette gebacken und einen grünen Salat gemacht. Was sagst du?"
Sie blickte auf den gedeckten Tisch, auf dem eine gute Flasche Portugieser Weißherbst im Weinkühler stand und strahlte.
„Wunderbar!"
In diesem Augenblick klingelte ihr Diensthandy. Polizeidirektor Armin Groß war am Telefon und hatte just in diesem Moment das Bedürfnis, sich nach dem Stand der Ermittlungen im Fall Mark Weißgerber zu erkundigen. Diesem kam sie notgedrungen in der gebotenen Ausführlichkeit nach und überlegte dabei fieberhaft, ob sie Stettenkamps eigenmächtige Recherchen erwähnen sollte. Der Schuss konnte

allerdings auch ganz schön nach hinten losgehen. Um sich ein wenig Zeit zu verschaffen, wechselte sie kurzerhand das Thema.
„Herr Groß, sagen Ihnen die Namen Lohmeyer und Schenk eigentlich etwas?“
„Sollten sie das?“
„Die besagten Herren haben sowohl Frau Schulz in Gemünd als auch Frau Kerveillant in Lüttich aufgesucht und ihnen ziemlich seltsame Fragen gestellt. Sie haben sich als Polizisten ausgegeben. Das ist doch ein Ding, oder?“
Stille.
„Hallo, Herr Groß? Sind Sie noch dran?“
„Ja, ja.“ Er klang ziemlich zerstreut. „Ach, das würde ich an Ihrer Stelle gleich wieder vergessen. Belasten Sie sich nicht mit so einem Quatsch. Es gibt doch immer mal wieder Spinner, die sich als Polizisten ausgeben.“
Sie glaubte, sich verhört zu haben.
„Herr Groß, die beiden haben nicht irgendwelche x-beliebigen Leute aufgesucht, sondern zwei Frauen, deren Männer ums Leben gekommen sind und die in unserem Fall eine wesentliche Rolle spielen! Gerade die Tatsache, dass sie Mark Weißgerbers Lebensgefährtin befragt haben, müsste Sie doch aufhorchen lassen! Sie haben doch selbst gesagt, die Aufklärung des Mordes an ihm habe allerhöchste Priorität!“
„Das ist auch so!“, bekräftigte er. „Aber was diese beiden Wichtigtuer angeht, da sind wir überhaupt nicht d'accord.“
Ilka spürte, wie der Ärger in ihr immer größer wurde.
„Da ist noch etwas“, sagte sie mit fester Stimme. „Ich bin inzwischen sicher, dass Herr Bongardt und ich während unserer Ermittlungen beschattet werden.“

„Frau Landwehr...?“, fragte er in einem Tonfall, als spräche er mit einem geistig verwirrten Menschen.
„Das Gefühl hat mich zum ersten Mal beschlichen, als ich mit Herrn van Afferden wegen der seltsamen Umstände, unter denen sein Geschäftspartner Stephane Kerveillant ums Leben gekommen ist, telefoniert habe. Es gab ein kurzes Knacken in der Leitung und es lag nicht an der Verbindung, um Ihnen gleich zuvorzukommen.“
„Das ist, mit Verlaub, dummes Zeug!“, brauste er auf. „Sie sollten selbst wissen, dass man es heutzutage überhaupt nicht mehr merkt, wenn man am Telefon abgehört wird. Also vergessen Sie ihr Knacken ganz schnell wieder.“
Sie ließ sich nicht irritieren.
„Als wir Bianca Schulz das letzte Mal befragt haben, sind wir beobachtet worden, da bin ich sicher. Zuletzt hatte ich diesen Eindruck übrigens erst gestern, als Herr Bongardt und ich uns mit...“
„Frau Landwehr!“, unterbrach Groß sie mit energischer Stimme. „Diesen ausgemachten Blödsinn, entschuldigen Sie meine Wortwahl, möchte ich mir wirklich nicht länger anhören.“ Er schwieg ein paar Sekunden. „Kann es sein, Frau Landwehr, dass Sie aufgrund der Ereignisse von vor einem Jahr psychisch immer noch angeknackst sind? Und Menschen oder Dinge wahrnehmen, die überhaupt nicht da sind?“
Ilka verschlug es die Sprache.
Was nahm der Polizeidirektor sich nur heraus?
Es konnte doch wohl nicht wahr sein, dass er sowohl über die angeblichen Polizisten als auch über ihren Eindruck als erfahrene Kriminalkommissarin einfach so

hinweg ging. Und sie überdies auch noch als Psycho darstellte!
In diesem Moment kam Daniel zu ihr herüber und reichte ihr ein großes Glas Portugieser Weißherbst. Er hatte natürlich gehört, dass sie im Gespräch mit dem Polizeidirektor längst auf hundertachtzig war. Ilka trank von dem kühlen Wein und schloss einen Augenblick lang die Augen. Rasch verspürte sie die Wirkung des Alkohols.
„Frau Landwehr? Sind Sie überhaupt noch dran?", drang es durchs Telefon.
„Ja. Lassen wir uns nicht streiten und das Thema ad acta legen", hörte sie sich mit versöhnlicher Stimme sagen. „Herr Groß, ich möchte gerne noch einmal auf die Ermittlungen im Fall Weißgerber zu sprechen kommen."
„Ja? Ich bin ganz Ohr!"
Ilka hörte die Anspannung heraus, unter der er ganz offensichtlich stand.
„Um es vorweg zu sagen: Ohne Herrn Stettenkamp stünden wir längst nicht da, wo wir stehen. Er hat tagelang in seiner Freizeit recherchiert und herausgefunden, dass Mark Weißgerber offenbar eine Art Doppelleben geführt hat."
Sie berichtete über Alex' Erkenntnisse sowie ihre Hoffnung auf einen Zusammenhang zwischen diesen und einem möglichen Mordmotiv.
„Wir sind mit Hochdruck dran, aber ohne Herrn Stettenkamp können wir die Sache vergessen", schloss sie. „Er hat derart viele wertvolle Kontakte, von denen Herr Bongardt und ich nur träumen können. Ein solches Netzwerk, aber vor allem sein kriminalistisches Gespür, Herr Groß, kann niemand ersetzen. Zumindest

niemand, der bereit ist, hier bei uns in der Provinz zu arbeiten."
„Jetzt übertreiben Sie", fuhr er dazwischen. „Aber ich muss zugeben, ihre Erfolge können sich landesweit wirklich sehen lassen. Wenn ich an Herrn Jäger berichte, steht Euskirchen immer an oberster Stelle, was die Aufklärungsquote angeht."
„Womit Sie selbst ja auch glänzen können", gab sie zurück. „Und damit das so bleibt, können wir im Fall Weißgerber auf Herrn Stettenkamp nicht verzichten. Punkt."
Der Polizeichef atmete hörbar tief durch.
„Ach, machen Sie und Stettenkamp doch, was Sie wollen, aber klären Sie Weißgerbers Tod auf!"
Mit dieser Aussage hatte Ilka nicht gerechnet. Zeigte sie doch einmal mehr, unter welch großem Erfolgsdruck Armin Groß in diesem Fall stand.
„Wer macht Ihnen da eigentlich derart viel Druck?", wagte sie zu fragen.
„Das spielt jetzt keine Rolle!", herrschte er sie an. „Finden Sie schleunigst heraus, was Weißgerber neben seinem Job als Wachmann wirklich getrieben hat. Und vor allem, wer ihn getötet hat und weshalb. Die Sache ist viel komplexer, als Sie ahnen!"
Da war es wieder, dieses seltsame Gefühl.
Wusste Polizeidirektor Armin Groß wesentlich mehr über die wahren Hintergründe, als er preisgab?

Montag - 8. Tag

Der Tag versprach, äußerst spannend zu werden.
Ilka, Bongardt und Stettenkamp erhofften sich, heute endlich einen entscheidenden Schritt voranzukommen, sowohl was Mark Weißgerber anging als auch bei der Aufklärung des Sprengstoffattentats. Und: Auf welche Weise war der Tod Stephane Kerveillants mit den Geschehnissen verwoben?
Ilka hatte in aller Früh die Gelegenheit genutzt, sich noch einmal telefonisch mit Annike Vervoort auszutauschen. Die Brüsseler Kommissarin gab sich überzeugt, dass sämtliche Ereignisse miteinander zusammenhingen und hatte Bente Schäfer offiziell gebeten, Clarissa Schmidts Vater in Frechen noch einmal befragen zu lassen.
Alex Stettenkamp hatte sich derweil an diesem Montag spontan Urlaub genommen, um endlich Licht in die Biografie des erschlagenen Wachmanns zu bringen, der zumindest in der Vergangenheit eine Art Doppelleben geführt haben musste, wenn nicht sogar bishin zu seinem Tod.

Gerhardt Schmidt saß in seinem Frechener Geschäftsbüro und blickte gedankenverloren auf den stattlichen Firmen-Fuhrpark, der aus über dreißig Baustellenfahrzeugen bestand, als Ilka und Bongardt eintraten.
Die Kommissare brachten Clarissas Vater zunächst auf den aktuellen Stand der Dinge. In dessen Gesicht lag Enttäuschung angesichts der Tatsache, dass die

belgische Polizei Rachid Mansour während der Razzia aufgespürt, seine eigene Tochter jedoch nicht gefunden hatte.
„Herr Schmidt, Rachid behauptet, er selbst habe zwar von dem Sprengstoffanschlag gewusst, Freunde von ihm seien es jedoch gewesen, die die 'schmutzige Bombe' gebaut hätten. Sämtliches Material dafür haben wir übrigens in der WG in Molenbeek entdeckt, in der der Junge lebte. Bis auf das radioaktive Caesium 137."
Hat Rachid behauptet, meine Tochter habe die Bombe gebaut?", fragte er beinahe tonlos.
„Nein, ihren Namen hat er nicht ausdrücklich genannt. Aber bitte verstehen Sie, dass wir dieser Spur trotzdem nachgehen müssen. Rachid kann natürlich noch diverse weitere Freunde gehabt haben, deren Namen wir noch nicht kennen. Stand heute wissen wir lediglich, dass er Zeit mit Ihrer Tochter und diesem Sebastian verbracht hat."
Gerhardt Schmidt nickte und fuhr sich über die Stirn.
„Ich verstehe. Glauben Sie mir, ich hätte nie gedacht, dass ich so etwas einmal sagen muss: Es wäre mir lieber, meine Tochter säße im Gefängnis und verbüßte dort ihre Strafe, wenn sie die Tat denn begangen hat, als dass ich sie niemals wiedersehe."
Er schluckte und war sichtlich bemüht, seine Fassung wiederzuerlangen.
„Wir brauchen einfach mehr Informationen über Clarissa", sagte Ilka nachdrücklich.
Der Vater stand auf und machte sich an dem Designer-Kaffeevollautomaten zu schaffen.
„Unser Mädchen war fünf Jahre alt, als meine Frau und ich uns getrennt haben", begann er. „Sie war ein Sonnenschein, ein fröhliches, unkompliziertes Kind.

Das ist sie nach unserer Scheidung auch geblieben. Meine Frau lebt ebenfalls hier in Frechen, ein paar Kilometer von hier entfernt, in Königsdorf. Wir beide verstehen uns übrigens immer noch gut, nur als Paar passte es halt einfach nicht mehr. Na ja. Clarissa hat bis zur Pubertät bei ihrer Mutter gelebt und ich kann sagen, es hat ihr dort an nichts gefehlt. Im Grunde haben wir ihr jeden Wunsch von den Augen abgelesen. Vielleicht auch, weil meine Ex und ich damit gutmachen wollten, dass wir drei nicht mehr zusammen als Familie leben konnten. Davon abgesehen, die Firma läuft sehr gut, wozu hätten wir Clarissa gegenüber nicht großzügig sein sollen? So mit dreizehn, vierzehn Jahren wurden ihre Wünsche dann allerdings eher zu Forderungen, wir haben ihr Verhalten damals auf ihr Alter geschoben. Heute denke ich, mehr Zeit für unsere Tochter und weniger Geschenke und Taschengeld wären besser investiert gewesen." Er atmete tief durch. „Clarissa ist eine intelligente junge Frau. Doch ihre Leistungen in der Schule nahmen immer mehr ab, die Nachmittage verbrachte sie mit irgendwelchen Freunden in der Staat und wir verloren mehr und mehr den Zugang zu ihr. Ausgerechnet in dieser Zeit war ich eigentlich permanent auf Geschäftsreisen und kaum für sie da."
Er stellte drei Tassen mit tiefschwarzem Kaffee, dazu Zucker, Süßstoff und Milch auf den Tisch.
„Dass Clarissa nach der zehnten Klasse die Schule geschmissen, eine ganze Zeit lang quasi nichts gemacht hat und mit achtzehn Jahren dann eine Ausbildung zur Krankenschwester begonnen hat, habe ich Ihnen ja schon erzählt. Und auch, dass sie sich in dieser Zeit falschen Freunden angeschlossen und ihre freien Wochenenden im letzten Dreivierteljahr in Duisburg

und Molenbeek innerhalb der salafistischen Szene verbracht hat."
Ilka kratzte sich am Kopf und dachte nach.
„Herr Gerhardt, Ihre Tochter hat bis vor drei Wochen noch an der Uniklinik Köln gearbeitet, korrekt?"
Er nickte.
„Wissen Sie, auf welcher Station oder in welchem medizinischen Bereich sie nach dem Ende ihrer Ausbildung zuletzt tätig war?"
„Ja, natürlich", sagte er und starrte sie an. „Clarissa arbeitete seit zwei Monaten in der Klinik für Nuklearmedizin."
Es war offensichtlich, welcher Gedanke ihm da gerade durch den Kopf schoss.
Ilkas Augen weiteten sich.
„Wir müssen so schnell wie möglich herausfinden, ob dort mit Caesium 137 gearbeitet wird und falls ja, ob in den vergangenen Wochen etwas von dem Zeug verschwunden ist."
Unterdessen wartete Alex Stettenkamp im Forschungszentrum in Jülich bei Geschäftsführer Hans-Josef Krannich im Büro auf die Chemikerin Dr. Petra Lemmermöhle. Falls jemand ihm helfen könne, die achtseitigen Hieroglyphen zu entschlüsseln, die Mark Weißgerber verfasst hatte, dann jene ausgewiesene Expertin, so Krannich.
Die ihm auf Anhieb sympathische Chemikerin nahm sich Zeit. Doch ihr Ergebnis war ernüchternd.
„Außer der Abkürzung Cs für Cäsium verstehe ich hier überhaupt nichts", meinte sie. „Keine Ahnung, was diese Aufzeichnungen zu bedeuten haben. Sie scheinen aus lauter Codierungen zu bestehen, mit denen ich aber genau wie Sie nichts anfangen kann."

So ein verdammter Mist, dachte Stettenkamp. Der Besuch hier war völlig umsonst gewesen. Enttäuscht verabschiedete er sich. Noch während der Fahrt wählte er die Telefonnummer Fred van Afferdens und ließ sich mit dessen Labormitarbeiter Henri Marchand verbinden, dem er die 'Protokolle' ebenfalls zur Verfügung gestellt hatte. Seine Erwartungen waren nach dem Gespräch mit Frau Dr. Lemmermöhle jedoch merklich gesunken.
„Ach, Sie sind es, Herr Kommissar.“ Die Stimme des Belgiers klang leicht genervt. „Ich habe mir die ersten paar Seiten gestern angeschaut. Glauben Sie ernsthaft, nur weil ein paar Mal die Abkürzung Cs auftaucht, sei das eine Sache für einen Chemiker? Ich kann damit nichts anfangen, tut mir leid. Und nun lassen Sie mich bitte meine Arbeit im Labor erledigen. Au revoir!“
Der Kommissar fuhr auf die Autobahn auf, zündete sich eine Zigarette an und öffnete gleichzeitig das Fenster. Lisa würde ihn dafür steinigen, dass er im Auto rauchte. Aber die Qualmerei war ohnehin bald vorbei. Er hatte sich nämlich vor zwei Wochen für den heutigen Nachmittag zu einer medizinischen Hypnosesitzung bei Ilona Scheer in Buir angemeldet, nachdem er im *Wochenspiegel* einen Artikel des Chefredakteurs Michael Nielen darüber gelesen hatte, der selbst seither unter die Nichtraucher gegangen war.
Alles eine Willenssache, sagte er sich und zündete sich eine zweite Zigarette an, natürlich nur, um besser nachdenken zu können.
Die Aufzeichnungen mussten irgendetwas mit Mark Weißgerbers Doppelleben zu tun haben. Warum benutzte ein Security-Angestellter die Abkürzung jenes radioaktiven Materials, das für den Bau der

'schmutzigen Bombe' benutzt worden war? Ein paar Minuten lang hing er der Theorie nach, Weißgerber selbst könne an dem Sprengstoffattentat beteiligt gewesen sein. Aber er verwarf den Gedanken wieder. Er hatte überhaupt keinen Zutritt zu dem Laborraum, in dem die Bombe platziert und per Zeitschaltuhr gezündet worden war.
In seine Überlegungen hinein klingelte sein Diensthandy. Eine Münchner Vorwahl. Gespannt tippte er auf die grüne Taste seines IPhones und nahm das Gespräch über die Freisprecheinrichtung entgegen.
„Ja, grüß Gott, Herr Stettenkamp!", dröhnte ein voller Bass durch den kleinen Lautsprecher. „Hier spricht Oberkommissar Hauser Karl aus München. Sie hoams mi gestern ogmailt wegen derer Soch mit dem ehemoligen KFOR-Soldoten, gell? Jo, do hob i eahna wos zu berichten, was gonz sicha Licht in den Foll bringa wird! Mork Weißgerber, des i net lach. Der Kerl heißt mit richtigem Nomen Berghofer Sascha! Und i hob eahna noch viel mehr zu berichten..."
Stettenkamp grinste in sich hinein.
Er liebte die bayerische Mentalität, den Dialekt sowieso. Und überdies wartete Oberkommissar Karl Hauser am Telefon mit echten Neuigkeiten auf. Tschakka!

Ilka rieb sich zufrieden die Hände, als sie an der Kölner Uniklinik in der Nähe des Gebäude 60 mit Peter Bongardt einen Parkplatz gefunden hatte. Es war ihr vor zwei Stunden im Büro gelungen, nach längerem Hin und Her am Telefon mit Professor Dr. Ernst Sawatzki, Direktor der Klinik für Nuklearmedizin, verbunden zu werden. Sie hatte ihr Anliegen vorgetragen und zu ihrer Überraschung hatte der Professor

ihr noch für den heutigen Tag um 11.15 Uhr eine Viertelstunde seiner kostbaren Zeit zugesagt. Mit einem so raschen Termin hatte sie nicht gerechnet.
Als Ilka und Bongardt in seinem schicken Büro Platz nahmen und zuvor mit Kaffee bewirtet worden waren, wurde der Kommissarin klar, weshalb der Klinikchef offenbar ein ureigenes Interesse an der Besprechung gehabt hatte.
„Machen wir es kurz“, begann der hochgewachsene Mittfünfziger mit dem graumelierten, vollen Haar und rückte seine Brille zurecht. „Ja, wir arbeiten hier unter anderem auch mit dem Isotop Caesium 137. In der Strahlentherapie wird es zur Behandlung von Krebserkrankungen eingesetzt. Ich darf hinzufügen: Caesium ist ein extrem reaktives, sehr weiches Metall, goldfarben, in hochreinem Zustand silbrig glänzend. Da es sofort und sehr heftig mit Luft reagiert, wird es bei uns in abgeschmolzenen Glasampullen unter Inertgas aufbewahrt.“
Er nahm einen Schluck Kaffee.
„In Ihrem Institut hat bis vor drei Wochen eine dreiundzwanzigjährige Krankenschwester gearbeitet, ihr Name ist Clarissa Gerhardt. Sagt Ihnen der Name etwas?“
Er schüttelte den Kopf.
„Wir haben hier knapp hundert Mitarbeiter, da kenne ich, abgesehen von den Ärzten, nicht jeden Einzelnen.“
Er blickte auf seine goldene Armbanduhr.
„Kommen wir zu Ihrem eigentlichen Anliegen. Das Wichtigste haben Sie mir ja eben am Telefon schon berichtet. Ich denke, ich kann Ihnen weiterhelfen, daher habe ich mir eine Viertelstunde Zeit für Sie genommen.“

Die Frage, die unausgesprochen im Raum stand, lag auf der Hand.
„Ich muss leider sagen wie es ist“, begann er. „In unserer Klinik ist vor knapp vier Wochen tatsächlich eine solche Glasampulle mit Caesium 137 verschwunden. Unsere Mitarbeiter sind angehalten, den Bestand sofort nach Entnahme sehr gewissenhaft zu protokollieren. Am Abend des 7. Mai fehlte eine Ampulle, ohne dass sie für eine Bestrahlung verwendet worden wäre.“ Er räusperte sich. „Einer unserer Ärzte hat mich sofort informiert. Es ist uns aber nicht gelungen, herauszufinden, wer an jenem Tag diese Ampulle entwendet hat.“
Er tippte auf der Tastatur seines Computers herum und rief eine Datei auf.
„Ich habe gerade die Liste jener Mitarbeiter aufgerufen, die an diesem Tag Zugang zu den Tresoren mit radioaktiven Substanzen darin hatten. Ich habe sie im Zuge unserer internen Ermittlungen anfertigen lassen“
Professor Dr. Sawatzki überflog sie und blickte auf. „Clarissa Gerhardt, sagen Sie, heißt die Dame, um die es geht?“ Er rieb sich seinen gepflegten Vollbart. „Sie steht hier auf der Liste. Mit dem Vermerk: 'Nicht mehr im Dienst seit 10.05.2017'“
Ilka und Bongardt sahen sich an.
Volltreffer!

Stettenkamp befand sich in seinem Keller-Kabuff zum ersten Mal, seitdem er seinen Arbeitsplatz im Archiv betreten hatte, in Hochstimmung. Über seine dauerpausierende Teilzeitkraft Annemie und die Tatsache, dass sie bis zum Mittag gerade einmal drei dünne Akten eingescannt hatte, sah er heute großzügig hinweg. Vor

ihrem Feierabend schenkte er seiner verdutzten Mitarbeiterin sogar noch sein letztes volles Päckchen Zigaretten. Er würde es nicht mehr brauchen. Drei Glimmstengel, die er noch neben dem Scanner liegen hatte, mussten bis zum Nachmittag reichen.
Er protokollierte, was Oberkommissar Karl Hauser ihm eben am Telefon berichtet hatte. Der auf dem Park & Ride-Parkplatz bei Wißkirchen erschlagene Mark Weißgerber hieß in Wirklichkeit Sascha Berghofer. Die Angabe über sein Geburtsdatum in seinem gefälschten Reisepasses erwies sich als richtig. Der Zweiundvierzigjährige stammte aus dem Zweitausend-Seelendorf Obergriesbach, eine Gemeinde im Landkreis Aichach-Friedberg. Dort hatte er mit seinen Eltern gelebt und dort hatte er mit einundzwanzig Jahren auch geheiratet. Und zwar eine Frau namens Leni Berghofer. Mit ihr hatte er zwei Kinder, Niklas und Jan. Die beiden, so meinte der Münchner, müssten inzwischen längst Teenager sein. Berghofer hatte sich in jungen Jahren bei der Bundeswehr verpflichtet und seinerzeit ehrgeizig darauf hingearbeitet, in eine KFOR-Truppe aufgenommen zu werden. Kurz vor der
Jahrtausendwende war ihm dies auch gelungen. Fortan versah er seinen Dienst trotz seiner jungen Ehefrau im Kosovo. Bis zu dem Zeitpunkt, wo er mit mehreren Soldaten zusammen begonnen hatte, per Transporter Waffen nach Deutschland zu schmuggeln, was ihm letztlich viereinhalb Jahre Gefängnis eingebracht hatte. Wo Berghofer, von der Bundeswehr unehrenhaft entlassen, anschließend gearbeitet hatte, wusste Oberkommissar Hauser nicht. Seinen Wohnsitz in Obergriesbach jedenfalls hatte der Mann drei Jahre später im Gegensatz zu seiner Ehefrau, abgemeldet,

obwohl er weiterhin mit ihr verheiratet war. Zunächst hatte es Berghofer nach München verschlagen, im Jahr 2005 dann nach Heilbronn. Seit diesem Zeitpunkt verlor sich seine Spur. Hauser mutmaßte, dass Berghofer seither unter dem Namen Mark Weißgerber gelebt haben könnte. Aber weshalb? Stettenkamps Münchner Kollege hatte zudem noch herausgefunden, dass Leni Berghofer noch immer mit ihren beiden Söhnen Niklas und Jan in Obergriesbach lebte. Karl Hauser sagte ihm zu, dafür zu sorgen, dass die örtliche Polizei ihr morgen einen Besuch abstatten werde, um sich einen persönlichen Eindruck von der Familie zu verschaffen.

Das waren in der Tat Neuigkeiten!

Ob Berghofers Ehefrau vom Tod ihres Mannes wusste?

Er stand auf, blickte einen Augenblick in das grelle Licht der Neonröhre an der Decke und nahm den hellgrauen Telefonhörer in die Hand. Hauser hatte ihm die Telefonnummer bereits herausgesucht. Was würde die Frau zu sagen haben? Alex Stettenkamp begann, die Tasten zu drücken: 08251/776...

Ilka Landwehr besprach sich etwa zur gleichen Zeit mit Kommissarin Annike Vervoort. Rachid Mansour schweige weiterhin beharrlich, erzählte sie. Dabei konnte er sich möglicherweise entlasten, wenn er die Namen seiner Freunde und die Einzelheiten des Sprengstoffattentats offenlegen würde.

Ilka berichtete ihrer Kollegin, was sie an diesem Vormittag über Clarissa Schmidt sowie über die an ihrem Arbeitsplatz entwendete Ampulle Caesium 137 erfahren hatte.

„Besorgen Sie uns aus der Wohnung des Vaters von Clarissa irgendetwas, mit dem wir einen DNA-Abgleich machen können“, meinte sie spontan. „Bei der Razzia in der Molenbeeker WG haben die Kollegen jede Menge Fingerabdrücke sichergestellt, die wir bisher nicht zuordnen konnten. Vielleicht haben wir Glück!“
Gerhardt Schmidt zeigte sich weiterhin kooperativ. Die Tatsache, dass sein einziges Kind mit hoher Wahrscheinlichkeit radioaktives Material zur Herstellung einer 'schmutzigen Bombe' gestohlen hatte, ließ seine Nerven blank liegen.
Bongardt und Ilka trafen den Bauunternehmer zusammen mit seiner Ex-Frau an. Während diese zusammengesunken auf dem Sofa saß und haltlos schluchzte, stand Gerhardt Schmidt an der zweiflügeligen Terrassentür und schrie sein Leid heraus:
„Verdammte Hacke, wie konnte es soweit kommen? Haben wir nicht alles für Clarissa getan? Alles haben wir ihr in den Hintern geschoben, alles getan, was sie wollte! Teure Urlaube, Klamotten, Riesenpartys bei uns zuhause - einfach alles! Und was hat es gebracht? Dass unser einziges Kind eine Bombe baut!“
Er konnte sich überhaupt nicht wieder beruhigen. Seine Ex-Frau stand auf und schenkte ihm einen doppelten Whisky ein.
„Gerhardt“, sagte sie sanft und legte ihm den Arm um den Rücken, „jetzt mal ganz ruhig. Lass uns erst mal abwarten, was bei der Untersuchung herauskommt. Und selbst wenn Clarissa tatsächlich beteiligt gewesen ist, was schlimm genug wäre, so bleibt aber doch das Wichtigste, dass Clarissa endlich gefunden wird und von diesen Islamisten loskommt.“
Er ließ sich kraftlos in einen Sessel fallen.

„Du hast ja Recht, Doris. Aber fragst du dich nicht, wie es überhaupt soweit kommen konnte?"
„Doch, Gerhardt, Tag und Nacht, glaub mir. Die Mansours werden sich die gleiche Frage stellen. Und ganz sicher viele tausende Eltern auch, deren Kinder ihnen entglitten und in falsche Kreise hineingeraten sind. Ja, vielleicht haben wir ihr zu viele Freiheiten gelassen. Andererseits, Clarissa war längst über achtzehn, als sie sich der Salafistenszene angeschlossen hat. Sie ließ sich doch von uns nichts mehr sagen! Oder glaubst du, sie hätte sich ihre Wochenendtrips nach Duisburg und Molenbeek von uns verbieten lassen?"
Doris nahm den Kopf in beide Hände.
„Clarissa philosophierte seit der Pubertät über den Sinn des Lebens und suchte ihren Weg nach Erfüllung." Sie hob die Schultern. „Ich habe lange geglaubt, ihr Wunsch, Krankenschwester zu werden, sei ihr Weg, ihren Platz im Leben zu finden. Als Clarissa ihr Seelenheil stattdessen in der Lehre radikaler Islamistenprediger suchte und unsere Kritik ihre Verblendung nur noch verstärkte, war doch für uns im Grunde alles zu spät..."
Ilka kam mit ein paar Haaren aus einem Kamm der Tochter, die sie zuvor mit einer Pinzette in ein verschließbares Einwegtütchen gelegt hatte, zurück ins Wohnzimmer.
Die Situation erkennend, verabschiedete sie sich leise. Eiligen Schrittes lief sie die Straße mit den vielen gepflegten Vorgärten entlang, zu denen allesamt großzügige und schmuckvolle Häuser wie das des Bauunternehmers Gerhardt Schmidt gehörten. Per Eilkurier würden die Haare Clarissas schon am frühen Nachmittag nach Brüssel zu Annike Vervoort und ihren

Leuten gebracht werden. Blieb zu hoffen, dass der DNA-Abgleich erfolgreich verlaufen würde.
Welch ein Leid für die Eltern, dachte Ilka. Ob die Leute hier im Viertel wohl über die Familie reden würden so wie ganz sicher viele Menschen im Eifeldorf Großbüllesheim über die Mansours?

In bester Stimmung verließ Stettenkamp unterdessen die Praxis der Hypnosetherapeutin Ilona Scheer. Er genoss den Blick über das Höhengebiet Bad Münstereifels, wo er im vergangenen Winter etliche Male gewesen war, um die Entführung der Staranwalt-Tochter Franziska Wolff aufzuklären.
Er fühlte sich entspannt und von innerer Ruhe erfüllt. Er würde es schaffen, endgültig mit dem Rauchen aufzuhören, da war er sich sicher. Nein, er würde zu seinem Glück nicht länger Nikotin benötigen. Eben diese Erkenntnis solle während der Hypnose im Unterbewusstsein verankert werden, hatte Frau Scheer ihm zu Beginn der Sitzung gesagt. Zuerst war er skeptisch gewesen, als er begonnen hatte, den *Wochenspiegel*-Artikel zu lesen. Zwei Stunden später hatte er dann zum Hörer gegriffen und in der Praxis in Buir angerufen, um einen Termin auszumachen. Durch Hypnose, so hatte Ilona Scheer ihm erklärt, werde eine Trance hervorgerufen. Im Zustand tiefer Entspannung sei das Unterbewusstsein besonders aufnahmefähig für Suggestionen, wie dem Wunsch nach Abstinenz von der Zigarette.
Der Kommissar hatte heute morgen vor dem Dienst seinen Aschenbecher auf der heimischen Terrasse sowie sämtliche noch vorhandenen Zigaretten entsorgt. Den

Rauchern aus dem Archiv würde er erst einmal so gut es ging aus dem Weg gehen. Ihn zog es ohnehin eher zu Ilka und Peter in den dritten Stock hinauf, die beiden rauchten zum Glück nicht. Statt eines schnellen Kaffees mit einem Zigarettchen dazu würde er ab morgen, so sein Plan, zusammen mit Lisa und den Kindern frühstücken. Fing er eben eine halbe Stunde später an zu arbeiten. Gut, das würde nicht immer möglich sein, aber die nächsten Tage hoffentlich schon.
Zu Stettenkamps guter Verfassung trugen allerdings auch seine erfolgreichen Ermittlungen im Fall Sascha Berghofer alias Mark Weißgerber bei. Er hatte dessen Ehefrau Leni um die Mittagszeit in ihrem Zuhause im bayerischen Obergriesbach erreicht. Nachdem er sich als Hauptkommissar zu erkennen gegeben und sie über den größten Teil der bisherigen Ermittlungsergebnisse informiert hatte, befand sie ihn für vertrauenswürdig und war bereit, sich mit ihm zu unterhalten.
Sie erzählte erstaunlich offen.
Vom Tod ihres Mannes und dem Vater ihrer beiden Söhne Jan und Niklas hatte Leni Berghofer aus den Medien erfahren. Diese hatten fast alle im Zusammenhang mit dem Sprengstoffattentat in *Courant II* über den kurze Zeit später tot aufgefundenen Wachmann berichtet und sein Foto veröffentlicht. Was musste seine Frau empfunden haben, als sie auf diese Weise von dem Mord an ihm erfahren hatte?
„Ich kann das alles noch gar nicht fassen", hatte sie gesagt. „Sascha war ein Abenteurer, er ist immer schon einer gewesen. Eigentlich war er überhaupt kein Mann zum heiraten. Sascha war ein Tausendsassa, den es an immer neue Orte zog und der ständige Veränderungen im Leben brauchte". Sie schwieg einen Augenblick.

„Ganz anders als ich. Im Grunde passten wir gar nicht zusammen. Aber ich liebe ihn, auch jetzt noch, über seinen Tod hinaus. Sascha ist die Liebe meines Lebens und wird es für immer bleiben."
Ihre Worte bewegten Stettenkamp.
„Wie sind Sie damit umgegangen, dass Ihr Mann nicht bei Ihnen und den Kindern geblieben und stattdessen in der Weltgeschichte herumgetingelt ist?", fragte Stettenkamp. „Wussten Sie überhaupt, wo er sich all die Jahre über aufhielt?"
Wieder dieser stille Moment.
„Es hat mir zu Anfang sehr wehgetan, dass er nicht bei uns geblieben ist, zumal Jan und Niklas ja noch Kleinkinder waren und ihren Vater gebraucht hätten", sagte sie mit zittriger Stimme. „Aber wie gesagt, ich hätte ihn nicht bei uns in Obergriesbach halten können, er wäre hier nicht glücklich geworden und ich somit letztlich ja auch nicht. Ich bin andererseits auch nicht bereit gewesen, mit ihm zu ziehen, schon damals nicht, als er nach der Entlassung bei der Bundeswehr nach Heilbronn gegangen ist. Sein unstetes Leben wäre nichts für mich und die Jungs gewesen. Die beiden sind sehr behütet hier in Obergriesbach aufgewachsen, haben ihre Großeltern und mich um sich herum, ihre Freunde leben hier. Aber natürlich habe ich Sascha vermisst..."
Ein Schniefen drang durch den Hörer.
„Ich habe nicht immer gewusst, wo er all die Jahre über gesteckt hat", sagte sie dann. „Wir hatten trotzdem regelmäßig telefonischen Kontakt miteinander, vor allem, wenn etwas zu regeln war, das Jan und Niklas betraf. Ihnen hat er übrigens regelmäßig E-Mails geschrieben und sich nach ihnen erkundigt. Über sich

selbst hat er allerdings kaum etwas preisgegeben, außer, dass er viel auf Reisen sei und eine Menge Geld verdiene."

„Wann haben Sie zuletzt mit ihm gesprochen?"

„Lassen Sie mich überlegen. Das ist gar nicht lange her, fünf, sechs Wochen ungefähr. Da habe ich ihn in Lüttich angerufen, wo er ja zuletzt gelebt hat, um mit ihm über die Finanzierung von Niklas' Architektur-Studium in München zu sprechen, das im Oktober beginnt."

„Und?"

„Er war sofort bereit, die Kosten eines Zimmers in München und Niklas' Lebenshaltungskosten zu finanzieren. Was Geld angeht, kann ich wirklich nichts Schlechtes über meinen Mann sagen", fügte sie hinzu. „Er hat uns seit vielen Jahren regelmäßig zweitausend Euro im Monat überwiesen."

Stettenkamp ließ sich nicht anmerken, wie irritiert er war. Als Angestellter eines Sicherheitsdienstes konnte Berghofer sich niemals eine Wohnung in Lüttich leisten, seinen eigenen Lebensunterhalt finanzieren und darüber hinaus noch zweitausend Euro an seine Familie überweisen. Seine finanzielle Großzügigkeit sprach einmal mehr dafür, dass er ein Doppelleben geführt haben musste.

„Frau Berghofer, ich kann Ihnen diese Frage leider nicht ersparen: Haben Sie gewusst, dass Ihr Mann eine Lebensgefährtin in der Eifel gehabt hat, mit der er ein Kind erwartete?"

Die Witwe räusperte sich.

„Ja, das hat er mir während unseres letzten Telefonats erzählt", sagte sie offen. „Aber wissen Sie, Herr Stettenkamp, Sascha hat uns doch im Grunde vor

zwanzig Jahren schon verlassen, als er sich damals dafür entschieden hat, sich bei der Bundeswehr zu verpflichten und sogar freiwillig in den Kosovo gegangen ist. Seither hat er nicht mehr mit uns zusammen gelebt. Was soll ich ihm da vorwerfen?"
Sie bat darum, das Gespräch zu beenden; ihre Söhne seien gerade von der Schule nach Hause gekommen.

„Ich frag mich manchmal echt, was die Schäfer überhaupt die ganze Zeit über macht", brummte Peter im Büro. „Wenn ich an die Zeiten mit Alex denke, der hat sich doch ganz anders in einen Fall hineingekniet!"
Ilka sah ihn verwundert an.
„Welche Laus ist dir denn über die Leber gelaufen? Und wieso sagst du 'die Schäfer'?" Sie grinste. „Ich dachte, ihr seid so etwas wie ein Paar?"
Peter winkte ab und wollte gerade etwas sagen, da trat Ilka ihm unauffällig auf den Fuß. Ihre Chefin stand in der halboffenen Tür.
„Wenn du dich fragt, was ich die ganze Zeit über mache, dann kläre ich dich gerne auf", sagte sie spitz. „Bitte kommt beide mit in mein Büro, ich habe Euch nämlich etwas Spannendes zu berichten, das euch aus den Socken hauen wird!"
Sie saßen an ihrem kleinen Besprechungstisch. Die Düsseldorferin hatte ihren Laptop aufgeklappt.
„Wie ihr wisst, habe ich noch gute Kontakte zu meinen alten Kollegen im LKA", begann Bente Schäfer. „Sie haben mir ein Programm zur Verfügung gestellt, was uns in Düsseldorf so manches mal bei Ermittlungen weitergeholfen hat." Sie drehte den Bildschirm zu ihnen herum.
„Erkennt ihr diesen Mann?"

Ilka überlegte. Das Foto zeigte das Konterfei eines dunkelhaarigen Mannes mit Vollbart und braunen Augen. Er trug ein himmelblaues Hemd, dazu eine silbergraue, gemusterte Krawatte.
„Das Bild habe ich im Netzwerk *Xing* entdeckt. Der junge Mann hat dort vor einem Jahr sein Profil eingestellt und suchte einen Job als Sicherheitstechniker."
Peter blickte demonstrativ gelangweilt aus dem Fenster.
„Ich glaube, ich erkenne den Typen wieder", sagte Ilka plötzlich. „Ist das nicht dieser Sebastian? Also der Verlobte von Clarissa Gerhardt?"
„So ist es!", meinte Bente Schäfer triumphierend und deutete auf das Bild, das ihn neben Rachid Mansour und der Tochter des Frechener Bauunternehmers zeigte.
„Das Programm kann hundertsiebenundzwanzig Gesichtsmerkmale miteinander vergleichen. Und jetzt schaut mal!"
Die Software hatte eine Übereinstimmung von einhundert Prozent festgestellt!
„Ich bin selbst unter einem Decknamen bei *Xing* angemeldet", sagte Frau Schäfer, „daher kann ich all seine Angaben, die er dort gemacht hat, sehen. Das sind zwar nicht viele, aber sie helfen uns weiter."
Der Mann hieß mit vollständigem Namen Sebastian Kortmann, war siebenunddreißig Jahre alt und stammte gebürtig aus Gelsenkirchen. Als Wohnort gab er Lüttich und als seinen Arbeitgeber eine Firma namens 'Safety Technology Aachen' an.
„Ich habe mich heute morgen mal schlau gemacht", sagte Frau Schäfer und sah in die Runde. „Bei der Firma handelt es sich um ein Subunternehmen. Und

jetzt kommt es: Sie entsendet auch Sicherheitstechniker in das AKW *Courant II*!“
Peter schlug mit der Faust auf den Tisch.
„Das ist ja ein Ding! Wir müssen schleunigst herausfinden, ob Kortmann dort gearbeitet hat.“
Die Düsseldorferin bedachte ihn mit einem süffisanten Blick.
„Das habe ich längst erledigt, denn ich arbeite schließlich in der Zeit, in der du dich fragst, was ich so mache.“ Sie strich sich ihren dunkelblauen Hosenanzug glatt. „Sebastian Kortmann hat definitiv im AKW gearbeitet und zwar so regelmäßig, dass seine Firma ihm in Lüttich ein Ein-Zimmer-Apartment zur Verfügung gestellt hat.“
Sie nahm einen Schluck Mineralwasser.
„Ich habe schon mit Fred van Afferden telefoniert. Er konnte mir bestätigen, dass es Kortmanns Aufgabe war, als externer und damit vorgeblich neutraler Mitarbeiter in *Courant II* die Störfallmonitore zu überprüfen. Van Afferden kannte den Mann nicht persönlich, was ich bei rund tausend Mitarbeitern nachvollziehen kann.“ Sie rieb sich die Hände. „Jedenfalls hat er mich vor einer halben Stunde noch einmal zurückgerufen, um am Telefon eine Bombe platzen zu lassen: Sebastian Kortmann ist nachweislich am Sonntagabend wegen eines angeblich kleinen Störfalls in jenem Labor gewesen, in dem zehn Stunden später per Zeitschaltuhr die 'schmutzige Bombe' detoniert ist!“

Stettenkamp befand sich drei Etagen tiefer im Keller in seinem Element. Er hatte sein Kabüffchen mit zwei Metaplanwänden zugestellt, auf denen er in der vergangenen Stunde sämtliche Informationen über

Sascha Berghofer alias Mark Weißgerber sorgsam angepinnt hatte. Diese Methode half ihm, allen modernen Techniken zum Trotz, nach wie vor am besten, den Überblick zu behalten und so entsprechende Schlüsse ziehen zu können.
Berghofer, da war er sich inzwischen ziemlich sicher, konnte nur ein Verbindungsmann gewesen sein, der von einem Nachrichtendienst als Informant genutzt worden war.
Was sprach in seinen Augen für die V-Mann-Theorie? Berghofer hatte ein Leben unter einer Legende geführt: Ein neuer Name samt einer überschaubaren Biografie, die rein gar nichts mit seinem Leben als verheirateter Familienvater aus Obergriesbach zu tun hatte. Zudem die Tatsache, dass er nichts aus seiner Vergangenheit preisgegeben hatte, selbst seiner Freundin Bianca Schulz gegenüber nicht. Seine engsten Kollegen hielten ihn als Wachmann für überqualifiziert. Seine Ehefrau, die er vor zwanzig Jahren geheiratet hatte, beschrieb ihn als Abenteurer und Weltenbummler.
Im Kosovo hatte Berghofer mit ein paar weiteren KFOR-Soldaten vor langer Zeit Waffen nach Deutschland geschmuggelt und war dafür viereinhalb Jahre im Gefängnis gelandet. Aber was hatte er anschließend gearbeitet, womit er offenbar sehr gutes Geld verdient hatte? Selbst Leni Berghofer wusste es nicht. Auch dem Münchner Oberkommissar Karl Hauser war es nicht gelungen, es herauszufinden, trotz seiner ansonsten umfangreichen Recherche.
Stettenkamp wusste, dass Verbindungsleute in ihrer Vergangenheit häufig selbst in den Milieus aktiv gewesen waren, in denen sie später für die Polizei oder einen Nachrichtendienst tätig waren. Nicht selten

resultierte die Motivation, als V-Mann zu agieren, schlicht aus finanziellem Interesse. Denn für ihre Auskunftsbereitschaft erhielten wertvolle Verbindungspersonen ein fürstliches Honorar, über dessen Höhe die Behörden sich ausschwiegen. Zuletzt hatte Sascha Berghofer im belgischen Lüttich gearbeitet und das als vermeintlicher Wachmann für ein Atomkraftwerk.

Stettenkamp konnte nur einen Schluss aus all diesen Informationen ziehen: Der Mann musste für den deutschen Bundesnachrichtendienst gearbeitet haben. Die Behörde beobachtete im Ausland vor allem terroristische Bestrebungen, organisierte Kriminalität sowie die Weitergabe von ABC-Waffen und Rüstungsgütern. Der Kommissar betrachtete noch einmal die dreißigseitigen verschlüsselten Aufzeichnungen, die Berghofer geschickt in einem Bildband versteckt hatte. Er hatte sich von der Abkürzung Cs für Caesium in die Irre leiten lassen und geglaubt, ein Chemiker könne ihm weiterhelfen. Stettenkamp schüttelte über sich selbst den Kopf.

Selbstverständlich arbeiteten auch Mitarbeiter des Bundesnachrichtendienstes mit Codes und Verschlüsselungen und nutzten diese moderne Form einer Geheimschrift. Warum nur war er nicht früher auf den Gedanken gekommen, dass es sich bei Berghofer um einen V-Mann handeln könnte?

Er dachte nach. Einen Kryptoanalytiker, der hoffentlich in der Lage sein würde, Berghofers Aufzeichnungen zu entziffern, hatte er sogar an der Hand. Simon Kleinert, stellvertretender Vorsitzender des örtlichen Tennisvereins, in dem Stettenkamp seit zwei Jahren Mitglied war, arbeitete als Wissenschaftsjournalist. Vor ein paar Jahren hatte er ein Buch mit dem Titel:

'Die wundersame Welt der Geheimschreiber und Codeknacker' oder so ähnlich geschrieben. Kleinert unterhielt sich nach dem Spiel im Mannschaftsheim nur selten mit seinen Tennisfreunden über seine Arbeit. Heute am Telefon aber schien er regelrecht glücklich zu sein, mit Alex auch einmal über seine große Leidenschaft, die Kryptoanalyse, sprechen zu können.

„Die Probleme der Ver- und Entschlüsselung im digitalen Zeitalter bewegen sich an der Schnittstelle von Informatik, Mathematik und Quantentheorie", versuchte Simon ihm zu erklären. „Die neueren Chiffriermethoden funktionieren fast allesamt mittels asymmetrischer Schlüssel und..."

Der Kommissar trommelte mit den Fingerkuppen leise auf dem zugeklappten Deckel des Scanners herum.

„Äh Simon", unterbrach er ihn, „darf ich dir die Aufzeichnungen eben vorbeibringen? Es ist dringend, verstehst du?"

Aber der Kryptoanalytiker schien seinen Einwurf gar nicht zu hören.

„Ich erkläre dir jetzt, wie die meisten Geheimdienste heute arbeiten. Sie nutzen eine programmierte Substitutionstabelle, in der Buchstaben bestimmte Zeichen zugeordnet werden. Zum Verschlüsseln ersetzt man also Buchstaben im Klartext durch Zeichen. Dabei sind unterschiedliche sprachspezifische Tabellen in Gebrauch, die die Häufigkeit der vorkommenden Buchstaben in einer Sprache berücksichtigen."

„Simon!"

„Ordnet man den Buchstaben durchgängig Zahlen zu, können sie mit Hilfe mathematischer Operationen in andere Werte umgerechnet werden..."

Glücklicherweise fiel just in diesem Moment Simons vierköpfige Kinderschar lärmend in dessen Arbeitszimmer ein.
„Ach Alex, maile mir das Zeug eben und komm dann auf einen Sprung vorbei, dann klären wir die Sache."
Geht doch, dachte der Kommissar, und bretterte über die Bundesstraße 266 an seinem Heimatort Eicks vorbei nach Kommern.
In seinem Haus wartete der Wissenschaftsjournalist mit einer Überraschung auf. Er hatte die Aufzeichnungen in der Kürze der Zeit bereits vollständig decodiert und übersetzte sie nun für Alex: Sascha Berghofer hatte einen Tag vor seinem Tod im Pariser Restaurant *Chez George* in der Rue de Mail einen Behälter mit Caesium versteckt; verborgen in einem mit zerknülltem Packpapier bedeckten Weinkarton. Dieser befinde sich im Keller in einem Raum im selben Gang wie die Toiletten hinter sieben Reihen gleicher Kartons mit der Aufschrift eines Weinhandels aus dem Burgund.
Doch damit nicht genug.
Eine Frau namens Isabelle Durand werde jenen Behälter mit dem radioaktiven Material am Dienstagmittag, dem 13. Juni, gegen 13 Uhr abholen und einen vereinbarten Geldbetrag in die Tasche legen.
Stettenkamp glaubte seinen Ohren nicht zu trauen. Er blickte auf den Wandkalender in Simon Kleinerts Arbeitszimmer.
Der besagte Dienstag war schon morgen!
Alex verabschiedetete sich hastig.
„Übrigens", gab der Kryptoanalytiker ihm mit auf den Weg, „nicht nur Nachrichtendienste, sondern auch professionell agierende Verbrecher wie internationale

Waffenschieber arbeiten mit verschlüsselten Botschaften, wusstest du das?“

Der Kommissar nickte kurz und seufzte.

Was um Himmels willen wurde hier eigentlich gespielt? Auf welche Weise war der vermeintliche Security-Mann Sascha Berghofer an einen mit Caesium gefüllten Behälter gelangt? War er überhaupt ein V-Mann? Und weshalb hatte er sterben müssen?

Dienstag - 9. Tag

Polizeidirektor Groß hatte sich am gestrigen Abend hocherfreut gezeigt, als Alex Stettenkamp ihm von seinen Recherchen berichtet hatte und ganz entgegen seiner Art mit Lob nicht gespart.
„Sie gehören dem KK11 ja nicht mehr an“, hatte Groß gemeint, „aber Frau Landwehr traue ich zu, sich auch allein in dem Pariser Restaurant unauffällig auf die Lauer zu legen. Dort soll sie checken, ob die Frau, wie heißt sie noch, Isabelle Durand, das Caesium abholt und sich dann an ihre Fersen heften!“
Stettenkamp hatte Groß vergeblich gebeten, Ilka begleiten zu dürfen, denn sein Gefühl sagte ihm, dass die Sache gefährlich werden könnte. Wer war der Auftraggeber der unbekannten Französin? Würde dieser Madame Durand möglicherweise beschatten lassen, nachdem sie das Zeug aus dem Keller geschafft hatte? Was, wenn er dabei bemerkte, dass Ilka ganz offensichtlich von dem Deal zwischen Berghofer und Durand wusste und ihr folgen würde?
Doch Groß tat seine Bedenken einfach ab. Auch Peter Bongardt wollte er nicht mitschicken. Der würde vor Ort gebraucht, schließlich stünden sie doch hoffentlich kurz vor dem großen Durchbruch.
So machte sich Ilka Landwehr am sehr frühen Morgen mit einem seltsamen Gefühl in der Magengegend auf den Weg in die französische Hauptstadt. Bente Schäfer bat Stettenkamp und Bongardt unterdessen zu einer Besprechung in ihr Büro. Groß hatte eigentlich hinzustoßen wollen, jedoch vor einer Stunde abgesagt mit der

Begründung, er fliege heute auf Geheiß seines Chefs nach Berlin.
„Über Sebastian Kortmann habe ich gestern bekanntlich eine ganze Menge herausgefunden“, eröffnete sie die informelle Sitzung. „Ich denke, wir können nun mit an Sicherheit grenzender Wahrscheinlichkeit davon ausgehen, dass Clarissa Gerhardt an ihrem Arbeitsplatz in der Kölner Klinik für Nuklearmedizin eine Ampulle Caesium 137 gestohlen hat. Ihr Verlobter Sebastian wird die Sprengstoffbombe vermutlich gebaut haben.“ Sie lächelte. „Dank Ilkas Engagement haben wir seit heute morgen den DNA-Abgleich zwischen Clarissas Haar und den zahlreichen Fingerabdrücken aus der Molenbeeker Wohnung vorliegen. Es wird euch nicht wundern“, meinte sie, „wenn ich euch sage, dass wir nun definitiv wissen, dass die junge Frau dort gewesen ist. Ich erinnere daran, im Zuge der Razzia haben die belgischen Kollegen in der WG zudem den Sprengstoff TATP sichergestellt.“ Sie machte eine kurze Pause. „Nun gilt es, Clarissa Gerhardt und Sebastian Kortmann das Attentat nachzuweisen. Um herauszufinden, ob Rachid Mansour wirklich 'nur' ein Mitwisser ist, müssen wir das Duo endlich finden!“
Sie atmete tief durch. „Mit wir meine ich uns und Annike Vervoorts Leute. Sie wird sich darum kümmern, dass nach ihnen in Belgien landesweit gefahndet wird. Genauso gut können sie aber auch längst wieder zurück in Deutschland sein. Ich gehe davon aus, dass Gerhardt und Kortmann spätestens ab morgen auch bei uns landesweit gesucht werden. Die Mühlen der Behörden mahlen da leider manchmal mehrere Tage lang, das weiß ich aus Erfahrung.“

Peter zuckte mit den Schultern.
„Theoretisch könnten sie auch längst in Syrien oder sonstwo sein. Ich meine, ganz sicher haben die beiden doch von irgendjemandem aus der Szene erfahren, dass es in der Molenbeeker WG eine Razzia gegeben hat und Rachid Mansour verhaftet worden ist.“ Er spielte mit seinem Kugelschreiber, wie so oft, wenn er nachdachte. „Falls sie nicht ohnehin zuvor gewarnt worden sind. Undichte Stellen gibt es ganz sicher auch bei der belgischen Polizei.“
Bente Schäfer nickte und räusperte sich vernehmlich. Hatte ihre Chefin ihnen noch etwas Entscheidendes mitzuteilen?
Sie hatte.
„Sebastian Kortmann, das weiß ich seit heute früh, ist kein unbeschriebenes Blatt“, sagte die Düsseldorferin. Sie klang ärgerlich. „Ich habe mich noch gestern mit zwei vertrauenswürdigen Kolleginnen aus dem LKA ausgetauscht und sie gebeten, uns informell zu unterstützen. Das haben sie getan.“
Peter verstand nicht, worauf sie hinauswollte. Im Gegensatz zu Stettenkamp.
Er sprang von seinem Stuhl auf.
„Jetzt sagen Sie nicht“, rief er entsetzt aus, „dass Kortmann den Behörden vor dem Sprengstoffattentat bereits bekannt gewesen ist?“
Bente Schäfer nickte.
„Genau das will ich sagen. Sebastian Kortmann gilt seit vielen Jahren als dschihadistischer Schläfer. Er hat im Namen des 'Islamischen Staates' gemeinsam mit anderen Gefährdern sowohl in Tunesien als auch in Frankreich etliche Straftaten begangen, bei denen zum Teil Menschen schwer verletzt worden sind.“

Peter schlug mit der Faust auf den Tisch.
„Das glaube ich jetzt nicht! Wie ist es dann möglich, dass er in Belgien einen Job gefunden hat, wo er sogar im Hochsicherheitsbereich eines Atomkraftwerks eingesetzt wird? Ich glaube, ich spinne!"
Frau Schäfer sah zu Stettenkamp hinüber.
„Kortmann hat bis vor zwei Jahren noch in Deutschland gelebt und zwar in Aachen. Dort nahm er seine Beschäftigung bei 'Safety Technology Aachen' auf. Obwohl er zu dieser Zeit längst als Gefährder galt, ist er 2016 vom Radar des Verfassungsschutzes verschwunden. Vermutlich, weil er bis dato in Deutschland keinen Anschlag begangen hat. Bei uns im Land", fügte sie hinzu, „haben wir offiziell fünfhundertzweiundfünfzig Gefährder. Es ist utopisch, jeden von ihnen vierundzwanzig Stunden pro Tag lückenlos überwachen zu können."
Stille.
„Sie sagten eben", setzte Stettenkamp an, „Kortmann sei den Behörden vor dem Sprengstoffattentat bekannt gewesen. Hat es denn überhaupt keinen Informationsaustausch zwischen den Ländern gegeben?"
Sie nickte.
„So scheint es jedenfalls. Der französische Geheimdienst hat nachweislich sowohl den Bundesnachrichtendienst als auch den belgischen Nachrichten- und Sicherheitsdienst informiert. Bei uns wurde er ein knappes Jahr lang überwacht und fiel dann aufgrund seines unauffälligen Verhaltens durchs Raster. Und die Belgier, das wissen wir, haben ihn aufgrund mangelnder Personalkapazitäten überhaupt nicht observiert. Ich vermute, genau deshalb ist es für Sebastian Kortmann auch kein Problem gewesen, seinen Wohnsitz nach

Lüttich zu verlegen und für das Subunternehmen sogar als Sicherheitstechniker im AKW *Courant II* zu arbeiten. In den Augen seiner Firma war er ja bei seiner Einstellung ein unbeschriebenes Blatt."
Peter schüttelte den Kopf.
„In einem Atomkraftwerk eine 'schmutzige Bombe' zu zünden, muss für ein Mitglied des 'Islamischen Staates' doch die Heldentat schlechthin sein."
Stettenkamp pflichtete ihm bei.
„Und weil man nach Kortmann im Nachhinein wesentlich eher gesucht hätte als nach dem Jugendlichen Rachid Mansour aus der Eifel, hat dieser die Aufgabe bekommen, sich auf dem Internetfilm zu der Tat zu bekennen. So gesehen ist das Video überhaupt kein Fake gewesen", fand Peter. „Die Aussage, dass der IS hinter dem Sprengstoffattentat steckt, stimmt. Und ob sich nun Mansour oder Kortmann bekennt, ist für die Glaubenskämpfer vermutlich zweitrangig. Beteiligt waren ohnehin alle drei, Clarissa inbegriffen."
Bente Schäfer nickte.
„Ich bin ziemlich sicher, Sebastian Kortmann ist derjenige gewesen, der das Attentat geplant hat. Als er Clarissa kennengelernt hat und erfuhr, dass sie an ihrem Arbeitsplatz Zugang zu radioaktiven Stoffen hat, erschloss sich ihm auf einmal eine sehr reale Möglichkeit, seinen Plan in die Tat umzusetzen. Ganz sicher hatte er Clarissa in der Hand und ebenso Rachid; welche konkrete Rolle er auch immer bei der Tat gespielt hat."
Stettenkamp konnte es nicht fassen.
Das Sprengstoffattentat im AKW *Courant II*, das eine Tote und einen Verletzten sowie die radioaktive Kontaminierung des Gebietes rund um den Pannenmeiler zur

Folge gehabt hatte, wäre wohl verhindert worden, wenn die Sicherheitsbehörden der Länder besser zusammengearbeitet hätten.

„Es wird nicht lange dauern", prognostizierte Frau Schäfer, „bis ein paar gewiefte Journalisten die Behördenpannen aufdecken und anfangen, kritische Fragen zu stellen. Zu Recht."

Peter nickte.

„Denkt an den Fall Anis Amri, dem Weihnachtsmarktattentäter von Berlin. Der Druck auf die Landesregierung ist so groß geworden, dass sie um einen Untersuchungsausschuss nicht herumgekommen ist. Und der wird nun schon seit Januar dazu missbraucht, sich gegenseitig den schwarzen Peter zuzuschieben." Er sah zur Decke hinauf. „Der Name Sebastian Kortmann jedenfalls wird in ein paar Tagen in aller Munde sein. Eine 'schmutzige Bombe' in einem Atomkraftwerk zu zünden, ist nicht weniger spektakulär als mit einem LKW in einen Weihnachtsmarkt hineinzurasen. In *Courant II* hätte die Tat wesentlich schlimmere Folgen haben können als ohnehin schon."

Bente Schäfer wählte die Telefonnummer ihrer Kollegin Annike Vervoort, um sich nach Rachid Mansour zu erkundigen. Er hatte bei seiner letzten Befragung heute Morgen noch einmal bekräftigt, lediglich ein Mitwisser gewesen zu sein. Rachid habe, vermutlich durch die Situation der Untersuchungshaft ohne Kontakt zu seinen Eltern, einen zermürbten Eindruck gemacht, berichtete Vervoort. Als sie ihm auf den Kopf zugesagt habe, dass die Polizei inzwischen wisse, dass Clarissa Gerhardt eine Ampulle Caesium 137 an ihrem Arbeitsplatz entwendet habe und nach ihr und Kortmann landesweit gefahndet werde, war der Siebzehnjährige regelrecht in sich zusammengebrochen. Madame Vervoort hatte auf Rachids Wunsch hin schließlich seinen Strafverteidiger Dr. Wegmann ins Gefängnis bestellt. Nach einem kurzen Gespräch zwischen den beiden habe Rachid Mansour vor einer Viertelstunde bestätigt, dass Kortmann der Auftraggeber und Planer des Attentats gewesen sei und am Sonntagabend wegen des kleinen Störfalls im AKW die Gunst der Stunde genutzt habe, die 'schmutzige Bombe' per Zeitzünder zu installieren. Einen Fahndungserfolg konnte Annike Vervoort bislang nicht vermelden. Sie hielt es für unmöglich, dass Gerhardt und Kortmann sich über die Grenzen nach Deutschland, Frankreich, Luxemburg oder die Niederlande auf und davon gemacht hätten. Seitdem aktiv nach ihnen gesucht wird, wahrscheinlich nicht, dachte Stettenkamp bitter. Doch seit Clarissa ihrem Vater das Foto aus Molenbeek aufs Handy geschickt hatte, waren zwei Wochen vergangen. Es lag in seinen Augen nahe, dass die beiden sich unmittelbar nach dem Sprengstoffattentat auf und davon gemacht hatten. Vermutlich hatten sie ihren jugendlichen Mitwisser Rachid deshalb zurückgelassen, weil sie fortan alleine als Paar zusammenleben wollten.

Einige hundert Kilometer entfernt schlenderte Ilka unter strahlend blauem Himmel durch das Zentrum von Paris, nachdem sie ihren Golf in einem Parkhaus abgestellt hatte, was sie später stolze vier Euro pro Stunde kosten sollte.
Das Restaurant *Chez George* lag im 1. Arrondissement im Herzen von Paris rechts des Seine-Ufers. Ilka hatte eine

riesige, dunkle Sonnenbrille aufgesetzt, das blonde Haar zu einem schicken Dutt hochgesteckt und ihren figurbetonten, dunkelblauen Trenchcoat übergeworfen. In den Händen trug sie eine edle Einkaufstasche mit dem Label des Modemachers Louis Vuitton und hoffte so, für eine Shopping-Touristin gehalten zu werden.
Die Kommissarin blickte auf ihre zierliche Armbanduhr. Sie hatte noch fast eineinhalb Stunden Zeit, bis sie sich in das Speiselokal begeben würde, um hoffentlich die unbekannte Isabelle Durand dabei zu beobachten, wie diese gleich eine weinrote Tasche mit einem Behälter Caesium aus einem leeren Weinkarton ziehen würde. Anschließend musste es ihr gelingen, der Frau unauffällig zu folgen, galt es doch herauszufinden, wohin sie das radioaktive Material brachte, wer sie tatsächlich war und in wessen Auftrag sie handelte.
Hatte Isabelle Durand mit Sascha Berghofer alias Mark Weißgerber gemeinsame Geschäfte gemacht? Oder würde sich Stettenkamps Theorie bestätigen, dass es sich bei dem vermeintlichen Wachmann tatsächlich um einen V-Mann des Bundesnachrichtendienstes handelte? Hatte er die Französin mit dem Deal als Käuferin radioaktiven Materials überführen wollen? Der Verdacht lag zumindest nahe.
Gar nicht dumm von den potenziellen Hintermännern, ausgerechnet eine attraktive, junge Frau für ein solches Geschäft auszuwählen, dachte Ilka. Wer würde ihr im Restaurant *Chez George* wohl nicht abnehmen, sich auf dem Weg zur Toilette verlaufen zu haben und im benachbarten Weinlager gelandet zu sein?
Ilka zog das ausgedruckte Foto aus der Manteltasche, das Berghofer zusammen mit Durand zeigte, die ihm just in dem Moment, wo sie kurz hinter der

französischen Grenze auf deutschem Boden geblitzt worden waren, ins Lenkrad gegriffen hatte. Trotz der Schwarz-weiß-Aufnahme konnte man das Gesicht der Frau mit dem langen, dunklen Haar gut erkennen. Ilka war daher zuversichtlich, sie später im Lokal ausfindig machen zu können.

Sie ließ sich auf einer Bank nieder und genoss trotz ihrer Anspannung die wärmende Sonne. Die Kommissarin sah sich um. Zahlreiche Menschen säumten die Straße und spazierten in Richtung Louvre. Sie schloss einen Moment die Augen und dachte zurück an den Trip mit Daniel nach Paris, als sie gerade frisch verliebt gewesen waren. In jenem Sommer hatten sie sich anläßlich eines Klassentreffens im Kaller Aktiv Park wiedergefunden.

Ilka lächelte.

Mit Daniel hatte sie hier im 1. Arrondissement innerhalb von drei Tagen sämtliche Sehenswürdigkeiten besucht: den Louvre, den Jardin des Tuileries, die Place Vendôme, das Palais Royal und selbstverständlich den Triumphbogen sowie die Brücke Pont Neuf. Zwischendurch hatten sie immer wieder Pausen in netten Bistros oder Cafés eingelegt, die besondere Atmosphäre der Stadt auf sich wirken lassen, von einem Straßenkünstler ein wunderschönes Portraitbild zeichnen lassen und waren stundenlang Hand in Hand durch das Quartier geschlendert.

Ilka setzte sich auf und nahm ihre Sonnenbrille ab.

Just in diesem Moment wandte sich ein Mann von ihr ab, der sie offensichtlich auf der Bank beobachtet hatte. Nun eilte er entlang des Flussufers, ohne sich einmal umzudrehen.

Ilka überlegte kurz, ihm zu folgen, verwarf diesen Gedanken jedoch wieder. Es wurde Zeit, sich im *Chez George* unverfänglich bei einem kleinen Mittagessen in der Nähe der Kellertreppe zu postieren. Ihr Herz schlug schneller bei dem Gedanken an die Begegnung mit Isabelle Durand.

Stettenkamp wartete unterdessen auf den Rückruf seines alten Bekannten Werner Müller, der seit neun Jahren beim Bundeskriminalamt in Wiesbaden tätig war. Er hatte Müller, der als Spezialist im Bereich der Organisierten Kriminalität arbeitete, vor langer Zeit in Münster anlässlich einer Fortbildung kennengelernt und den Kontakt zu ihm bewusst nie abreißen lassen. Zwischen den Männern hatte die Chemie auf Anhieb gestimmt, ihr Ehrgeiz, ihre Beharrlichkeit aber auch ihre Art, sich dann und wann gerne einmal über Grenzen und Vorschriften hinwegzusetzen, verband sie.

Stettenkamp erinnerte sich daran zurück, wie Müller ihm inoffiziell weitergeholfen hatte, als er sich die Zähne im Fall der getöteten Valentina Marinotti ausgebissen und den üblen Verdacht gehegt hatte, die Mafiaorganisation *Ndrangheta* stecke hinter der Tat. Ohne Müllers Informationen über deren Aktivitäten im Rheinland hätte er die wahren Hintergründe der Tat mit seinem Team womöglich niemals aufgedeckt.

Nun also hoffte Stettenkamp abermals auf eine unbürokratische Unterstützung des Bundeskriminalamtes. Müllers Behörde arbeitete organisatorisch getrennt vom Bundesnachrichtendienst, doch ein gegenseitiger Informationsaustausch fand statt - wenn er manchmal auch nicht so funktionierte, wie es geboten wäre. Die

Gründe dafür, so hatte der Spezialist ihm erklärt, seien vielfältig und reichten von personeller Überlastung über Fehleinschätzungen von Informationen bis hin zu falschen Eitelkeiten einiger Behördenmitarbeitern.
Endlich!
Sein privates IPhone klingelte und im Display erschien Werner Müllers persönliche Handynummer.
„Alex, grüß dich!“, sagte er hastig. „Du, ich kann nicht lange ungestört telefonieren, gleich beginnt das nächste Meeting. Nur soviel: Du liegst richtig mit deiner Vermutung. Sascha Berghofer hat bis zu seinem Tod tatsächlich über fünfzehn Jahre lang als V-Mann für den BND gearbeitet!“
Endlich wussten sie, woran sie waren.
„Mein Vertrauter beim BND hat mir gesteckt, dass sie Berghofer deshalb so gut gebrauchen konnten, weil er sich zum einen im Milieu des Waffenhandels auskannte und zum zweiten ein absolut integerer und verlässlicher Typ gewesen sei“, fuhr Müller fort. „Selbst seine Ehefrau in Bayern habe er nicht über seine Tätigkeit informiert. Mein Kontaktmann lobte Berghofer vor allem, weil er intelligent genug gewesen sei, sich konsequent an seine Legende als Mark Weißgerber zu halten und nichts über seine reale Vergangenheit preiszugeben“, berichtete er weiter. „Der V-Mann sei geradezu heiß darauf gewesen, mit immer neuen Aufträgen in verschiedenen Ländern zu arbeiten, zuletzt eben als angeblicher Wachmann im AKW *Courant II*.“
Stettenkamp dachte an die Worte, mit denen Leni Berghofer ihren Mann beschrieben hatte, als er die Familie mit Mitte zwanzig verlassen hatte, und erzählte Müller davon. Der gebürtige Bayer schien sich in

diesem Punkt offenbar in all den Jahren nicht verändert zu haben.

Doch Werner Müller widersprach.

„Mein Vertrauensmann hat mir berichtet, der Bundesnachrichtendienst habe in den vergangenen Monaten zu zweifeln begonnen, ob Mark Weißgerber tatsächlich weiterhin der richtige Mann für die Behörde sei. Viel wusste er selbst nicht, aber zumindest soviel, als dass Weißgerber seinem Chef erzählt hat, wieder Vater zu werden und in der Eifel sesshaft werden zu wollen. Das wird der Behörde überhaupt nicht gefallen haben. Als V-Mann wäre er mit solchen Plänen logischerweise raus gewesen."

Das war ein Ding!

„Waren die Geschäftsführer der Betreibergesellschaft eigentlich eingeweiht, dass Weißgerber tatsächlich ein V-Mann war?"

Müller verneinte.

Auch der Sicherheitsdienst 'Belgian Securite', bei dem er angestellt gewesen war, habe nichts gewusst.

„Warum hat der BND ihn eigentlich ausgerechnet im Pannenmeiler *Courant II* installiert?", wollte Stettenkamp wissen.

„Na, ein Nachrichtendienst ist natürlich höchst interessiert daran, herauszufinden, wer im Ausland dabei ist, eine 'schmutzige Bombe' zu bauen", erklärte Müller. „Möglichkeiten, an radioaktives Material zu gelangen, gibt es zwar natürlich, aber es ist trotzdem nicht gerade einfach, sich das Zeug zu beschaffen", meinte er. „Der BND hat vermutet, dass die Sicherheitsvorkehrungen in einem Pannenreaktor wie *Courant II* eher lasch sein könnten. Vielleicht hatte die Behörde sogar einen ganz konkreten Schläfer im Visier." Er räusperte sich.

„Weißgerbers Hauptaufgabe war aber eine andere: Er sollte als vorgeblicher Waffenhändler Kontakte zu Dealern aus dem Ausland herstellen, die am Kauf von radioaktivem Material interessiert sind. Um auf diese Weise herauszufinden, wer diese Leute und vor allem ihre Auftraggeber sind, verstehst du?"
Allerdings. Sascha Berghofer alias Mark Weißgerber hatte aufgrund seiner Tätigkeit in einem AKW in den Augen dieser Leute Zugang zu radioaktivem Material und war damit ein glaubhafter Dealer. Das dieser dort als Wachmann arbeitete, ahnten sie sicherlich nicht.
Werner Müller verabschiedetete sich.
Der Kommissar setzte sich an den winzigen Tisch und nestelte dabei in seiner Anzugsjacke herum. Er fand jedoch nichts. Logisch, er hatte ja alle Zigaretten verschenkt. Er atmete tief durch. Kurz spielte er mit dem Gedanken, zu Annemie hinüberzugehen und eine zu schnorren. Jetzt ein paar schöne tiefe Züge und er würde bald klarer sehen. So wie früher...
Verändern Sie Ihre Rituale, hatte Ilona Scheer ihm vor der Hypnosesitzung mit auf den Weg gegeben.
Also tigerte er in seinem engen Kabuff auf und ab.
Nein, so konnte kein Mensch nachdenken.
Was tun?
Er beschloss, Ilka auf dem Handy anzurufen, um ihr zu berichten, was er soeben über Sascha Berghofer erfahren hatte. Doch sogleich sprang die Mailbox an.
Vermutlich lag sie längst auf der Lauer und wartete auf Isabelle Durand. Vielleicht war die Dame schon vor Ort.
Plötzlich schlug er sich vor die Stirn.
Logisch!

Bei Durand musste es sich um eine Käuferin handeln, mit der Berghofer bei seinem Besuch in Paris vor knapp drei Wochen einen vermeintlichen Deal über den Ankauf eines Caesium-Behälters geschlossen hatte. Warum er anschließend mit ihr ein Stück über die deutsche Grenze gefahren war, wo sie in eine Radarfalle geraten waren, erschloss sich ihm nicht. Vermutlich gab es eine einfache Erklärung dafür.
Für wen arbeitete die Französin, wenn sie denn überhaupt eine war? Namen konnten sich bekanntlich als Schall und Rauch erweisen. Ob ihre Hintermänner die Frau gerade dabei beobachteten, wie sie das Zeug aus dem Keller schaffte? Es blieb nur zu hoffen, dass ihre Auftraggeber keinen Verdacht schöpften, dass der Deal überhaupt nicht echt und Berghofer gar kein Nuklear-Schmuggler, sondern ein V-Mann gewesen war. Seine Sorge um Ilka wuchs. Was, wenn Durands Auftraggeber ihre wahren Absichten erkannten?

Als Ilka das Restaurant *Chez George* um kurz vor halb eins betrat, herrschte im Lokal bereits Hochbetrieb. Sie schaute sich so unauffällig wie möglich um. Die Tische und Stühle standen dicht an dicht, der Geräuschpegel war hoch. Dennoch versprühte das *Chez George* Charme, die heimelige Einrichtung erinnerte an die Fünfziger Jahre. Drei Kellner nahmen freundlich, aber sichtlich in Eile die zahlreichen Bestellungen auf.
Ilka ließ ihren Blick hinüber zu dem dezenten Hinweisschild wandern, das dem Gast den Weg zur Toilette wies. Ein kurzer Pfeil zeigte zur Treppe hinunter in den Keller. Sie dachte an Berghofers codierte Aufzeichnungen. Ohne Alex' Tennisfreund,

den Kryptoanalytiker Simon Kleinert, hätte sie wohl kaum hierher gefunden.
Die Kommissarin nahm am vorletzten freien Tisch mit dem Rücken zur Wand, die Eingangstüre im Blick, Platz. Perfekt. Sie bestellte eine gegrillte Seezunge, dazu ein Glas halbtrockenen Weißwein sowie die Rechnung. Während Ilka wartete, nahm sie die vielen Gäste in Augenschein. Nur wenige waren wie sie alleine hierher gekommen. Bei den meisten schien es sich um Paare oder Geschäftsfreunde zu handeln, die hier miteinander zu Mittag aßen. Zwischendurch wischte Ilka zum Schein auf ihrem privaten Smartphone herum. Alex hatte mehrfach versucht, sie anzurufen, aber nicht auf die Mailbox gesprochen. Eine *Whatsapp*-Nachricht hatte er ihr allerdings geschrieben: 'S.B.=VM!' Sie verstand sofort. Sein Kontaktmann Werner Müller vom BKA, den auch sie seinerzeit im Zuge der Ermittlungen um Valentina Marinotti kennengelernt hatte, war tatsächlich an die Informationen gelangt, dass es sich bei Sascha Berghofer um einen V-Mann gehandelt hatte. Es musste sich also folglich um ein Scheingeschäft handeln, auf das Isabelle Durand gleich hereinfallen würde.
Ilka drehte sich um und sah zum siebten Mal auf die altmodische Uhr an der Wand. Zwei Minuten nach eins schon. Sie schob sich einen Bissen der köstlichen Seezunge in den Mund. Just in diesem Augenblick öffnete sich abermals die Tür zum Innenbereich des Restaurants und eine jüngere Dame trat ein, das Haar zu einem modernen Bob frisiert. Über ihrer rechten Schulter hing eine beigefarbene Designer- Handtasche. Im Lokal fand sich längst kein einziger freier Tisch mehr. Die elegant gekleidetet Frau ging zielstrebig quer

durch den Raum und sprach einen Herrn im Business-Anzug an. Ilka konnte sie nicht verstehen. Auf dem Foto hatte Isabelle Durand langes Haar gehabt, allerdings konnte es sich bei dem Kurzhaarschnitt genauso gut um eine Perücke handeln. Sie ging weiter und die Kommissarin sah ihr seitlich ins Gesicht. Kein Zweifel, es handelte sich um jene Dame, die vor über drei Wochen neben Berghofer am Steuer gesessen hatte und mit ihm hier im *Chez George* gewesen war. Nur dank der gefundenen Bewirtungsquittung in Berghofers Aktentasche waren sie überhaupt auf das Pariser Restaurant aufmerksam geworden, ein zweites Mal dann durch seine im Bildband versteckten Aufzeichnungen.
Isabelle Durand warf einen kurzen Blick auf das Toiletten-Hinweisschild und ging dann ohne erkennbare Eile hinunter in den Keller. Ilka wischte sich mit einer Serviette über den Mund, steckte ihr Handy ein und folgte ihr. Den Blick des Geschäftsmannes in ihrem Rücken, den Berghofers potenzielle Käuferin eben angesprochen hatte, bemerkte sie nicht.
In der Damentoilette angekommen stellte sie erleichtert fest, dass sich außer ihr niemand in dem kleinen, kalten Raum aufhielt. Ilka schaute mit der riesigen Sonnenbrille auf der Nase in den Spiegel vor dem Waschbecken, zupfte ihren eleganten Dutt ein wenig zurecht und zog ihre rot geschminkten Lippen nach.
Die Tür zum Gang hatte sie einen winzigen Spalt offenstehen gelassen. Sie selbst war von außen nicht zu sehen. Ihr Atem wurde flacher, die Anspannung wuchs.
Nur eine Minute später huschte ein Schatten an der Tür vorbei. Ilka spähte unauffällig hinaus. Isabelle Durand trat den Rückweg ins Lokal an; ihre Handtasche wirkte praller als zuvor.

Bingo!
Alles lief wie geplant.
Ruhigen Schrittes ging die Französin durch das volle Restaurant. Sie bedachte den Kellner mit einem koketten Augenaufschlag und verschwand dann nach draußen. Sie schlug den Weg in Richtung des Seine-Ufers ein. Ilka nahm ihren Trenchcoat von der Garderobe und trat ebenfalls hinaus auf die belebte Straße. Sie heftete sich Isabelle Durand mit angemessenem Abstand an die Fersen. Im Gewimmel der vielen Menschen, so dachte die Kommissarin, fiele sie überhaupt nicht auf, zumal die Französin eine gemächliche Gangart eingeschlagen hatte. Zu Ilkas Verwunderung steuerte Durand ausgerechnet jenes Parkhaus an, in dem sie ihren Golf nach ihrer Ankunft in Paris abgestellt hatte. Andererseits, die Parkmöglichkeiten im Zentrum der Hauptstadt waren begrenzt.
Nun wurde es schwieriger, Berghofers Geschäftspartnerin über die Treppen des Parkhauses zu folgen, ohne dass diese sie bemerkte. Ilka vergrößerte den Abstand zwischen ihnen und beobachtete, wie Madame Durand die schwere Tür zum vorletzten Parkdeck öffnete. Ihr Wagen stand folglich nur eine Etage unter ihrem eigenen. Nun hieß es, sich zu beeilen, damit die Französin ihr nicht im letzten Moment noch entwischte.
Ilka stand atemlos vor ihrem Auto und drückte den elektrischen Türöffner. Genau in diesem Augenblick spürte sie von hinten einen kurzen, heftigen Schmerz. Ihr wurde schwindelig, instinktiv drehte sie sich um. Hinter ihr standen zwei dunkel gekleidete Männer. Einen der beiden erkannte sie wieder, er war derjenige, der sie am Vormittag auf der Parkbank am Seine-Ufer

beobachtet hatte. Der Andere riss ihr grob den Autoschlüssel aus der Hand, schob sie blitzschnell auf den Rücksitz und ließ sich hastig neben sie fallen. Ihr Beobachter schwang sich hinter das Steuer. Er bugsierte den Golf auf dem Dachgeschoss des Parkhauses in eine Ecke, in der weit und breit kein anderes Fahrzeug stand. Niemand würde sie sehen, geschweige denn hören.

„Wer sind Sie?", krächzte Ilka.

„Lohmeyer und Schenk, Bundesnachrichtendienst."

Ihr klappte die Kinnlade herunter.

„Was wollen Sie von mir?"

„Gegenfrage! Was haben Sie mit der Dame zu schaffen, mit der Mark Weißgerber Geschäfte machte?"

Ilka versuchte vergeblich, ihren rechten Arm loszureißen, den Lohmeyer fest umklammert hielt.

„Ich bin dabei, herauszufinden, weshalb Mark Weißgerber sterben musste", sagte sie so selbstsicher wie möglich.

„Genau das ist Ihnen nun zum Verhängnis geworden", zischte Schenk. „Sie wissen genauso gut wie wir, dass er in Wirklichkeit Sascha Berghofer heißt und für uns gearbeitet hat. Wir haben vermutet, unser Mann habe sich heimlich abgesetzt. Stattdessen tauchte ein paar Tage später seine Leiche in der Eifel auf. Wir haben gedacht, unsere ganze Vorarbeit sei umsonst."

Ilka runzelte die Stirn.

„Und dann kamen Sie ins Spiel, schnüffelten überall herum. Wir mussten Sie fortan im Auge behalten. Sie sind in Lüttich in Weißgerbers Wohnung gewesen und mit einem Bildband hinausmarschiert. Das hat uns ziemlich geärgert!"

Lohmeyer ergänzte: „Und dann hat Ihr Kollege, dieser Stettenkamp, herausgefunden, dass wir in Weißgerbers Lebenslauf herumgepfuscht haben, um ihn in *Courant II* zu installieren. Ebenfalls sehr ärgerlich. Als er dann auch noch die versteckten Aufzeichnungen Weißgerbers entschlüsselt hat, war uns klar, dass einer von ihnen beiden sich heute auf die Lauer legen würde."

„Wer ist Isabelle Durand?", wagte Ilka zu fragen.

„Na, wer wohl? Eine Käuferin, die bei Weißgerber, unserem vorgeblichen Nuklearhändler, angebissen hat. Vor knapp drei Wochen hat er sich das erste Mal mit ihr im *Chez George* getroffen. Kurz vor seinem Tod hat er den Behälter mit dem Caesium dann dort im Keller platziert. Übrigens clever von Durands Auftraggebern, eine so attraktive Frau vorzuschicken, von der niemand etwas Böses erwartet." Er grinste dümmlich. „Liebe Frau Landwehr, es wird auf Teufel komm raus gedealt mit Caesium, Plutonium und Strontium. Unsere Aufgabe ist es, herauszufinden, wer im Ausland dabei ist, eine 'schmutzige Bombe' zu bauen. Unsere Kollegen sind gerade hinter Isabelle Durand her und finden hoffentlich heraus, für wen sie arbeitet."

Ilka fasste sich an die Stirn.

„Aber den Gefährder Sebastian Kortmann hatten Sie nicht auf dem Radar, was?"

Lohmeyer und Schenk zuckten nur mit den Achseln.

„Kleiner Behördenfehler, kommt vor."

„Wo hatte Weißgerber das Caesium her? Aus dem AKW?"

„Quatsch. Das haben wir unserem Lockvogel beschafft."

„Letzte Frage“, sagte Ilka ahnungsvoll. „Haben Sie etwas mit dem Tod Stephane Kerveillants zu tun?“
Lohmeyer wiegte den Kopf.
„Na, na, wer wird denn jetzt so spitzfindig werden? Ich habe ihn auf der Fahrt nach Hause angerufen, ja. Kerveillant ist im Grunde selbst schuld. Er hatte gegen Ende Zweifel daran, dass Mark Weißgerber tatsächlich nur ein normaler Wachmann war und hat den Fehler gemacht, ihn zweimal darauf anzusprechen. Da musste ich Kerveillant leider ein bisschen Druck machen, die Füße still zu halten. Dass er da gleich gegen einen Baum rast“, Lohmeyer machte eine wegwerfende Handbewegung, „das konnte ich wirklich nicht ahnen.“
Ilka atmete tief durch.
„Wir fahren jetzt mit Ihnen zusammen in unsere neue Dienststelle nach Berlin“, meinte Schenk ruhig. „Dort ist es wesentlich schöner als früher in Pullach. Wir machen eine kleine Führung mit Ihnen, Sie werden begeistert sind. Es ist zu Ihrem Besten, Sie einfach mal einen Tag lang aus dem Verkehr zu ziehen, Sie haben wirklich eine Ermittlungspause verdient, finden Sie nicht?“, sagte er hämisch. „Lohmeyer kutschiert Ihr Auto bis zum Bahnhof nach Euskirchen, das ist doch ein Angebot! Und morgen früh setzen wir Sie gleich in den ersten Flieger nach Köln.“ Wieder sein dümmliches Lachen. „Sie werden übrigens nicht alleine unterwegs sein. In Berlin wartet gleich ein Überraschungsgast auf Sie!“
Ilka schäumte vor Wut.
Sie biss sich auf die Lippe, bis sie anfing zu bluten.
„Sagen Sie mir wenigstens eins“, presste sie hervor. „Wer hat Sascha Berghofer alias Mark Weißgerber erschlagen?“

Lohmeyer und Schenk wirkten ehrlich überrascht. „Das, Frau Landwehr, wollen wir auch zu gerne wissen. Genau wie Sie werden wir nicht eher ruhen, bis das Schwein gefunden ist, das unseren besten V-Mann getötet hat. Aus der Nuklearhändlerszene stammt er jedenfalls nicht, das wüssten wir!“

Mittwoch - 10. Tag

Stettenkamp drehte auf dem Weg zur Arbeit das Radio voll auf. Sie spielten bei *Radio Euskirchen* gerade 'Satisfaction' von den Stones. Anders als im Liedtext besungen, war er selbst sehr zufrieden. Einzig die Tatsache, dass Ilka gestern nicht wie geplant aus Paris zurückgekommen war, sondern stattdessen - warum auch immer - heute morgen von Berlin nach Köln flog, irritierte ihn. Sie hatte eben am Telefon ziemlich durcheinander geklungen.
Hauptsache, es war ihr nichts passiert!
Seine Hochstimmung war zweifelsohne der Nachricht geschuldet, die er eben beim Frühstück erhalten hatte: Der Mörder Sascha Berghofers alias Mark Weißgerber war gefunden! Einen Täter, den er nicht auf der Rechnung gehabt hatte, dessen Motive er rückblickend jedoch sehr gut nachvollziehen konnte. Er hatte die Tat der Polizei gegenüber bereits gestanden, was angesichts des sichergestellten Tatwerkzeugs, an dem das Blut des Opfers klebte, nicht verwunderlich war.
Der Fall war gelöst.
Er selbst, daran würde selbst Polizeidirektor Groß nicht zweifeln, hatte dabei erheblich zum Erfolg beigetragen. Und das quasi aus dem Archiv in seinem Keller-Kabuff heraus. Das soll mir mal einer nachmachen, dachte Stettenkamp, und verspürte seit langem wieder Stolz auf seine geleistete Arbeit - ein Gefühl, das ihm seit einem halben Jahr vollkommen abhanden gekommen war. Er konnte es kaum erwarten, dass Ilka im Kreishaus eintraf, um ihr die Neuigkeiten zu erzählen.

An ihre Chefin Bente Schäfer als erste Ansprechpartnerin dachte er in diesem Augenblick gar nicht. Natürlich wollte er auch wissen, was Ilka über Isabelle Durand herausgefunden hatte. Er rieb sich die Hände und fühlte sich an diesem Morgen um etliche Jahre jünger. Nur die wohlverdiente Belohnungs-Zigarette, ja die fehlte ihm schon.

Ilka checkte schweigend zusammen mit ihrem ihr nur allzu gut bekannten Nebenmann auf dem Berliner Flughafen ein und sehnte sich nach Hause. Die Enttäuschung saß tief und machte sie sprachlos.
Als die Kommissarin mit Schenk nach stundenlanger Fahrt gestern Abend im neuen Dienstgebäude des BND angekommen war, hätte ihre Überraschung nicht größer ausfallen können. Niemand anders als Polizeidirektor Armin Groß saß in Lohmeyers Büro, auf seinem aufgedunsenen Gesicht lag ein breites Grinsen.
„Was machen Sie denn hier?“, entfuhr es ihr.
„Na, was glauben Sie denn?“, fragte er zurück, als wäre es die normalste Sache der Welt, sich hier zu treffen.
Sie starrte ihn an.
Das, was ihr gerade als einzig plausible Erklärung durch den Kopf schoss, konnte einfach nicht möglich sein!
Er hielt ihrem Blick stand.
Und dann war die ganze Wahrheit ans Tageslicht gekommen. Ihr Chef hatte bereits vor fünf Tagen erfahren, dass Berghofer ein V-Mann des BND gewesen war. Daher auch sein plötzlicher Sinneswandel, als er seither ungewöhnlich massiven Druck auf sie ausgeübt hatte, um jeden Preis dessen Mörder zu finden. Wo er sich einen Tage zuvor noch absolut

desinteressiert gezeigt und gemeint hatte, der Fall sei eine Sache für die belgischen Kollegen.
Polizeidirektor Groß hatte vor fünf Tagen auch bereits gewusst, dass Berghofer sich vor knapp drei Wochen das erste Mal mit Isabelle Durand getroffen hatte, einer vermeintlichen Nuklearhändlerin, die für ihre Auftraggeber radioaktives Material zur Herstellung 'schmutziger Bomben' beschaffen sollte. Weißgerber glaubte, nach langem Bemühen in der Szene nun endlich an eine Käuferin gelangt zu sein. Groß wusste von Lohmeyer und Schenk sogar, dass der V-Mann einen Behälter mit Caesium an einem geheimen Ort in Paris für sie platziert hatte. Nur wo und wann genau, das hatten ihm Lohmeyer und Schenk nicht sagen können. Sie waren nach dem Verschwinden ihres Verbindungsmannes erheblich in Aufruhr geraten und diese hatte sich noch verstärkt, als sie von seinem gewaltsamen Tod erfahren hatten. Daraufhin hatten die beiden Groß kontaktiert, der zugesagt hatte, seine Leute würden alles daran setzen, die Sache aufzuklären.
Als Stettenkamp herausgefunden hatte, dass Sascha Berghofer Madame Durand wenige Tage vor seinem Tod für den gestrigen Dienstagmittag nach Paris in das ihr bekannte Restaurant *Chez George* beordert hatte, war Groß natürlich in Wallung geraten. Obwohl er hochgefährliche Hintermänner vermutete, in deren Auftrag Durand unterwegs war, hatte er seine Mitarbeiterin Ilka Landwehr ohne Begleitung nach Paris geschickt und bewusst ins offene Messer laufen lassen.
All das hatte Ilka dem Polizeidirektor gestern Abend in einem heftigen Streit vorgeworfen. Armin Groß gab sich zwar ein wenig zerknirscht, verwies jedoch alsbald darauf, dass ihr schließlich nichts Schlimmes passiert sei

und er eben auch an seine Karriere denken müsse. Letzteres Argument hatte ihr dann schier die Sprache verschlagen. In der Nacht hatte sie für sich beschlossen, die Sache auf keinen Fall auf sich beruhen zu lassen. Nein, sie wollte dafür sorgen, dass der Vorfall im Bonner Präsidium publik würde und Groß dann hoffentlich seinen Job kostete.
Am frühen Morgen vor dem Abflug nach Köln warteten Lohmeyer und Schenk dann plötzlich mit unerwarteten Neuigkeiten auf.
Isabelle Durand, so wussten sie inzwischen, war überhaupt keine Kriminelle aus der Nuklearhändlerszene, sondern sie arbeitete als V-Frau mit einer Legende und unter falschem Namen für den französischen Geheimdienst! Sascha Berghofer und sie hatten also - ohne dies voneinander zu wissen - exakt den gleichen Auftrag von ihrer jeweiligen Behörde erhalten: Herauszufinden, wer im Ausland plante, eine 'schmutzige Bombe' zu bauen und zu diesem Zweck radioaktive Stoffe wie Plutonium, Strontium oder eben Caesium ankaufte. Es musste ein Katz und Maus-Spiel zwischen den beiden gewesen sein. Der eine glaubte vom anderen, endlich auf jemanden aus der Szene gestoßen zu sein, dabei waren sie beide Verbindungsleute ihrer jeweiligen Geheimdienste gewesen.
All dies hatten Lohmeyer und Schenk zusammen mit ihrem Kollegen aufgedeckt, der sich gestern in Paris an Isabelle Durands Fersen geheftet hatte. Die Französin war in ihrem Vorleben vor etlichen Jahren in Waffenschiebereien verstrickt gewesen und dafür wie Berghofer in den Knast gewandert. Sie hatte innerhalb eines gut organisierten Rings einen schwunghaften Handel mit Exporten - angefangen bei Wein über Käse

bishin zum Mineralwasser - betrieben, um dies zu vertuschen. Einige Zeit nach ihrem Gefängnisaufenthalt hatte der französische Geheimdienst sie kontaktiert und als V-Frau angeworben, um in ähnlichem Milieu gegen ein fürstliches Honorar für die Gegenseite tätig zu werden.

Während Ilka am Flughafen Köln/Bonn eine Toilette aufsuchte, rief Stettenkamp Polizeidirektor Groß auf dem Handy an. Wer wusste, wann er aus Berlin zurückkommen würde?

Seltsam, dachte er während die Verbindung aufgebaut wurde. Was hat auch Ilka gestern noch nach Berlin verschlagen? Sie hatte nicht frei sprechen können, um es ihm zu erklären. Na, er würde es gleich erfahren.

Kurz darauf hatte er Armin Groß endlich an der Strippe. Angesichts der enormen Geräuschkulisse am Flughafen musste er fast schreien, um ihm verständlich zu machen, dass Sascha Berghofers Mörder gestern Abend festgenommen worden war. Besser gesagt: Berghofers Mörderin.

Der Polizeidirektor zeigte sich vollkommen überrascht angesichts dieser Nachricht. Mit jener Täterin hatte er nicht gerechnet. Auch Stettenkamp war dies bis zum gestrigen Tag zu ergangen. Doch inzwischen fügte sich eins zum anderen.

Berghofers Ehefrau Leni hatte ihren Mann offenbar im Affekt auf dem Park & Ride-Parkplatz bei Wißkirchen erschlagen. Und zwar mit einem Wagenheber, den sie nach der Tat zuhause sorgfältig in eine Plane eingewickelt und in ihrer Garage versteckt hatte. Die Kollegen aus Obergriesbach hatten das Werkzeug mit Hilfe eines Spürhundes entdeckt, nachdem ihnen aufgefallen war, dass seit Tagen die Rolläden am Haus nicht mehr hochgezogen worden waren und sie Oberkommissar Hauser darüber informiert hatten. Der Rest war im Grunde ein Kinderspiel gewesen: Das Münchner Labor hatte auf Hausers Geheiß hin die Blutspuren am Wagenheber untersucht und Sascha Berghofer zugeordnet, dessen DNA der Polizei seit dem Waffenschmuggel aus dem Kosovo bekannt war und auf die sie problemlos hatten zurückgreifen können.

Möglich gemacht hatte die Suche nach dem Tatwerkzeug letztlich Hauser, der aus einem Instinkt heraus beim zuständigen Staatsanwalt einen Durchsuchungsbeschluss beantragte, nachdem er von den Obergriesbacher Kollegen von dem tagelang abgedunkelten Haus erfahren hatte. Dr. Pfeifer kannte den Oberkomissar seit Jahrzehnten und wusste, dass dieser nur dann auf die Schnelle einen richterlichen Beschluss forderte, wenn dies unumgänglich war.

Leni Berghofer war schon beim Anblick der Obergriesbacher Polizei in Tränen ausgebrochen.

Bei ihrem letzten Telefonat hatte Sascha sie mit seinen Plänen, fortan ein beständiges Leben an der Seite seiner Freundin Bianca und ihrer gemeinsamen Tochter zu führen, völlig überraschend konfrontiert.

Diese Tatsache hatte Leni, was ihr Mann nicht nachvollziehen konnte, vollkommen aus der Bahn geworfen. Sascha hatte sie schließlich nie offiziell verlassen. Leni sah in ihrer Liebe des Lebens zwar den Abenteurer, der einfach nicht sesshaft werden konnte, aber doch zumindest finanziell gut für seine Familie sorgte. Jener Mensch war Sascha schließlich über zwanzig Jahre lang gewesen. Mit dieser Rolle hätte Leni weiterhin leben können, wie auch mit seinen Affären hier und dort. Nicht aber mit der Tatsache, dass ihr Ehemann, den sie liebte, sich plötzlich dazu entschloss, in der Eifel mit einer anderen Frau und dem gemeinsamen Kind zu leben. Sie war Sascha so wichtig, dass er alles für sie aufgeben wollte, um mit ihr ein normales Familienleben zu führen. Genau das, was sie sich selbst all die Jahre immer gewünscht, er für sie aber nie getan hatte.

Leni hatte sich in ihrer Verzweiflung auf den knapp sechshundert Kilometer weiten Weg von Obergriesbach zu ihrem Mann nach Gemünd gemacht, um noch einmal in Ruhe mit ihm zu reden. Die Anwesenheit seiner schwangeren Freundin wäre ihr egal gewesen. Fast hätte sie ihr Fahrziel erreicht.
Doch ausgerechnet hinter der Autobahnabfahrt Euskirchen-Wißkirchen war ihr ein Autoreifen geplatzt. Sie schaffte es noch bis zum Seitenstreifen. Wie man den Reifen hätte wechseln können, wusste Leni nicht; dies hatte all die Jahre ihr Vater für sie erledigt. Sie rief Sascha auf dem Handy an, der zwar ziemlich verwirrt gewesen war, als er hörte, wo sie sich aufhielt, sich aber sofort zu ihr auf den Weg gemacht hatte. Mit Hilfe eines Abschleppseils hatte er ihren schwarzen Opel quer über die Bundesstraße zu dem kleinen Parkplatz gezogen und mithilfe ihres Wagenhebers begonnen, den Reifen zu wechseln.
Dort kam es dann zum Streit zwischen den beiden. Leni hatte gehofft, Sascha für sich und ihre gemeinsamen Söhne zurückgewinnen zu können und argumentiert, den Wunsch nach einem geregelten Leben könne er sich doch ebenso in Obergriesbach mit ihnen zusammen erfüllen. Doch Sascha blieb standhaft

und erklärte ihr recht nüchtern, dass er sie doch schon lange nicht mehr liebe und sich für seine Freundin Bianca entschieden habe.
Leni weinte. Verzweifelt klammerte sie sich an ihn, ohnmächtig angesichts der Tatsache, dass sie Sascha endgültig verloren hatte. Ihn, den sie als junge Frau unerfahren und verliebt in ihrem Heimatdörfchen Obergriesbach geheiratet hatte, ohne den Weitblick, dass sie an seiner Seite niemals hätte glücklich werden können.
Sascha werkelte weiter und reagierte zusehends genervt auf ihren Ausbruch. Lenis Stimmung schlug in Wut um. Hatte sie all die Jahre umsonst darauf gewartet, dass er irgendwann zu ihr und den Jungs zurückkehren würde? Und ihre besten Jahre somit vergeudet?
„Wie naiv und verblendet bist du eigentlich, so etwas zu denken?“, hatte er seine Frau angeschrien.
In diesem Augenblick hatte in ihrem Kopf alles ausgesetzt. Sie schnappte sich im Affekt den am Boden liegenden Wagenheber und schlug ihn Sascha mit voller Wucht gegen den Hinterkopf. Das Ganze war in Sekunden geschehen. Leni kniete über eine Viertelstunde neben ihm und wollte nicht wahrhaben, dass sie ihren Mann tatsächlich erschlagen hatte und er nun tot vor ihr am Boden lag. Der letzte Gedanke, den Leni Berghofer am Tatort gehabt hatte, war der an die Zukunft ihrer beiden Söhne Jan und Niklas. Sie schnappte sich den Wagenheber, an dem Saschas Blut klebte, warf ihn in den dafür vorgesehenen Hohlraum im Kofferraum, den geplatzten Reifen legte sie darüber und verschloss alles mit der viereckigen, stoffüberzogenen Klappe, die Sascha geöffnet hatte, um an das Bordwerkzeug zu gelangen. Ihren toten Mann hier

liegenzulassen, brach ihr das Herz. Aber was wäre die Alternative gewesen? Sich der Polizei zu stellen und ihren Jungs damit auch noch die Mutter zu nehmen? Leni Berghofer weinte, bis sie endlich mitten in der Nacht wieder zuhause in Obergriesbach war. Sie ließ überall die Rollläden hinunter, warf sich auf ihr Bett und wäre am liebsten nie wieder aufgestanden.

Ilka suchte auf dem Köln/Bonner Flughafen unwillig nach ihrem Chef und fand ihn endlich draußen vor dem Taxistand, wo er aufgeregt telefonierte.
So ein A..., dachte sie wütend. Während Groß seit dem vierten Tag ihrer Ermittlungen durch den BND über den V-Mann Mark Weißgerber informiert gewesen war, hatte das KK11 weiterhin an einen Zusammenhang zwischen dem Sprengstoffattentat und dem Tod des vermeintlichen Wachmanns geglaubt - und sinnlos wertvolle Zeit vertan. Vermutlich war auch Bente Schäfer ahnungslos gewesen. In der Hoffnung auf eine lohnende Beförderung hatte ihr Chef sich vom BND nicht nur einen Maulkorb verpassen lassen, sondern Ilka zudem bewusst in Gefahr gebracht, als er sie alleine nach Paris geschickt hatte - wohl wissend, wer dort auf sie hätte warten können.
„Ihr Verhalten unserem Team und insbesondere mir gegenüber werde ich nicht hinnehmen", sagte sie kühl, nachdem Groß sein Handygespräch endlich beendet hatte. „Ich werde dafür sorgen, dass die Sache öffentlich wird und Sie die Konsequenzen dafür tragen werden müssen."
Der Polizeidirektor blieb ganz ruhig.

„Das werden Sie nicht, Frau Landwehr“, sagte er nur und steuerte das erste Taxi in der Schlange an.
Was führt er jetzt im Schilde?, überlegte sie und eilte verärgert hinter ihm her.
„Wir machen einen Deal“, meinte Groß leise, die Hand bereits am Türgriff der Beifahrerseite. „Sie schweigen über mein, wie soll man sagen, kleines Fehlverhalten. Und ich sorge im Gegenzug dafür, dass Stettenkamp wieder Leiter des KK11 Euskirchen wird. Frau Schäfer käme als Chefin der Sitte in Düsseldorf-Oberbilk unter, das habe ich schon abgeklärt.“
Ilka glaubte, ihren Ohren nicht zu trauen.
„Das ist jetzt nicht Ihr Ernst!“, zischte sie wütend. „Was ist denn das für ein Kuhhandel? Alex Stettenkamp hat es mehr als verdient, wieder Leiter zu werden, dazu braucht es doch keine Klüngelei!“, sagte sie aufbrausend. „Wer hat herausgefunden, wer Mark Weißgerber wirklich war? Und vor allem, wer seine Mörderin ist? Wer hat dafür gesorgt, dass wir überhaupt wissen konnten, wann und wo Isabelle Durand den Behälter abholen würde?“ Sie stemmte die Hände in die Hüften. „Es ist das Allerletzte, was Sie mir hier vorschlagen!“
Der Taxifahrer winkte genervt einen anderen wartenden Fahrgast zu sich heran.
„Gut“, sagte Groß mit eisigem Blick. „Dann bleibt eben alles, wie es ist.“ Er schwieg einen Augenblick. „Sie wissen, dass ich Stettenkamp letztlich sogar am Zeug flicken könnte, weil er sich unerlaubt in die Ermittlungen eingemischt hat!“
„Wie bitte? Sie haben es doch noch vorgestern offiziell erlaubt!“
„Habe ich das? Gibt es etwas Schriftliches darüber?“

Ilkas Wut schlug in maßlose menschliche Enttäuschung um. Sie kannte Groß seit vielen Jahren. Eine derartige Kaltschnäuzigkeit hätte sie ihm niemals zugetraut.
„Was Stettenkamp wohl sagen würde", hob der Polizeidirektor an, „wenn er wüsste, dass Sie gerade in diesem Moment dafür sorgen, dass er weiterhin im Keller Akten digitalisieren wird anstatt wieder Leiter der Kripo zu werden?"
Groß sah sie eindringlich an.
„Wollen Sie das für ihn?"
Schweigend ließen sie sich von Köln nach Euskirchen bringen, so sehr sich der kölsche Taxifahrer auch um einen Small-Talk bemühte.
Welche Entscheidung ist die richtige?, fragte Ilka sich. Auf den Deal eingehen und Groß einfach davonkommen lassen?
Die Arbeit im Archiv machte Alex, der ihr mit den Jahren ein sehr guter Freund geworden war, krank. Er hatte ihr erzählt, dass Dr. Buntschuh die fast täglich auftretenden Symptome wie Schwindel, Kopfschmerzen und massive Schlafstörungen seiner chronischen Unterforderung bei der Arbeit zuschrieb. Wollte sie Alex nun die Chance verbauen, endlich wieder die Führung in ihrem Team zu übernehmen? Jene Arbeit, der ihr Chef mit klugem Kopf, viel Herzblut und Empathie jahrelang so erfolgreich nachgegangen war?
Ihr kam noch ein weiterer Gedanke.
Was würde geschehen, wenn Sie tatsächlich für ein Disziplinarverfahren gegen Groß sorgen würde? Der Polizeidirektor, bauernschlau wie er war, zöge Lohmeyer und Schenk vom BND zweifelsohne auf

seine Seite. Ganz sicher würden die beiden geschickt argumentieren, weshalb Armin Groß auf ihr Geheiß hin angeblich so handeln musste, wie er es getan hatte. Mit dem dicken Ende, dass der Polizeidirektor auf seinem Posten bleiben würde - die Folgen für Stettenkamp, aber auch für sie selbst lagen in diesem Fall auf der Hand.

Andererseits...

Was, wenn sie auf seinen Deal eingehen, Groß aber früher oder später gegenüber Stettenkamp verlauten lassen würde, dass dieser sein Comeback Ilkas zweifelhaftem Handel zu verdanken hatte? Sollte sie also nicht erst einmal mit ihm über die ganze Sache sprechen? Doch Ilka kannte Alex gut genug um zu wissen, dass er unter diesen Umständen gar nicht erst zurückkommen würde. Es bliebe für ihn immer ein fader Beigeschmack. Hinzu kam, dass ein solch fauler Deal einem integren Menschen wie Stettenkamp schlicht gegen die Ehre gehen und er ihn allein deshalb ablehnen würde.

Ilka sah vom Rücksitz des Taxis aus dem Fenster.

Es gab hier kein Richtig und kein Falsch.

So oder so würde sie Stettenkamps berufliches Schicksal in die eine oder andere Richtung lenken. Und sich im Nachhinein, egal, wie sie sich entschied, für ihr Handeln und die Konsequenzen daraus verantwortlich fühlen.

Ilka seufzte leise.

Sie musste eine Entscheidung treffen.

Aber welche?

Epilog I

Eine schmutzige Bombe - ein konventioneller Sprengkörper, versehen mit radioaktivem Material - gezündet in einem störanfälligen Atomkraftwerk.
Wie nah ist der Eifelkrimi „Grenzgebiet" an die Realität angelehnt?
Die Waffe als solche ist erschreckend einfach herzustellen, etwa aus TNT oder einer Mischung aus Heizöl und Kunstdünger, versehen mit Caesium, Kobalt oder Strontium, deren Isotope besonders radioaktiv sind. Das Material dafür gibt es in teilweise unzureichend gesicherten Krankenhäusern, Forschungszentren und Industrieanlagen. Ein Überfall auf einen der tausenden Castor-Transporte allein in Europa wäre allerdings vermutlich einfacher als der Diebstahl aus einer Anlage. Schon lange besteht die Sorge, dass Terroristen ein Attentat auf ein störanfälliges Atomkraftwerk begehen könnten. Im Zusammenhang mit den Terroranschlägen in Brüssel im März 2016 zeigt sich, wie konkret diese Gefahr tatsächlich längst ist: Nach den verheerenden Attentaten auf den Flughafen Zaventem und in der U-Bahn-Station Maelbeek wurden die beiden belgischen Atomkraftwerke Tihange und Doel nahe der deutschen Grenze größtenteils evakuiert.
Weshalb?
Mehrere Medien hatten kurz nach der Bekanntgabe der Räumung berichtet, dass sowohl belgische als auch französische Ermittler nur zwei Wochen nach den Anschlägen in Paris im November 2015 eindeutige Hinweise auf einen geplanten Terroranschlag gegen

Nuklearanlagen in Belgien entdeckt hätten mit dem Ziel, einen atomaren Zwischenfall auszulösen.
Ganz offensichtlich haben die belgischen Behörden Sorge, dass sich in den Reihen der rund 2000 Mitarbeiter der beiden Atomkraftwerke terroristische Schläfer befinden, die nur darauf warten, zuzuschlagen. Schon einmal hat ein Dschihadist über ein Subunternehmen einen Job in einem belgischen AKW bekommen. Im Jahr 2014 entdeckten Behörden, dass der belgische Dschihadist Ilyass Boughalab rund drei Jahre lang im Hochsicherheitsbereich des Atomkraftwerks Doel als Sicherheitstechniker gearbeitet hatte. In einem Radius von 75 Kilometern um das AKW leben rund 9 Millionen Menschen. Der Fall Boughalab zeigt, wie groß die Gefahr ist, dass es Dschihadisten gelingen kann, in einem Atomkraftwerk zu arbeiten - insbesondere über Subunternehmen - sofern sie ein einwandfreies polizeiliches Führungszeugnis vorweisen können. Darüber hinaus hatten belgische Ermittler 2016 bei einer Hausdurchsuchung des mutmaßlichen IS-Terroristen Mohammed Bakkali im Brüsseler Stadtteil Schaerbeck neben Munition und mehreren Sprengstoffgürteln ein Video sichergestellt, das beweist, dass Islamisten den Leiter des Zentrums für Nuklearenergie SCK-CEN über einen längeren Zeitraum dabei gefilmt haben, wann er sein Haus in Mol verlässt und betritt. Das SCK-CEN stellt Radionuklide her; nukleares Material also, das unter anderem zur Behandlung von Krebs eingesetzt wird. Es kann aber auch zum Bau einer 'schmutzigen Bombe' zweckentfremdet werden, mit der Terroristen ganze Stadtviertel nuklear verseuchen könnten. Eine Sprecherin der belgischen Atomaufsicht verbreitete

dazu kürzlich folgende Theorie: Vielleicht habe Bakkali den Forscher erpressen wollen. Er könnte geplant haben, ein Mitglied seiner Familie zu entführen, um den Forscher zur Herausgabe von radioaktivem Material zu zwingen.

Ist Belgien besonders anfällig für den Islamismus? 800 Menschen sind von hier aus in den Krieg nach Syrien gezogen, um sich der Terrormiliz 'Islamischer Staat' anzuschließen - im Verhältnis zur Einwohnerzahl mehr als in jedem anderen europäischen Land. Immer wieder in den Focus gerät Brüssels Problemviertel Molenbeek, gebrandmarkt als Brutstätte und Gewächshaus des Islamismus. Hier lebte die Familie von Salah Abdeslam, dem IS-Terroristen und mutmaßlichen Drahtzieher der Anschläge von Paris. Hierher führten auch die Spuren nach den Attentaten auf den Brüsseler Flughafen und die U-Bahn-Station Maelbeek, bei denen durch Islamisten über 30 Menschen getötet und über 300 verletzt wurden.

Im einstigen Arbeiterviertel Molenbeek leben knapp 100.000 Einwohner, 80% haben einen Migrationshintergrund, die meisten sind Muslime, die in abgeschotteten Wohnvierteln leben. Fast jeder Dritte hier ist ohne Job, die Jugendarbeitslosigkeit liegt bei 42%, das Durchschnittsalter bei 34 Jahren. Ein Bezirk mit zahlreichen unzufriedenen jungen Leuten, die häufig schlecht integriert sind - ein Nährboden für Terrorzellen und islamistische Hassprediger. Und auch für Rekrutierer, die Jugendliche, die sich diskriminiert und von der Gesellschaft im Stich gelassen fühlen, anwerben, kleine Gruppen von Freunden und Familien zusammenbringen und mit einer höheren Berufung, Macht und einem Sinn im Leben locken. Kurzum: Sie

versprechen einem kleinen Niemand, zum Helden zu werden.
In der Kritik standen nach den Terroranschlägen von Brüssel die belgischen Sicherheitsbehörden und die Polizei. Die politisch Verantwortlichen der Gemeinde Molenbeek und die Bundespolizei stritten um ihre jeweiligen Zuständigkeiten und warfen sich gegenseitig mangelnde Kommunikation untereinander vor, was bekannte islamistische Terroristen angeht. Selbstverständlich kein belgisches Phänomen, denkt man nur zurück an den Anschlag auf einen Berliner Weihnachtsmarkt im Dezember 2016. Der mutmaßliche Attentäter Anis Amri war den Behörden bestens bekannt, er sollte abgeschoben werden, war als Gefährder im Visier, stand unter Beobachtung und doch konnte er sich frei im Land bewegen und letztlich den Anschlag verüben. Wie kann das sein? Terrorexperten kritisieren auch hier ein Versagen in der Kooperation der Sicherheitsbehörden von Bund und Ländern.
Die Anschläge von Paris, Brüssel und Berlin sind auch ein politisches Thema für die EU, denn der Terror überschreitet europäische Landesgrenzen. Die Behörden der EU-Mitgliedsstaaten sind auf Zusammenarbeit angewiesen. Doch diese läuft zur Zeit alles andere als gut. Größtes Problem ist der internationale Austausch von Informationen über verdächtige Personen. 90% der Einträge seien von fünf EU-Staaten eingestellt worden, kritisiert Gilles de Kerchove, EU-Koordinator für Terrorbekämpfung. Die europäischen Datenbanken würden nach Gutdünken bedient, ergänzt die deutsche Europa-Abgeordnete Monika Hohlmeier. Nationale Egoismen führten zu unsinniger Bürokratie,

zur Nichtbearbeitung wertvoller Hinweise und extrem langsamen Prozessen.
Fakt ist allerdings auch: Tagtäglich erhalten Geheimdienste eine Flut von Informationen, insbesondere von befreundeten Diensten (z.B. Deutschland und Frankreich). Bei der Bewertung, was davon relevant ist, kommt es manchmal zu Fehlern. So zum Beispiel, wenn bezweifelt wird, dass es sich um eine seriöse Quelle des Dienstes handelt oder die Quelle ihre Informationen aus dritter Hand erhalten hat. Potenzielle Attentäter kommunizieren selbstverständlich über Staatsgrenzen hinweg, agieren international und bereiten ihre Anschläge länderübergreifend vor. In diesem Punkt sind sich die Sicherheitsbehörden der Länder allesamt einig: IS-Terroristen sind im Gegensatz zu ihnen selbst weltweit allerbestens vernetzt.

Epilog II

Leni Berghofer sitzt seit einigen Monaten in der bayerischen Justizvollzugsanstalt Aichach in Untersuchungshaft und wartet auf ihren Gerichtsprozess. Sie wird derzeit psychiatrisch behandelt. Niemals hatte sie sich vorstellen können, einen Menschen zu töten. Entsetzt über ihre Tat, quält ihr Gewissen sie Tag und Nacht und lässt sie keine Ruhe mehr finden.
Ihre fast erwachsenen Söhne Niklas und Jan haben den Kontakt zu ihrer Mutter abgebrochen und weigern sich, sie im Gefängnis zu besuchen. Die Tatsache, dass sie ihren Vater getötet hat, wiegt für sie zu schwer. Leni Berghofer sehnt sich danach, ihre Kinder wenigstens um Verzeihung bitten zu dürfen, ihnen zu erklären, wie sehr sie gelitten hat, doch im Innersten ahnt sie, dass die Jungen sie nicht verstehen werden. Sie haben in ihrem Vater den erfolgreichen Helden gesehen, den sie aus der Ferne bewundert haben. Aufgewachsen in einer intakten Großfamilie mit engem Bezug insbesondere zu ihrem Opa haben sie in ihrer Kindheit und Jugend kaum etwas vermisst. Die ständige Abwesenheit ihres Vaters war für sie plausibel, er meldete sich regelmäßig bei ihnen und zeigte sich interessiert an ihrem Leben. Finanziell verhielt er sich Leni und ihnen gegenüber sehr großzügig. Ihre Mutter verlor zudem nie ein schlechtes Wort über ihn.
Niklas und Jan haben ihr Zuhause in Obergriesbach inzwischen verlassen.

Bianca Schulz und ihre Tochter sind zu einer kleinen Familie zusammengewachsen. Sie trifft sich seit kurzem mit einem Mann, den sie über das 'Eifeler Bündnis gegen *Courant II*' kennengelernt hat.
Den Tod ihres Freundes Sascha Berghofer hat sie erstaunlich gut verkraftet. Ja, sie habe ihn geliebt und auf eine Zukunft mit ihm und dem Kind gehofft, sagt sie. Allerdings habe ihr immer auch etwas Entscheidendes gefehlt, nämlich echte Nähe und Vertrautheit. Bis zu seinem Tod hatte Bianca Schulz noch geglaubt, beides brauche einfach mehr Zeit. Doch als sie erfuhr, dass Mark Weißgerber tatsächlich weder diesen Namen trug, und anders als er ihr gegenüber betont hatte, weder unverheiratet noch kinderlos war und nur zum Schein für eine Security-Firma arbeitete, fragte sie sich, wie lange sie noch mit einem Partner zusammen geblieben wäre, der selbst bei ihr seiner auferlegten BND-Legende treu blieb. Und kam zu dem Schluss, dass sie sich auf diese Weise niemals wirklich nahe gekommen wären.

Clarissa Schmidt ist sowohl der deutschen Justiz als auch ihrem Vater, bei dem sie zuletzt in Frechen bei Köln lebte, inzwischen entglitten. Kurz nach dem Sprengstoffattentat im Atomkraftwerk *Courant II*, an dem sie maßgeblich durch die Beschaffung des radioaktiven Materials beteiligt war, tauchte sie zusammen mit dem vierunddreißigjährigen Sicherheitstechniker und Hauptverdächtigen **Sebastian Kortmann** unter. Mehrmals wurden sie kurzzeitig in Duisburg im Dunstkreis der Anhänger des inzwischen inhaftierten Salafistenpredigers Abu Walaa gesehen, doch weder der

Polizei noch dem verzweifelten Vater Clarissas gelang es, an sie heranzukommen.
Drei Wochen nach ihrem Verschwinden schickte die Krankenschwester ihren Eltern per Handy eine Videobotschaft, in denen sie in einer schwarzen Burka in einem ausgebombten Dorf zu sehen ist und minutenlang gegen die 'Kuffar', die Ungläubigen, wettert. Sie sei inzwischen mit Sebastian verheiratet und habe im 'Heiligen Krieg' endlich ihren Ort und ihre Bestimmung im Leben gefunden. Ihr Vater hat den Kampf um seine Tochter aufgenommen und sich inzwischen mehrmals zusammen mit einem aus Istanbul stammenden Geschäftspartner bis vor die türkisch-syrische Grenze begeben, um mit Hilfe von bezahlten Kontaktmännern nach Clarissa zu suchen. Lieber würde er sie in einem deutschen Gefängnis ihre Strafe verbüßen sehen als in der Hölle des IS. Durch einen V-Mann der deutschen Polizei, der sich unerkannt in ihrem Milieu aufhielt, weiß er, dass sieben junge Menschen aus dem Duisburger Salafistenkreis, darunter höchstwahrscheinlich auch Sebastian Kortmann und seine Tochter, von Terrorunterstützern Geld aus Einbrüchen und Betrügereien für die Reise, gefälschte Ausweise, Kontaktnummern von Schleusern sowie Unterschlupfmöglichkeiten an der türkisch-syrischen Grenze erhalten haben. Kurz vor dem Verschwinden der Gruppe hat der V-Mann seine Spur zu ihnen plötzlich verloren. Noch gestaltet sich die verzweifelte Suche des Vaters nach Clarissa trotz dessen geld- und zeitintensiver Bemühungen erfolglos.

Rachid Mansours Familie - liberale Muslime - ist aus Gram, allen voran über ihren jüngsten Sohn, aus

Großbüllesheim fortgezogen. Samira und Hamid durften Rachid nach drei Wochen erstmals im Gefängnis besuchen. Möglicherweise wirkt sich seine Rolle als minderjähriger Mitwisser und Gehilfe des untergetauchten Hauptverdächtigen Kortmann strafmildernd aus. Der inzwischen Siebzehnjährige beteuerte, sich vom Islamismus losgesagt zu haben. Er bereue seine Tat zutiefst. Rachid hat im Gefängnis inzwischen eine Schlosserlehre begonnen und Kontakte zu Jugendlichen geknüpft, die nichts mit dem Salafismus zu tun haben; zudem hat er sich von seiner radikalisierten Freundin Yasemin aus Molenbeek getrennt.
Seine Eltern bleiben skeptisch.
Vor allem seine Mutter macht sich große Vorwürfe, aufgrund ihrer vielen Arbeit in ihrem Lebensmittelgeschäft zu wenig Zeit für ihren von seinem Außenseiter-Dasein frustrierten Sohn Rachid gehabt und ihm möglicherweise zu viele Freiheiten gelassen zu haben - aus Angst, ihren pubertierenden Sohn ganz zu verlieren.

Liebe Leserin, lieber Leser,

an dieser Stelle möchte ich die Gelegenheit nutzen, Ihnen dafür zu danken, dass Sie meinen achten Eifel-Krimi gelesen haben.
Für Sie schreiben wir Autoren unsere Bücher und hoffen, dass Sie in eine spannende Geschichte eintauchen, die Sie anregt und die Sie zufrieden - und mit der Neugierde auf den nächsten Band - zurücklässt.

Wenn Ihnen meine Krimis gefallen, freue ich mich über eine positive Bewertung bei Amazon oder einem anderen Portal, das Sie kennen und natürlich auch, wenn Sie meine Bücher weiterempfehlen.

Alle meine Eifel-Krimis sind auch als E-Books erhältlich.

Ich freue mich sehr über Ihren Besuch auf meiner Fanseite im Internet:
www.facebook.com/ulrikeschelhove.autorin
sowie auf meiner Homepage
www.ulrike-schelhove.de
oder über ein persönliches Feedback per Mail an:
ulrikeschelhove@yahoo.de
Herzliche Grüße aus der Eifel
Ihre

Ulrike Schelhove

Bisher erschienen in der Eifel-Krimi-Reihe um die Kommissare Ilka Landwehr & Alex Stettenkamp im KVE-Verlag:

- Der Kindermacher (Band 1)
- Trügerische Fährten (Band 2)
- Bande des Schweigens (Band 3)
- Fangnetz (Band 4)
- Höhenflüge (Band 5)
- Seelentote (Band 6)
- 9 1/2 Tage (Band 7)
- Grenzgebiet (Band 8)

Neugierig auf den nächsten Band?
Sehr gerne informiere ich Sie rechtzeitig vor jeder Neuerscheinung persönlich! Eine kurze Nachricht genügt: ulrikeschelhove@yahoo.de

Nachwort

Bildmaterial: shutterstock